クララ

ヌリア・ロカ・グラネル
Nuria Roca Granell
喜多延鷹◉訳

カタツムリはカタツムリであることを知らない

Los caracoles no saben que son caracoles

彩流社

Los caracoles no saben que son caracoles

by

Nuria Roca Granell

Japanese translation rights arranged with
EDITORIAL PLANETA, S.A.U.
through Japan UNI Agency, Inc., Tokyo

Published in Japan in 2024 by SAIRYUSHA

フワンとパウに捧ぐ

謝辞（感謝・ありがとう）

ミリアム・ガラス、オルガ・アディバ に

本書執筆中に支持、応援、光明（閃き）を頂きました。

オルガ、あなたがいなかったら、この本は始められなかったと思う。

ミリアム、どれほど援けて頂いたか計り知れません。

お二人にありがとうを

ラ・ラーヨ、パトリシア、リディア、クリスティーナ、アナちゃんに

わたしは、主人公クララに対する皆様方の思い入れを着想として主人公作りに生かすことができました。この点わたしはとてもラッキーでした。

カルメンに

長い時間電話で、わたしの「クララ」の話を聞いて下さりありがとう。あなたは素晴らしい方です。

妹ルースに

この本で笑えるところがあるのはあなたのおかげよ。好きよ。

フワンに

あなたの援けがなければ、この本は存在しなかったと思います。

目次

クララ――カタツムリはカタツムリであることを知らない　7
訳者あとがき　294

●主な登場人物

クララ（主人公）：テレビのプロダクションの会社に勤め、土日は写真撮影で副収入を得ている。離婚し、二人の子供（兄マテオは小学四年生、弟パブロは幼稚園児幼稚園年長組。種々母を困らせる）を育てる母親。

ルイスマ：クララの元夫。電気技師に飽き足らず、種々な事業に手を出し失敗を続ける。

マリア：クララの二つ年上の姉。大学で医学を学び、優秀な医者カルロスと結婚。夫婦共働きで収入もよいが早逝する。クララとは姉妹関係以上に仲間、友人、共犯者であり、すべてを語り合える間柄である。

ソルニッツァー：ブルガリア出身のお手伝いさん。

エステル：プロダクションの会社でシナリオのコーディネーター。ユーモア脚本家でもある。

カルメン：クララの勤めるプロダクションの上司。クララの親友。

ルルデス：クララがコンサルタントとして頼りにしている精神科の女医。

ミゲル：ディレクター。クララの仕事上の同僚、クララとはいつでも寝ることができる。

ロベルト：クララが憧れるシナリオライター。クララと同じチームで番組を制作。

ハイメ：クララの異腹の弟。バルセロナにある銀行の管理職。

マイテ：クララの父親の愛人、ハイメの母親。

ホセ：主人公の母親の愛人。

クララの父／クララの母

わたし遅刻しそう、いつもそうだけど。これから霊安所に行かねばならない。

何を着ていけばよいのか、そんな場所に行くのにふさわしいお洋服というのが皆目わからない。姉に電話して、あんた、なに着て行くのと聞きたい。姉妹で同じ場所に同じ服装で現れるのは初めてのことではない。それに、姉をピックアップして行くか、それとも別々に行って現地で会うのかも聞きたい。

葬儀、埋葬という完全な死の前の中間の死とも言える霊安所では、どのように振る舞うべきか、人と何を話せばよいのかわからない。どんな会話もふさわしくないのだ。死者が自分とそれほど近くない場合、悲しみをどう表現したらよいのか。おおげさ過ぎるのはよくない。しかし、今は確実に身近な者の死に遭遇しているのだ。わたしは、心から愛している人に今まで死なれたことがない。お悔みの言葉を述べる段階になると、とたんに体が強ばってしまい、「あなたの哀しみに寄り添います」、「ほんとうに、ご愁傷さまです」、「哀悼の意を表します」、「死を前にするとわたしたちは何とも無力です」、「人生をよく全うされました」などの既存のお悔みの言葉はどれ一つ覚えられなくて本当に困ってしまう。ビセンテ伯父の埋葬の時、連れ合いの伯母にこう言ってしまった。「伯母様の哀しみに哀悼の意を表します。わたしたちは死に対しては無力です」。わたしの後ろにいた姉は、ぷっと吹き出し、姉の笑いはわたしに伝染し、ビセンテ伯父を集合墓の壁穴に収めるまで、二人とも笑いを止めることができなかった。笑いとは、禁止できるものではなく、制御の効かないものであり、分かち合うものである。伝染するには少なくとも二人の共犯者がいなくてはならない。その点姉とわたしは笑いのスペシャリストであった。わたしたちはいつも同じものに面白がり、笑いを分かち合った。会話は全然必要なかった。説明も必要なかった。わたしたちはいつもいっしょにいて、片方に笑いが起きた時、間違いなく、もう片方に同じ現象が起こった。わたしたちの笑いのスイッチのバネは同じものであり、同時的であった。笑いは姉とわたしを結ぶ大きな絆であり、姉の笑いはわたしの笑いであった。

黒で行くのが一番よいと思う。出かけようとしている今、気が重い。何をする気にもなれない。姉は返事をしないのだ。

わたしの名前はクララ、三十五歳、姉のマリアは三つ年上で、わたしより背が高く、痩せていて、世間の噂だけど、わたしより美人だ。初めの三つは議論の余地はないけど、最後の点は、そんなに明確ではないかもしれない。本当のところ、わたしたちはとてもよく似ていて、姉がわたしより十センチ背が高いことを別にすれば、双子と思われるかもしれない。それはどうということではない。なぜなら、家族全員、特に母親が、三十年前、姉妹のうち、姉の方が美人だ、と決めてしまい、それは終生変わってないからだ。

その他にも決めてしまったことはある。わたしは落ち着きがなく、姉の方がお利口で、わたしは面白味がなく、姉の髪が良い髪をしているなどだ。この姉妹の資質の配剤でマリアは文句なくわたしより多くの長所を持っている。だけど、唯一リズム感覚だけは、わたしの方が優れていると思う。唯一踊りだけはわたしが姉より勝っている運動能力である。わたしたちの子供時代バレエの先生がそれを母に明かした。もっとも、その時母は答えた。「でもね、こんなに太っちょさんではね、少々踊りが良くても見映えしないわね」。本当のところ、いつも三、四キロ、時には五、六キロも姉を上回っていた。これはどうしようもなかった。

わたしは、二年前にルイスマと離婚した。彼はわたしの生涯にわたってのボーイフレンド、二人の息子マテオとパブロの父親である。わたしは、この息子たちを世界中で一番愛している。次に、姉、母と父、その後にルイスマという順序だ。この愛の順序立てを違《たが》えることはできない。他にも、音楽、映画、町の名前も頭の中で一番好きなものから順序立てていうことができる。一種の趣味である。もう一ついえば、愛する人の序列は重要性の序列でもある。

仕事関係の人がおおぜいきている。女上司、仲間・同僚たち、来てない人はいない。

わたしはテレビのプロダクションの会社で働いている。ご存じでない方のためにいうと、単発やシリーズ物のプログラムを制作し、いろいろなテレビのチャンネルに流している会社で働いている。制作部に属しているが、時には、そのチーフも、助手も秘書も会計係も、時には運送係も、衣装係も担当する。会社では最古参に属しているが、プロダクション会社のオーナーたちは、わたしが何という名前なのかさえ知らないに違いない。厳密な時間制はないが、わたしは午後六時前に退社することはない。わたしの息子たちが彼らの父親といっしょにいるような午後は、写真スタジオで働いている。大きなデパートの大売り出しの食品のチラシのための写真を撮影している。もし、あなたが食料品のショッピングモールに行って「キロ当たり七ユーロ」と書いてあるエビのポスターをご覧になれたら、その写真はわたしの撮った写真かもしれない。わたしの最も創造的な面を写真撮影で発揮するのだ。もっとも、スタジオに舞い込む注文の中、わたしに回ってくる幸運はそう多くはない。土曜日の午後は、結婚式の写真撮影も頼まれる。教会、披露宴会場、教会と披露宴会場との中間、つまり庭園内での写真も撮る。木立と灌木の間で、ご両人が腕を組み合って遠くの空を眺めるというお決まりのポーズを見るのは何ともバカバカしい限りだが、新婚夫妻の撮影には特別手当を出してくれる。それに姉のマリアは、わたしが撮った結婚式の写真をいっしょに見ながら笑いこける。ある時マリアはわたしがボツにした超バカバカしい結婚式の写真を保存することを思いついた。そんな写真を姉に手渡すたびに、わたしたちはそれから二時間というもの、笑いの渦に巻き込まれること必定だった。

テレビのプロダクション、写真撮影、子供の世話で忙しく、他に何するひまもない。幸い、ブルガリア出身のお手伝いさんソルニッツァーがいてくれる。わたしは、彼女の名前をできるだけ正確に発音しようと努めているが、正確さにこだわるとおかしな声になってしまう。わたしたち家族はそれぞれ異なった呼び方をする。母はソラーヤと呼び、子供たちは、ソリッリータと言い、父はサルコジと呼んでいる。彼女がいなければ、わたしの生活の質は格段に悪くなるに違いない。時には、愛する人々の序列のトップに据えたいと思うこともある。もっとも、彼女の手助けがあっても、わたしは忙しくて、一日中走り回り、いつも、どこに行くにも到着が遅れることになる。

ルイスマと別れた後すごく落ち込んでいた。でも去年は男たちと少しばかり羽目を外した。長い間ずっと同じ男とばかりいっしょだったのだから、当たり前である。夫と知り合ったのは十五歳の時だった。一年後に正式に婚約して許婚《いいなずけ》となり、デートするようになった、十年後に結婚した。そして同じく十年後に、退屈という理由で別れた。理由は何でもよかった。なぜなら、退屈は初めの日からずっと付きまとっていたのだから。それをお互い認め合うのに二十年経過しなければならなかっただけ。この結論を導き出すには、精神科女医ルルデスに負うところが大きい。この二年間わたしはこの女医に診てもらい、大きな手助けとなった。もっとも、これは、わたしが、女医の話を理解して納得した回数分だけなのだが、女医の話は、最近は納得し難いこともしばしばある。しかし、こうして満足な精神状態を取り戻しているのは部分的だが、彼女のおかげだと思っている。いや、きっとそうに違いない。すばらしい息子たちがいて、ごく当たり前の仕事をして、写真撮影の特別手当をもらい、わが道を行く元夫、気ままな母、珍しい名前のお手伝いさん、四キロ余分のこの体、愛して止まないマリア姉、わたしは姉の返事が必要なのだ。

「少し水をあげて。意識が戻るかも知れない」

「可哀そうにね。とても疲れていたのね」

「急に気を失って……」

「身近の姉さんを失うのはたいへんなことなのね」

「まだ若いのに」

「クリスマスだというのに」

「これから先、お正月は少しもめでたくなくなるわね」

「二人はとても気が合っていたのね」

「見て、見て。反応してるみたい」

「起こしてみて。ここに座らせてみてごらんよ」

「あ、気が付いたわ」

わたしは意識を回復した。まだ霊安所にいた。パーティの服装をして、マリア姉の棺のそばにいた。

靴下は破れ、ほどけ始めた銀色のスパンコールの変ちくりんなブラウスを着ていた。青銅のようにみえる小さなスパンコールは生地からはずれて、ちょっと動くだけで落ちてしまう。一部は廊下に、大半はしわくちゃのスカートの上や靴下の上に落ちる。段々と端がすり切れ、黒いビロード地の靴の上に落ちるのもあった。

マリアとわたしはクリスマスイブのお祝いに同じ服を着て行こうと決めていた。前の週いっしょに買い物に行き、最新流行のモデルを選んだ。同じブラウス、同じスカート、同じ靴を二人とも気に入った。わたしたちは食事にもボーイフレンドに関しても同じような趣味を持っていた。とくに衣料品に関してはとても似ていた。もっとも許婚だけは違う。わたしたちは子供の時からそうであったように、同じものを買うことに決めた。いつものことだけどウエストのサイズだけは違う。姉は三十八、わたしは四十二、わたしの物はスカート丈を店で詰めてもらわなくてはならなかった。マリアは仕立て直しをしなくてよかった。ときたまウエストを少し詰めてもらっていた。大人になって買い物に行った時、試着室から、同じジーンズで出てきた時、マリアとわたしの立ち姿を見る母の目は歴然と違っていた。マリアを見る目はさも自慢に満ちていたが、わたしを見るときは見たくないものを見るように、斜《はす》かいに見るだけであった。その後で「心配しないでいいのよ。あなたもお顔の方はとても可愛いんだから」と慰めてくれた。

同じ服装で行くのに、問題はなにもなかった。この大晦日は、姉妹は別行動ということになっていた。わたしは自宅で両親と息子のマテオとパブロといっしょに、マリアは自分の家で夫のカルロスの家族といっしょに夕食をとることになっていた。十二時前後は電話が混んでかかりにくいので、早めにと、十一時半に電話し、〝良いお年を〟の挨拶をした。特に変わったことはなかった。マリアはわたしの息子たちと話をし、わたしは姉の夫のカルロスにキスを送り、受話器をおく前に、「じゃ、またあした、お話ししましょうね」と言って電話を切った。それっきりだ。何も変わったところはなかった。マリアの様子に死の影はまったく感じられなかった。お互いさようならを言うこともできなかった。その三十分後に亡くなったのだから。

医者は心不全とだけ言った。ただそれだけだ。急死というものは、考えられているほど稀ではない、とも言われた。一両日の中に検死報告書をそろえてお届けするとのことだ。マリアの死は、格別の変死ではない。新年の乾杯をしたとたんに昏倒《こんとう》したらしい。手にシャンパングラスを持ったまままだった。検死官はマリアの埋葬を許可し、葬儀車が来しだい、お墓へ出発することになるだろう〔火葬しないスペインでは葬儀の後すぐ埋葬される〕。

この二日間着替えをしていない。着替えをしようとも思わない。わたしのブラウスは相変わらずほつれ続けている。マリアの着物は病院で手渡されたものが袋にいれてあるが、手放す気になれない。わたしと同じ小さなスパンコールのブラウス、同じく黒いスカートと同じビロードの靴が中に入っている。ポリ袋をしっかり握っているわたしの手に汗がにじむ。スパンコールはわたしのブラウスからほつれ続けて止まらない。わたし自身もほつれ続けていた。

　パブロはスパイダーマンの仮面を付け、楽しそうにソファの上で飛び跳ねている。しかし、マテオは異変に感づいている。東方の三博士〔スペインではサンタクロースではなく、イエス誕生の時やってきた東方の三人の博士がクリスマスの贈り物を一月六日に届けることになっている〕がクリスマスにマテオにおいて行ったのは大人用と同じ、車輪が一列しかついてないローラースケート靴だった。いつのことか、マリア伯母さんはマテオにローラースケートの滑り方を教えてあげると約束したので、東方の三博士へのお願いの手紙の一番目にローラースケートと記しておいたのだ。今朝起きると玩具箱から渋々ながら遊び道具を取り出したが、スケート靴には触れようともしなかった。マリア伯母さんのことを訊《たず》ねようともしなかった。

　姉には子供がいなかった。とても忙しくて子供を持てなかった。医学全般の研究、インターン、専門の精神障害学の研究、定職への就活、自らの開業医開設とひまがなかった。マリアは終始、これらのことをよくやり遂げた。しかも、順序立てて、その通りに。結婚でさえ、時期を逸することなく、ぴったり相応《ふさわ》しい人と。カルロスは精神障害医である。母の見立てでは、姉と同じく、働き者でとても気品があった。いつもきちんとネクタイを締め、髪に櫛を入れ、顔は丹念に剃ってあるのでやや人工的な艶《つや》さえ感じられる。少し太り気味で、どっちの足か今思い出せないが、片足を少し引きずるようにして歩く。どちらの足かわたしが、注意していないせいであろう。ルイスマとは全然打ち解けない。カルロスはわたしの先夫と知り合ってからずっと、正式名のルイス・マリアノで呼んでいる。ルイスマと圧縮して呼ぶのは悪いと思っているのかもしれない。一方、ルイスマはルイス・マリアノと正式名で呼ばれると恥ずかしがる。たいがいの場合、ルイスマといえば、一般にはルイス・マヌエルのこと、と思われてるが、そう思われても、それはそれでもかまわないと思っている。

子供たちは、マリア伯母さんの家に行くというと喜んだ。新開地にある伯母さんの家は別荘風で、庭付き、プール付き、滑り台、ブランコなどの遊具、ミニサッカー場もあった。

姉はそこでマテオにローラースケートを教えることになっていた。別荘風の家では、すべてが自動だった。カーテンもリモコン操作で開いたり閉じたりした。訪問する度に新しい機械装置を発見した。最新の携帯電話、小型パソコン、最新型コーヒーメーカー、それに各部屋に壁掛けテレビがあった。わが家には、テレビはリビングに一台。カーテンの開閉は、カーテンの所に行って、手で開け閉めしなくてはならない。とても比べものにならない。

マリアとわたしが子供の時、良い方ではあるが、その良い方の最低のところに住んでいた。つまり、中の上の区域にある、中の下クラスの高層マンションに住んでいた。その最上階にわたしたちの家があった。わたしたちの家のすぐそばの家庭よりはほんの少し良かったが、二百メートル離れたもっと新しくプールもついているマンションの家庭よりは少し下だった。もっともこれは、一九七〇年代の終わりか八〇年代初めにかけてのわたしの貧富の見方によるものである。わたしの幼年時代は記憶する限り幸せだった。両親は、わたしが五歳の時別れたが、わたしにとって、なんのトラウマにもならなかった。それに、七〇年代の終わりころ、離婚はそれほど頻繁にあったわけではないが、わたしにとってはふつうの出来事であった。マリアとわたしは母といっしょに暮していたが、父はほとんど毎日午後になるとわたしたちに会いにきた。マリアとわたしは、毎週金曜日は学校を終えると、父といっしょに祖父母の家に行き、日曜日までそこにいた。わたしの両親はとても仲良くしていて、だれも離婚の動機を理解することができなかった。マリアとわたしは両親の離婚を知るのに何年もかかった。

姉の死いらい、学校はクリスマス休暇に入ったので、子供たちの面倒はもっぱらルイスマが見ていた。わたしはとても疲れていて子供たちの相手になれなかった。元夫は最近ずっと家にいる。今日は一月六日（東方の三博士が、生誕のイエスキリストに贈り物を持参した故事によりクリスマスプレゼントの日とされ、子どもたちの楽しみの日（主御公現の祝日）、（サンタクロースは北欧の習慣））、父と母は東方の三博士が、孫たちにどんな贈り物を持ってきてくれたのかを見ようと例年通り家にやってくる。姉の埋葬の日いらいの再会である。あの日の愁嘆場《しゅうたんば》を、子供たちを含めてみんな克服したのかどうかわたしは心配だった。

「おじいちゃんとおばあちゃんだ」パブロが玄関のベルを聞きつけて勢いよく叫んだ。

廊下を走って行き、嬉しそうにドアを開ける。

「おじいちゃん、おばあちゃん。東方の三博士やってきたんだよ」

母は毅然《きぜん》として気丈夫そうに見えたが、父の表情は哀しみですっかり変わっていた。お互いを認めると、三人は無言で抱擁した。父はわたしの目をまともに見ようとはしなかった。見ようとすると、泣けてくるのをガマンできないことを知っていたからである。母はわたしの頬にキスしてくれた。遠いところをこうして訪ねてくるのはとても大へんなことだと思う。これから先、生活していくのはとても努力が要《い》ると思った。

マテオはテレビでマンガを見ている。マテオはピンク・パンサーに夢中になっていたので、おじいちゃん、おばあちゃんがきたかどうかは上の空。ルイスマは子供たちがマリアのことを思い出さないように気を遣っている。パブロはあちこち走り回っている。

「おじいちゃん、ぼくスパイダーマンだぞ。壁をよじのぼれるんだ」

「そうか、そうか」父は声を詰まらせながら言う。

「マテオ、お前、三博士にトゥロン〔クリスマスの時に食べる、アーモンド、クルミなどを糖蜜で固めた菓子〕さしあげたのかい」母がマテオに尋ねる。

「東方の三博士なんていないもん、いないもん」マテオは怒って言うとクッションで顔を覆って泣き始めた。

両親とわたしはソファのマテオのそばに座った。ルイスマはパブロをつれて外に出た。

「どうしたの、マテオ」わたしは言った。

「マリア伯母さんは死んでしまった」クッションを顔から離さずに答えた。

父の目頭が潤んでいた。わたしはどう答えてよいのかわからなかった。母は意気込んで言った。

「そうよ。おばちゃまは天国に行ったのよ」

「もちろん、三博士はいるのよ！」わたしは口を挟んだ。「おバカさんね。三博士はちゃんときたのよ。見なかったの」

先週マテオが失ってしまった無邪気さを取り戻して泣き止んでくれれば、返事はどちらでもよかった。静寂の中、テレビのピンクパンサーだけが、わがもの顔に演技していた。ピンクパンサーの音楽に感謝する。

「ママ。伯母さんはどうして死んじゃったの？」

「わからないわ、どうしてか」

「良い人は……」父が気を取り直して言う「死んだらお空に行くんだよ。すばらしい所さ」

「おじいちゃん、行ったことあるの？」とマテオが言う。ようやくあどけない幼児に戻ってくれたようだ。

午後のいっときが静かに過ぎていく。マテオは少しずつ機嫌を直していく。父はパブロと遊びながら、笑いをとり戻す。ルイスマは下の店でクリスマスのロスコン〔リング状の大型パンケーキ。一月六日の祝い菓子。中に小さな人形などがはいっている〕を買って上がってきた。母は家の中が散らかっているのを非難し始めた。みんながマリアのいない悲しみを忘れ、平常心をとり戻さねばならない。わたしは、そろそろ仕事に復帰したいと思う。子供たちも早く学校に戻させたいし、ソルニッツァーもブルガリアのクリスマス休暇から早く帰ってこないかな。そして精神療法士のルルデスに診察の予約を入れたいと思った。

両親が帰ろうとして、コートを着ようとした時、パブロがスパイダーマンの衣装を着け、ソファで指をくわえたまま眠ってしまっているのにわたしたちは気付いた。マテオはようやく、当の箱に近付き、箱からスケートを取り出した。

「見て、見て。おじいちゃん、車輪は大人用とおんなじの一列だけだよ」

「素敵だね」

「おじいちゃん、滑り方教えてくれる?」

「もちろんさ。わしが教えてあげよう」

ルイスマと別れてからの女の親友はエステルである。結婚していた間は、女友だちはいなかった。だから、誰にも夫とうまくいってないことを話せなかった。マリアは別格だが、姉にさえ、自分の問題を細々と話すのは気が引けた。話すことでマリアに劣等感を感じるからである。マリアはカルロスとうまくいってるし、姉だし女友だちの中に入らない。ルルデスだって同じだ。友達のような付き合いをしているが、精神療法士はあくまでも療法士であって、友達にすることはできない。

エステルはプロダクションの会社でシナリオのコーディネーターの仕事している。一種のシナリオライター長である。仕事の関係でいうと、お互い向き合って座っていること以外に、わたしが仕事している制作部に、単発の番組またはシリーズ物の制作に必要な事を連絡してくる役目を負っている。わたしたちはそれらが予算に収まるかどうかを吟味し、収まればその予算で実行に移す。

例えば、五チャンネル用に制作中の少年もののシリーズの脚本家たちが、二人の少年主人公にリュックを背負わせて一週間家出をし、ニュージーランドを旅行してくる、という脚本を書いたとする。制作のわれわれは、いえ、待って下さい。わたしたちの番組は大衆指向なので、近場のサラマンカを回ってくるように脚本を書き直して下さい、といわねばならないのだ。

わたしは仕事に復帰したいと思っていた。当然の権利である姉の死のための三日間の忌引き休暇さえフルに取っていなかった。何たる矛盾、休暇はふつう何か祝い事と結びつけるが、不祝儀の代償を休暇と結びつけるなんて。復帰の最初の週、制作部のみんなは妙にわたしに気を遣ってくれた。最初の日々、自販機のものだけど、コーヒーを一日に合計十杯もごちそうになった。案の定おなかはぐるぐると回転した。自販機のコーヒーはヨーグルトの繊維とは比べものにならないくらいすごい。わたしは、廊下を走ってトイレに駆け込まねばならなかった。仲間たちは、勝手に解釈してくれた。

「可哀そうにね。泣いているところを他《ほか》の人に見られたくないのね」

部長は、新しい番組のため、来週セビーリャでアンダルシア全県の子供出演者のオーデションを行うということで、その出張チームにわたしを加えることを決定した。

部長はカルメンという名前。良い人だ。わたしの上司でなければ、親友序列で、エステルに次ぐ第二番目に位置すると思う。わたしはカルメンから、ホテル、汽車、子供出演者とその母親たちの招集、プロダクションのための車の手配など、アンダルシア旅行全般を差配するようにと指示された。〈あなた、頭の中に他《ほか》のことを入れることで、気がまぎれるわ〉とわたしに言った。

わたしは仕事の旅行は好きではない。番組の仕事以外は仲間たちとはあまり打ち解けない。気をゆるして寛《くつろ》げない。いつも愛想よく、人に気に入られるように振舞いたいと思っている。一日中微笑を作っていたら疲労困憊《こんぱい》してしまう。ルルデスは診察の時、いつもわたしに言う〈その、他人を喜ばせたいと思う気持ちがあなた自身の中に不安として存在している。他人に対して微笑を止めて、不快なら不快な顔つきになったらいいのよ〉と。もっともなことだ。ルルデスはいつももっともなことを言う。

子供歌手たちのオーディションを手配するなどほんとは全然意欲が湧かない。義父母、両親、ルイスマ、ソルニッツァーを説得して子供たちといっしょにいてもらいたいとお願いするのは、へとへとに疲れてしまう。マテオとパブロの時間割はとても複雑だ。一人は小学生だが、もう一人はまだ幼稚園児、決して二人同時に家を出ることも帰宅することもない。一週間、時間をもてあまさないように、ひまを与えないようにと、父のルイスマは、マテオに月曜と水曜にサッカーをするように、パブロには火曜と木曜に水泳をやるように指示した。それから、入浴だ、宿題だ、夕食だ、と忙しい。わたしは、それはぜんぶわかっているが、わかっているのはわたしだけ。わたしが旅行に出れば、パブロがサッカー教室に連れて行かれ、マテオは一時間遅れでピックアップされ、二人とも朝はスクールバスに乗り遅れるに違いない。おまけにソルニッツアーは夫との関係が危機を迎えているという理由で、ブルガリアの休暇から少し遅れて帰って来た。彼女風に発音すると、夫《マリード》ではなく、マリリリードと巻き舌になるのだ。ソルニッツァーが彼女のマリリリードとケンカした時の話をすると注意散漫になって、アイロン掛けをしていて、わたしの下着を一、二枚焦がしてみたり、息子たちの色物と白シャツを混ぜて洗い、白シャツは色物に、色物は色褪せさせたりする。ソルニッツァー夫婦の危機はいつもソルニッツァーの行動の動機付けになっている。何の証拠もないのに、夫は浮気しているといつも思っている。夫《マリリリード》には、複数の愛人がイルルと確信している。

ソルニッツァーの、この注意散漫ぶりでは、この時期丸々一週間家を留守にするのはよろしくない。それに、マテオはわたしの姉の死をとても悲しんで、毎晩夢をみては、わたしのベッドにやってきて、朝まで眠る。少しずつは回復していくだろうが、時間は大分かかりそうだ。彼ばかりではない。みんなもそうだ。


今朝アトーチャ駅〔セビーリャ行列車のマドリード始発駅〕にくるのが早過ぎた。わたしたちの乗るセビーリャ行の特急《アーベ》は十一時発である。わたしは、九時半からここにいる。どこに行くにも遅刻するわたしだが、今朝はソルニッツァーが子供たちをきちんと送り出し、わたしは地下鉄であっというまにここにやってきた。母に電話し、子供たちのスケジュールを確認しておこうと思う。

「もしもし」

「ママ」

「ああ、クララかい」

「あ、ママ。わたし、クララよ」

「それはわかってるよ。今、クララかい、といったばかりよ」

「あ、そうだったわ」

「それで、どうしたの?」

「子供たちのこと、ちゃんとわかってる？」

「それはわかってるわ、クララ」

「今日の午後、マテオはサッカー、パブロは六時に……そうだわ、パブロは心配ないわ。ルイスマが連れて帰ってきてくれるから……マテオも大丈夫。ソルニッツァーが送っていくから……ごはん、ちゃんと食べてよね！」

「はいはい、クララ」

「じゃーね、ちょっと確認しておきたかったので」

「いいわよ」

「で、ママは元気なの？」

「そうね、まあまあよ。時々は込み上げてきて泣きだし、止まらないこともあるけど」

「もっと、外出するといいわ。美容院に行って、髪染め直してきたら？　この前会った時、毛根のところが白かったわよ」

「はい、行きますよ」

「今日、行きなさい。お母さんは美人だ、と子供たちに思って欲しいのよ」

「ハイ、今日行きますとも。あんたの汽車、何時発なの？」

「十一時よ」

「気を付けてね」

「さよなら、ママ」

「さよなら、クララ。甘いもの、たくさん食べないことね。美容によくないよ」

「いやだ、ママ」

「わたしだって、孫たちがあなたのことを美人だと思って欲しいですからね」

特急《アーベ》に乗り込むまで、今回の旅行にエステルが脚本の責任者としていっしょにきていることに気付いていなかった。ぎりぎりの時間になってカルメンが決定し、昨夜の中に切符を手配したのだった。エステルにはセビーリャ行きはありがた迷惑なのを知っている。なぜかといえば、新しい街頭録画の番組の脚本を書くことになっていたのに加えて、少女たちが、コプラ（アンダルシアの民謡。八音節四行の詩）を歌うのをじっとがまんして聞いてやらねばならないのは、エステルにとっては相当神経が苛立つ仕事なのだ。エステルはユーモア脚本家だ。わたしが知っている脚本家はみんなユーモア脚本家だと見なされているが、その魅力は限定的で、結局はみんなコンクール参加か、午後のワイドショー止まりだ。悪くはない。しかし、ユーモア脚本家であることと、そう見なされていることは同じではない。エステルの作品にはほんとうの魅力があった。わたしは素晴らしいと思う。作品は、彼女の人となり以上に良い。いつも小説をひとつ書いてみたいと言っているが、きっと、彼女ならいつの日か書き上げると思う。エステルがこのセビーリャ旅行にいっしょに行くというのは良いニュースだ。しかし、食堂車に行ってみると、まるで悪い冗談のように悪いニュースがいた。

悪いニュースとはミゲルという名前のディレクターで、わたしのプロダクションのために再びいっしょに仕事をするようになったのだ。具体的にいうと、わたしがコーディネイトするプロダクションの番組のために呼ばれていた。ミゲルとわたしは、ルイスマと別れて間もなくのころ関係をもった。ミゲルとのあの関係をどう名付けてよいかわからない。〈情事〉と呼ぶのが良いかもしれない。ミゲルは背が高く、力が強く、浅黒で、青い目をしており、歯並が白く申し分ない。美醜どちらか、というと醜よりも美の方が勝っているが、それでも、そんなに魅力的なヤツではない。ちょっと目には堂々たる体躯に気を引かれるが、じきに引かれなくなる。多分着ている物のせいか、いつも裾を短かくつめ上げたダーツのズボンをはいているせいか、それとも、髭の剃り方が早くて、雑なのか、アフターシェイブの付け過ぎのせいか、首に掛けている金のネックレスが後ろ過ぎるのか、それとも、あまりにもきちんと切り揃えてある髪にきちんと櫛を入れてあるせいか、よくわからないが、ミゲルはどこか魅力に欠けている。ミゲルと知り合ってまもなく、エステルがいみじくも言った、〈あれ、おムコさんの顔よ〉がミゲルの容姿を最もよく言い当てている。

ミゲルとわたしの関係は惨憺《さんたん》たるものだった。忘れかけていたがルルデス先生の指摘によれば、失敗の原因はわたしにあるとのこと。自分でもそう思う。だけど、そのミゲルがまたまた、仕事仲間になるのだ。ミゲルは今、特急《アーベ》の喫茶室、わたしの後ろにいるのだ。背中が触れた。

「やあ、クララ」

「おどろいたわ、ミゲル。しばらくね」

「お姉さまのこと、ほんとうにご愁傷さまです。二、三日前に知りました」

「どうもありがとう」

「またごいっしょに仕事ですね」

「そうね」

「またちょくちょくお会いできるね。こうしてお話しもできるし」

「もちろんよ。お話ししましょ」

「そう。ね、どうして電話してくれなくなったの」

その通りだ。全然説明もせず、わたしの方から電話するのを止めてしまったのだ。あの当時何が起こったのか自分でもよくわからないのに、彼に何と言えばよいのか。ルイスマと破鏡《はきょう》になった時、わたしは錯乱していた。同じ一日のうちに、深い悲しみに陥ったり、その数時間後には、わけもなく、笑って、踊りたくなって、至福感に満ちたりした。踊りは小さい時から得意技だった。気分がいい時は踊った。音楽伴奏で。いや、伴奏がなくとも。ルイスマと別れて数か月というもの、ルイスマでなければ誰でもよい、無性に、男がそばにいて欲しいと思った。欲望と恐れ。なぜなら、男といることを想像するだけで体が麻痺《まひ》して動けなくなった。わたしはルイスマには貞節を守った。デートするようになってから離婚するまで、他の男といっしょだったことはない。その期間を通して、幾人かの男と知り合いになり好きになったことはある。たいがいは、仕事仲間だったが、誰とも、なんの問題も起こさなかった。二回ほど、その間際までいったが、最後は、わたしが身を引いた。節操、主義とかの問題は関係なく、特別プライドが高いわけでもなかった。単に、踏み込まなかっただけである。それに、今だって、なぜ、踏みこまなかったか説明はつかない。もし、過去に戻ることができれば、きっと、少なくとも一度は確実に不実を犯していただろう。不実を犯さなくて良かったのかもしれない。

ルイスマと別れた最後の年、せいぜい、五、六回しか、いっしょに寝ていない。たった五回か六回、他の夫妻や恋人同士との土曜日の食事会の後だった。五回か六回、手順のようなお勤めだった。そして、次回までなにもなし。最後のころは、セックスはたくさんでもなく、良くもなかった。オルガズムを感じなくなってどのくらいなるのか思い出せない。いくらかオルガズムを感じたかどうなのかも思い出せない。ルイスマと同衾《どうきん》しなくなった後、自分は男の人とキスができなくなっているのではないかと恐れた。それが、ボーイフレンドに会う前のわたしのいちばん大きな恐れだった。まるで、生娘のような。ルイスマとわたしは、愛し合う男女が求め合うようなキスをしなくなってずいぶん時間がたった。三十歳以上の人が、キスができないのは悲しい。しかし、キスを忘れてしまうのはもっと悲しい。

セビーリャは美しい街だと思う。滞在の大半は、町の郊外の工業地帯にあるスタジオのセットの中で過ごしたが、夜は、中心街に戻って食事をし、それに、ヒラルダの塔、黄金の塔、大聖堂《カテドラル》、マエストランサ闘牛場の写真も撮った〔セビーリャ市内観光地点〕。

ちびっこアーティストのオーディションはいつも通りの非情さで進行した。歌を歌えないとても可愛い子、歌は上手《うま》いが凄《すさ》まじい子、自分の娘に対する審査が公正を欠いていると抗議する母親たち、泣き出してしまう娘、「白鳥の湖」を踊る孫娘を見て感激してしまうおばあちゃん、いつものことだ。もうここに三日間滞在している。たくさんの子供たちを見て、自分の息子たちが恋しくなる。子供たちのことを思い出す。自分の子供時代のこと、母親のこと、姉のマリアのことも。テレビに出させようとして娘たちをオーディションにつれてくる母親たちはたいがいの場合間違いを犯している。大半は客観的ではない。ほとんどの場合わが娘はなにか特別な才能を持っていると考えているが、現実にはなにも持っていない。これ以上続けたくない今の生活から抜け出すため、この子がお金を稼いでくれるのではないかと、希望を託す母親たち。多くの母親たちは単純に経験を積ませるためにオーディションを受けさせる。その結果、ほとんどすべての場合、お金は入ってこないし、経験を積ませるどころか、失望を重ねる。例外はある。オーディションは子供にとって良いことではないと経験して知ることである。娘にオーディションを受けさせにくる母親たちはとても印象が悪い。わたしに拒絶反応が起こる。仕事の上では決して人と争いはしないが、子供たちのオーディションの時には再三大声を出してしまう。これは精神療法士のルルデスに話してみなければならない問題だ。

「母親たちは子供たちに屈辱を与え、子供たちを商品のように利用してるんです」

「あなたは母親たちが子供たちに屈辱を与えていると思うのですか」

「ええ、貧乏から抜け出そうと、男の子たち、女の子たちをさらしものにしてるんです」

「あなたはそのためだと考えるの」

「もし、それがお金儲けのためでなければ、娘は有名なのだと、隣人たちの前でジマンしたいからでしょうね」

「他の理由があるとは思わないの」

「取り立てて他に理由はありませんよ。子供たちにしたくないことを無理矢理させて、子供たちをうんざりさせていると、わたしは思っているんです」

「あなたはそう思うのね」

「ルルデス、もうたくさんです。これ以上、わたしが、そう思っているのに、思っているのね、とお聞きになるのはお止めになって下さい。わたしは、申し上げてるんです。わたしはそんな母親たちを憎んでいるんです」

「ええ、わかりました。私には、その母親たちには憎めないところがある、と思うんです」

「えっ」

「あなたのお母様、もしかして、何かのオーディションにあなたをつれて行かなかったかしら?」

「それとこれとどう関係あるのですか?」

「あなた踊りがお上手だったわね。お母様きっとあなたをつれて行ってると思うわ」

「わたしの時代にはオーディションはありませんでした」

「きっとつれて行ってもらってるわ」

「いいえ」

「なぜ」

「わかりませんわ」

「つれて行ってないこともあり得ますね。あなたのお話では、お母様はあなたのこと太っちょさん、と考えていらしたからだわ」

「少しだけ太っちょでしたわ。ホントいえば」

「そこだわ、相違点は。あなたが嫌ってるその母親たちは、うちの娘こそ最高だと思ってた点だわ」

ここに来てから、わたしはミゲルを避けている。日中はあまり顔を合わせない。話すことは、オーディションに関することに限られる。夜になってチーム全体で食事する時は、一番離れた所に座る。彼とは話をしなければならないのはわかってはいるが、まだ、その時期ではない。

セビーリャにきて三泊した。初めの二晩はかたっぱしから雑誌に読み耽った。わたしにとって、ベッドで一人眠る前『オーラ』〔スペインの週刊誌〕を読むのは、一週間の中で最高の楽しみの一つである。しかし昨晩は、眠る前の三十分を、同じ孤独の別の楽しみに当てた。もう何か月もおこなっていない。もう必要以上の段階にきていた。もう少しで眠りに落ちようとした時、隣室の女編集者がつれの誰かといっしょに部屋に入ってきた。ドアを開けながら笑う二人の声に、眠気を振り払われた。初めは少し腹が立った。しかし、壁の向こう側でこれから起ころうとしている物音を聞いて楽しんでやろうと思った。男は誰なのか声を確かめようと思った。きっとチームの一員のはずだが、誰だかわからない。声と笑いが止んだ。前戯に入ったなと想像した数分間の静寂の後、急に女編集者の声を聞いた。初めはごく低い声から、段々と少し高い声、やがて単調な叫び声になった。それは短かった。しかし、最後はとても強烈だった。その後また静かになったが、数分の後、女編集者の喘《あえ》ぎ声、決定的なアクメとなった。瞬間何も聞こえず、その動作は、想像するより他はなかったが、想像することで、もっと興奮した。女編集者が頂上に達すると、わたしも少し遅れて達した。すぐに、隣の女はまた始めた。しかし、今度の喘ぎには、男友達のものもあった。ベッドは軋り始め、リズムをつけてわたしの部屋の壁に当たった。わたしはそれと同じリズムを取り、やがて頂上に登り詰めた。初めに達したのはわたしだった。その後、女編集者が三度目のアクメに達し、最後に男が果てた。あの感覚は、かつて経験したことのある三人セックスによく似ていた。正体不明のお友達は足早に部屋を出て行った。わたしもドアの外に出てさよならを言いたかった。一晩わたしは楽しみ、元気をもらった。わたしにもこんなチャンスが来ますようにと熱望した。

エステルは今日、プロダクションのチームから二人で抜け出し、今晩カディス〔セビーリャの南、海岸に面する都市〕から会いにきている彼女の二人の男友だちといっしょに、アルゼンチンレストランで食事をしようと言った。本当は、エステルはそのうちの一人とだけ知り合いで、彼とは月に二、三回寝る、ということだった。もう一人は、二組のカップルになるために呼んであった。目的は見え見えだった。友だちの友だちは、エステルの話ではすごくハンサムということだった。しかし、タリファでサーフィンをやっている以外に、証拠はなにもない。「ねえ、あんた。カッコよくないサーファーに会ったことあるの?」

エステルの友だちの友だちのサーファーとデートするためお化粧していると、姉のマリアのことを考えてしまう。姉の死から一か月たっていた。一日に千回も思い出す。働きながら、笑いこけながら、怒りながら、子供たちと遊びながらでも思い出す。マリアを思い出すといつも悲しかった。マリアをすぐ身近に感じるのは、毎日鏡に向かってお化粧する時だ。それは一種の幻覚陶酔であり、その間わたしは悲しくない。わたしのアイラインをマリアの顔の上に引く。わたしの修正刷毛はマリアのクマを修正し、わたしの口紅はマリアのルージュを際立たせる。気違い沙汰の時わたしは少し怖くなる。でもこれはわたしの大のお気に入りの時間。ルルデスには秘密にしてある。精神セラピーとかで煩《わずら》わされたくないのだ。

サーファーと組んでの夕食のデートが無性に待ち遠しかった。わたしきれいよ。先月は大幅に体重を落として、細身になったわ。わたしのサイズが二つほど下がっているところをマリアが見てくれたらな。もっともマリアが死んでいなければ、体重は減ってなかったかもしれない。わたしはその考えに納得がいかない。これこそルルデスと話し合ってみなければならない。

これまでの生涯、男は、あまりたくさんはいない。ルイスマと知り合う前に三人の男の子とキスした。男たちは乳房を触ったが、それ以上は触らせなかった。もちろんわたしは、その若者たちの首以外の部分に触ったことはない。マリアはわたしに教えてくれたことがある。あんた、男にキスする時は、手を襟首に触れておくものよ、と。教えられたとおり実行した。片方の手を襟首に触れ、もう片方の手は男たちの手が腿《もも》より上に行くのと、おへその下に行くのを阻むためだというのだ。

もちろんそれはニキビ面の恋人から自分が、はしたない女だと思われないためだ。四番目にキスした青年がルイスマであり、ルイスマとは、この二年前までずっとキスしていた。

その数少ない男性経験の償いをしてくれたのがミゲルだった。ミゲルはルイスマと別れていらい、初めての男だった。何の番組だったか思い出せないけど、番組制作の打ち上げパーティの時、最後まで残ったのがミゲルとわたしだった。わたしたちは痛飲していた。ディスコが閉店になる前、肘掛け椅子でもたれ合った。刺激的なキスが終わった後、彼は自分の家にこないか、と言った。わたしは成熟し、独立した女として、受け入れ、わたしたちはミゲルの家に行った。タクシーの中ではずっとキスをし続け、お互いに触り続けた。こんなに興奮したのはいつ以来なのか思い出せなかった。金のネックレスを首にかけ、ポリエステルのテルガル印の茶のズボンと格子縞のベージュの半袖のシャツを着ていたが、ミゲルはまぎれもなく男性であり、それだけで十分だった。

タクシーをおりる時までは全てが順調であった。しかし、彼が家のドアを開け、閉めて、すぐにわたしを脱がし始めた時、わたしは緊張して落ち着きを失った。緊張が高じ、一種のパニックとなり、果ては発作的で馬鹿げた高笑いになってしまい、抑制が利かなくなってしまった。可哀そうなミゲルはわたしが彼のことを嘲《あざけ》り笑っていると思い、わたしのブラジャーのホックを外そうとして止めてしまった。わたしは彼に、ごめん、赦《ゆる》して、と言った。興奮のし過ぎなの。彼は親切にも二、三分の休憩を与えてくれた。再び、首筋にキスし始めた時、わたしは興奮するどころか、くすぐったくなって、またまた笑い出してしまった。こんどは、ミゲルは本当に気を悪くし始めていた。急に動きを止め、わたしを少し落ち着かせようとソファに座ろう、と誘った。緊張は取れた。しかし、落ち着いてみると、飲み過ぎたのがはっきりわかった。酔いが回り始めていた。ミゲルが音楽をかけてくれている間、胃がひっくり返っていった。こんな時に悪酔いになるなんて馬鹿さ加減を悟られまいと必死に隠そうとしたが、隠せなかった。彼は、音楽の題名は忘れたが、CDをセットすると、恋の再開をしようと、わたしのそばに座った。わたしの頭はぐるぐると回っていた。しかし、胃の回り具合は、もっとひどかった。ミゲルはわたしにキスしようとまだ何も気付いてない顔を近づけようとした時、その晩飲んだ酒のすべてが嘔吐の形でそこに現れた。わたしは、絨毯、彼の靴、テルガル印の茶色のズボンを台無しにしてしまった。その後で、わたしは泣き出してしまった。ミゲルは立ち直るのに時間がかかったが、品格を失わなかった。モノも言わずに立ち上がり、雑巾とバケツを手にすると、わたしのために電話で呼んだタクシーが到着する間に、すべてを片付けた。わたしは泣き止まなかった。そして、ごめんなさい、と言い続けた。彼は心配しないように、と言い続けた。ミゲルはその夜、騎士として振る舞った。その夜ばかりではなく、それからの夜も。

エステルが部屋のドアのところで、アルゼンチンレストランでわたしといっしょに食事しようとベルを鳴らしている。わたしは着替え中。子供たちは今日はどうだったのかソルニッツァーに電話をしてみなくてはならない。子供たちが寝る前の方がよい。家に電話がかかると受話器を取るのはパブロだ。

「もしもし」

「パブロ、元気？　ママよ」

「ママって、いないよ」

「当たり前よ。まだ旅行中じゃない」

「いつ帰ってくるの？」

「あさってよ」

「今日ね、おじいちゃんがきてね、ゴール決めたんだよ」

「それはよかった。あんた、チャンピオンなのね。あのね、マテオに言って。ちゃんとパジャマ着て早くお休みって。明日学校があるからね、って」

「やあ、ママ」

「あ、マテオ。元気してるの？」

「元気だよ。今日おじいちゃんが会いにきてくれたんだよ」

「で、どうだった？」

「パブロとサッカーやったけど、足をとても痛くしちゃって、帰らなくちゃならなかったよ」

「痛くしたって？　どう？」

「うん、スケート教えてって言ったら、片方の足が痛いから、また、今度ね、と言われた。とても痛がってたよ、ママ。だって、泣き出したんだよ」

「大丈夫だよ。きっと、もうよくなってるよ」

「ボク、おじいちゃんに、ダルシー〔幼児用関節炎の薬〕を飲んでよ、と言っといた」

「あ、そう。じゃもう、なおってるわ」
受話器をおくと、父の耐えている災難を思い、また泣き始めた。エステルは、もしあまり気乗りしないなら、行かなくてもいいわよ。でも、カディスの男たちとのアバンチュールは気晴らしになるとは思うけど、と言ってくれた。わたしは女友達の、〈さ、早く身繕いを済ませてでかけるのよ。目のところ、も一度アイシャドー塗って。今晩、もしかして、マスカラ以上に走らせないといけなくなるかもよ〉という声を聞くと、元気をとり戻した。

わたしはそんなに読書しない。そのことは非難されても仕方がない。人と話をしていて話題が読書のことになるとわたしはたいがいついていけない。ふだんわたしが買うのはベストセラーもので、ほんと言うと、大半は途中で止めてしまう。それに、たとえ読み終えたとしても、中身を忘れてしまう。数か月もたつと、筋がどうなっていたか思い出せない。もちろん、有名な作家の名前は知っているし、その作家がどんな作品を書いているか結びつけることはできるけど、文学の話はそこまで。それで二、三分は持ちこたえられるが、その後は、わたしは会話の輪から外されてしまう。わたしの文化的常識欠如がみんなに知られなければよいが、と思う。アルゼンチン料理店の食事の夜はずっとこんな状態だった。つまり、会話からおいていかれたのだ。エステルと男友達とサーファーはずっと本の話を続けていた。一番苦手の話題だった。最新のプラネタ賞〔スペインの文学賞〕受賞者から始まって、ネルーダ〔チリの国民的詩人、政治家、外交官。一九七一年ノーベル文学賞受賞〕の詩まで、わたしが、聞いたこともないような作家名がぽんぽんとたくさん出てきた。
わたしはずーっと聞き役だった。興味ありそうな顔をして、誰かに、一番好きな現代イギリス作家たちについてご意見は？と聞かれはしないかと、おどおどしながら話を聞き続けた。その夜わたしが発した言葉は憶えている限り、次のようだった。順序だって憶えている、〈いいえ、それも、読んでないわ〉、〈あなたがおっしゃったそれ、とても面白いわ〉、〈わたしに、少しワイン注いで〉、〈ちょっとトイレ行ってくるわ〉、〈あら、これソーセージでもないのに、なぜソーセージのビフテキっていうのかしらね〉
当のサーファーは、エステルが想像していたように、すべてのサーファーがそうであるように、かっこよかった。少なくとも表面上は。すばらしい肉体、細身、二月だというのに褐色だった、完璧な鼻、明るい目、計算されたような三日剃ってない口髭。スポーツマンであり、教養があり、創造力がある。話によれば、文学論が好きなだけでなく、下手の横好きだけど、詩を書いている、ということだ。理論的には、理想的な夜のための理想的なタイプの男だった。しかし、実に実に、もう食事はデザートに入ろうというのに、当のサーファー氏はわたしに少しも関心を示していなかったし、目もくれなかった。わたしを誘惑しようという努力を少しもしなかった。視線もくれず、一切の心遣いも、微笑さえもくれなかった。よって件《くだん》のごとしだ。
食事のあと、みんなは、じゃ、一杯飲みに行こう、ということになったが、わたしは、ホテルに帰って休みたい、と言った。サーファー氏は予想していたように、じゃ、自分がお供しましょう、とも言わなかった。他のみんなといっしょに行ってしまうことになった。エステルは、わたしにキスしてさよならを言った。そのキスにはふつうのキスの他に、同情の分が込められていた。ホテルに着くとベッドにもぐりこんだ。隣室の物音でまた掻き立てられないか、と聞き耳を立てたが、女編集員は、今夜は一人で帰還したようだ。今夜は、何ひとつうまくいかない。テレビを消し、電気を消し、わたしの欲望がすべて消えると、また、孤独を感じた。なぜ泣くのか、訳がわからなかった。自分の孤独のためか、マリアのためか、隣室で物音がしないためか、父のためか、はたまた、昨晩の隣室のように、わたし自身が物音を立てられないためか、教養あるサーファー氏がわたしを無視したためか、自分で泣きたいためか、そのいずれなのかわからなかった。泣く理由などわかるものか。なにがわたしに起こったのか知るものか。わたしはただ元気になりたいだけなのに、その元気が出ないのだ。

今週は、どうしても写真スタジオで過ごさなければならない。カールフール〔スーパーマーケットのチェーン〕の特売会議でも、結婚式写真の打ち合わせでもかまわない。今月はマテオの歯の治療費を払う金が要るので何か仕事があればいいのだが。ルイスマは友人と共同で携帯電話の店を構えたが、あまりうまくいってない。この三か月、子供たちの養育費を払ってくれてない。ルイスマと知り合っていらい、いろんな友人たちと一杯飲み屋を二回、ビデオクラブを一回、宅配業を一回と清掃業を一回立ち上げたが、いっしょに始めた友人たちは友だちでなくなり、どの仕事も誰とも金を生み出さなかった。そして、廃業の時がやってくる度に、ルイスマは丸々一か月鬱《うつ》の状態で家に閉じこもった。

　ルイスマは電気技術者というれっきとした職業があるが、好きではない。自分で始めた仕事に失敗した時だけ、電気技術者として働く。いくらかお金を稼ぐのはその間だけである。現在、携帯電話の店が利益をあげるようになるまで、わたしの義父たちと同居している。利益をあげられるようになったら小さな借家に移り、子供たちの養育費とわたしへの借金も払ってもらうことになっている。ルイスマの計画はすばらしいのだ。ただし、わたしがそれを信じれば、の話だ。でも、マテオの歯列矯正具の初回払いを今月せねばならないので、どうしてもアルバイトを二、三回こなさなくてはならない。写真スタジオは結婚式の仕事をこなすと、けっこうな金を払ってくれる。もっとも、スタジオはその後、わたしに支払ってくれた金額の三倍を花婿花嫁から巻き上げる。わたしは写真を選びスタジオに渡すとスタジオはアルバムにしてそれを花婿花嫁に渡し、お金を受け取る。デパートの特売用の写真（エビ、ザルガイ（とり貝に似た二枚貝）、下着、自転車など店頭ものの）撮影の場合は時間単位で支払ってくれる。

自分の金で店を構えることも考えたが、プロダクションの会社を辞めないといけないし、そのための投資もしないといけない。もう一台予備のカメラ、パソコン、プロ用のプリンターも買わないといけない。これはちょっとした金額である。元夫の、今までの企業の成否を考えるとあえて危険は冒さない方がよい。

姉の埋葬の日〔火葬をしないスペインでは、告別式の後、すぐ埋葬される〕以来、義兄のカルロスとは会っていない。わたしはまったく気が進まないが、会わないわけにはいかない。カルロスはわたしにいろんなものが入っている、例えば家族の写真や記念品、思い出の品、マリアがお気に入りだった結婚式で使って今は不要になったものなどが入った箱が二つあるので、取りにきてください、という伝言を残していた。わたしは、あえて自分から進んでマリアの家に行きたいと思ったことはない。二つの箱はきっと、何にもましてわたしを悲しませるに違いない。すぐ開けられるように準備されているとも思えない。

カルロスとわたしはあまり馬が合わなかった。マリアとルイスマも同じだった。カルロスとルイスマはお互いガマンしなかった。われわれ姉妹の一人一人はそれぞれの夫の味方に付いた。表面上ぎくしゃくした義兄弟の関係はわたしとマリアの関係には影響を及ぼすことはまったくなかった。馬が合わない、というのは、たぶんライバルのことを悪く言うことでそれぞれ自分の夫を喜ばせようとする無理なポーズだったと思う。カルロスは自分の成功と稼ぎ高を自慢し、ルイスマはカルロスの肉体の欠陥、妙な両脚の引きずり方をからかって防戦した。

マリアの家には母が付き添ってくれた。旅は道連れということもある。義兄はふだん見せないような、だらしないかっこうをしてドアを開けてくれた。土曜日で診察室は開けてない。しかし、もう午後の二時近いのに、まだパジャマ姿だ。髭剃りもせず、こんなかっこうしているカルロスを見るのは初めてのことだ。二、三日こんな状態だったに相違ない。髭に白い毛が混じっているのに驚かされた。まだ櫛を入れてない頭髪も白髪交じりだ。母は二人の娘婿のうち、気品があるのはカルロスの方だと信じていたが、そんなかっこうを見せられてとても驚いた。

「おや、まあ、驚いた。ひどいかっこうね」

「ママったら、お願いよ」わたしは母のずけずけとした物言いを窘《たしな》めようと思った。

事実、そんなかっこうのカルロスを見るのは衝撃だった。セレブな家の中にまぎれ込んだ浮浪者のように見えた。

「どうぞ、お入り下さい。何かお飲みになりますか」

「いいえ、どうぞおかまいなく。お元気？」わたしは訊ねた。

「ひどいわね」母が割って入る。まだ、さっきの驚きが続いている。

「もう、くたくたですよ」カルロスがウィスキーを飲みながら言う。きっと、これは今朝の初めての盃ではあるまい。

「うちには遠慮なくいつでもきて下さいよ」

「はい、はい。もちろんですよ。お子さんたち、お元気ですか」

「元気よ。今日は子どもたちの父親といっしょに家にいるわ」

「ルイス・マリアノ〔ルイスマの正式名〕さんも災難でしたな。でも、これでよかったと思っているのはルイス・マリアノの方ですね」

「もし、おじゃまなら、その箱そのままこちらに頂いて、うちで開けるわ」

「いえいえ、どうぞご心配なく。二階の真ん中の部屋の戸棚の中にあります。どうぞ、お二階へ。お好きな時間いらして下さい」

カルロスは階下のリビングでウィスキーをあけながら待つことになり、母とわたしは階段をのぼり、まんなかの部屋まで行った。

家の中はどこもすばらしい。家具、額、カーテンの生地、電気スタンドは、クラシック調とモダン性が気品よくマッチし、すばらしい。すべてが見事な組み合わせだ。時代物から、オリジナルデザインのテーブルまで、ペルシャ絨毯から、くすんで、すべすべした緑の、もう一つの絨毯まで、すべての調度品が、この家のその場所にぴったり相応《ふさわ》しくセットしてあるのだ。それにひきかえ、わたしの家の飾りつけは最低だ。ポイントがずれている。店に飾ってあった時は、すばらしいと思ったものが、家に持って帰ると、まるで釣り合わない。例えば、赤い水差しを買って帰ると、盗品のようにみえる。マリアの家の廊下にあるオリジナルデザインのテーブルをわが家に持ってきて置いて見るだけで台無しになってしまう。基礎からやり直さねばならない。すべてを白塗りし、壁を磨き、ソファの張り替えをしなくてはならない。わたしの家は根本的な変革が必要なのだ。

まんなかの部屋のなかば空っぽの戸棚に、箱屋さんで売っている縞模様の段ボールが二つあった。買い物などでいちど使ったお古の段ボールではない。母とわたしは、二つの箱を戸棚から引っ張り出すと、それをベッドの上におき、一回深呼吸をした後、二つの箱を開けた。写真アルバム、封筒の入ったビニール袋、ずっと昔填《は》めていたのを見た記憶のある明らかに安物の指輪、なにかのCD、それに、写真の入った袋、ほとんどがマリアとわたしがいっしょに撮《と》ったものだ。

母とわたしは中身をあらためることなく、箱から次々に出して行った。ベッドの上にはアルバム、袋、箱入りの記念品などがバラバラに積み上げられた。一つ一つ見ながらあらためていると夜になってしまうのがわかり、家に持ち帰ることに決めた。散らかったものを段ボールに仕舞おうとした時、或る封筒に他の物といっしょに入っていた一葉の写真に目が止まった。それを引き抜くと、そこには、マリアと父と一人の赤毛の婦人が写《うつ》っていた。写真は最近のものだった。母は窓の光にかざし、矯《た》めつ眇《すが》めつ、近づけたり、遠ざけたり、裏をひっくり返してみては驚いていた。

「誰？」わたしは写真の中のオレンジ色の髪の婦人に興味を持った。

「死んだ女だよ」

「死んだ女の人だって？」

「マイテよ」

「マイテって、パパのあれ？」

マイテは、わたしたちがまだ小さかった時、父にいた愛人だった。それが両親の離別の主な原因だった。ある土曜日の午後、よくワインを買いに行く国道五号線のナバルカルネーロ〔ワインの産地、マドリードの南西三七キロメートルの小さな村〕のあたりで父が交通事故を起こしたという治安警備隊からの電話があったということだ。母が病院に着いた時、治安警備隊の事故報告書の内容によって、父の乗っていたスポーツカーのシートに、マイテという婦人が同乗していたことを知った。父の負傷はたいしたことはなく、それでも片足を骨折し、頭を少し切った。しかし、マイテは生死の間をさまよった。マイテはわが家の下のバーのウエートレスだった。父はそこへ毎日コーヒーを飲みに行っていた。父には二日後に退院許可が下りたが、マイテは事故の重傷を乗り越えることができなくて、一週間後に病院で亡くなった。あの当時大方の女たちはそんな決心をしなかったが、母は父の許《もと》を去り、わたしたち姉妹は、わたしたちの居住区の初めての離婚による父《てて》無《な》し娘《ご》たちということになった。

「ありえないことよ。ママ」

「でも、これマイテよ」

「しかし、死んでいるのよ」

「ほんといえば、ひどく年取ってるわ」

もし母の言う通りだとすると、マイテはずっと生きていて、父と会っていたことになる。そして、もっと驚いたことは、それをマリアが知っていたことだ。そこにいる三人はアルムデナ大聖堂〔マドリードの大聖堂。二〇〇四年五月、国王フェリーペ六世とレティシア妃の結婚式が行なわれた〕を背景に、カメラに向かって微笑んでいる。

わたしの家族にはこんなこと起こるはずはない。わたしの家庭はふつうの家庭でこんなことは映画の世界でしか起こらないことだ。父が死んだ赤毛の女と何年も通じ合っていて、それをわたしが知らなかったなんて只事《ただごと》ではない。姉がそれを知っていて、わたしに話してなかったなど、とても信じられない。おそらく、知ったのはごく最近のことで、わたしに話す時間がなかったのではないだろうか。すべてを明らかにすることができるのは父のみである。

エステルとはこのところ距離をおくようになっていた。セビーリャ旅行いらいわたしはエステルとは仲違《なかたが》いになっている。彼女の仕打ちはよいとは思わない。アルゼンチンレストランの食事の際の彼女の振舞いは気に入らなかった。彼女は、わたしが落ち込んでいるのを知っていたはずだ。わたしといつかは寝ることになったかも知れない男に、わたしが振られたのを黙って見過ごしていたのだ。今はあまり彼女と会わない。というのは、街頭スケッチの番組にかかりっきりで、「子ども芸能人」の番組の正式番組名になるはずの、「ちびっこタレント」の番組制作から降りてしまい、「街頭スケッチ」番組専任になったからだ。

エステルの代わりにシナリオの責任者になったのはロベルトとかいう人だ。この二、三週間じっと観察しているが、賢明でしっかり者というよりは、自信過剰だ。声が大きく、自己主張が強すぎる。評判のシナリオライターらしい。人の噂だけど。「ちびっこタレント」にくるくらいだから、それほど優れたシナリオライターでもあるまい。

このところ、世界の半分と闘いながら生活している。エステルと距離をおいているばかりでなく、ルイスマとも離反している。成熟したところがまったくなく、企業家になりたい夢には、うんざりさせられる。おまけに、ソルニッツァーはわたしに話しかけてこない。ブルガリア出身のお手伝いさんとわたしの関係が険悪な時、彼女は「クラーラㇻㇻ」と名前で呼ばずに、わたしを「ゴジュジンザーマ」と呼ぶ。今回、彼女が怒っている理由は、彼女の姪のイバンカを「ちびっこタレント」に参加させたくて、わたしの上司に話をして、参加できるように便宜を図って欲しいというのだが、ソルニッツァーはわたしがそんなことはできないことをわかってくれないし、姪のご面相がどうなのかも気にしていない。イバンカは十五歳であった。番組参加の唯一の要件、十六歳未満という年齢制限内ではあるが、背丈は一メートル四十五センチ、ブラジャーのサイズが一四〇はあるのだ。ふつうの顔して真正面から顔を見るのがはばかられるくらい大きな乳房だ。眉間《みけん》と鼻の下、どちらにたくさんの産毛が生えているのかわからないが、二つの毛の線は平行線を描いている。上の線は両目の上、下は唇の上だ。目はそれぞれ可愛いが、両目は均衡を欠き、目全体を台無しにしている。歌は悪くはない。しかし、スペイン語の中にブルガリア語訛りが入り、RRの二重子音がたくさん入り、耳障りである。〈ケーセラ、ケーセラㇻ、ケーセラㇻー、ケーセラㇻーデミビーーーダ、ケーセラㇻ〉（わたしのイノーチー、どうなルㇽの、どうなルㇽㇽのかしララㇻー）

それでも、わたしは譲らないといけないし、姪をオーディションにつれて行かなくてはならない。ソルニッツァーが怒っていることは小さな問題ではない。理論的には、わたしはこの家の主であるが、わたしが彼女なしに暮すより、彼女がわたしなしに暮す方がもっと良い暮らしができるに違いなかった。わたしに、さよならなんて言わないでちょうだい。

ソルニッツァーの立腹、エステルのよそよそしさ、ルイスマの支払い遅延もそうだが、とりわけ父の不実には心を乱される。愛人のことを父が、姉に話してわたしに話さないでいたなんて、これ以上の不愉快なことがあろうか？ 父はこれまで二人の娘を差別したことはない。差別するのは、母だけだと思っていた。もちろん、父と話をしなければならない。説明をしてもらう価値がある。しかしその前に、わたしはこの家族の中の新事実をルルデスに会って話さなくてはならない。精神分析士といえば、ほとんどは、アルゼンチン出身だが、彼女は、ブルゴス〔スペイン中北部マドリードの北〕出身である。五十歳くらいか。とても背が高く、十分に美形であり、上品であった。始めは、精神分析士にしては、距離をおいているように思えたが、ブルゴス出身者〔「反骨精神を内に秘めたような」人物を表す比喩〕として見るならふつうなのであろう。男用にも見える大き目のズボンとシャツを着ていた。浅黒く、大きな目、肌は白く、お化粧してはあるが、目の下の隈までは隠せてはいない。いつも、ではないが、目の中に微かな一本線が見える時がある。今わたしは椅子に座っている。彼女はいつものとおり、わたしの夢をメモしてあるブルーのノートを手にしてわたしの後ろにいる。

「そんなに重要なことってなんですか、言ってみてください」

「父に愛人がいます」

「それで？」

「愛人は死んでいます」

「何ですって？」

「父に愛人がいます」

「ええ、たった今あなた、おっしゃったわね」

「ええ、言いました。それに、愛人を持ったのは初めてのことではない、と」

「いえ、初めてです。なぜなら、愛人はマイテだからです」

「マイテですって？　あんたたちがまだ子供だった時の……」

「そう、その人です」

「でも事故で亡くなったとか……」

「生き返っていたのです」

「あら、話して、話して……」


わたしたちは写真の詳細について話した。何が起こった可能性があるのか考えながら少し間《ま》をおいた。写真発見以来、考えられるストーリーを描いて空想に耽った。ひょっとして父は身分を明かせない秘密の指令を帯びた諜報員で、マイテは多分反テロ主義者の諜報員なのではないか〔フランコの独裁時代（一九四〇―一九七五）には秘密警察に対抗する秘密組織もあった〕。ルルデスは三十分間じっとわたしの話を聞き、わたしは女医が言葉をさしはさもうとしているのを知った。

「で、あなたはどう感じているの」

「どう感じているのかわかりません」

「とても、とっても裏切られた、と」

「裏切られた、と……」

「そのあたりに問題がありそうね」

時間はまだこの先かかりそうだが、自分の心理状態をルルデスに説明できるくらいには回復していると思う。週二回の診療を二年間続け、やっと悲しいことは悲しい、怖いことは怖い、楽しいことは楽しい、今の時点のように、不機嫌な時は不機嫌、と言えるようになっている。父に対して怒り、姉に対して怒り、会ったことのないマイテとかいう女に対して怒り、果ては、この件で何も関わりのない母に対して、ふだん怒っているように怒っている。

「マイテが生きていることをなぜ父はわたしに話してくれなかったのかわかりません」

「なぜお父様は話してくれなかったと思いますか、あなたは」

「わたしの話まじめに聞いてくれないからです。わたしの話、まじめに聞いてくれる人いないわ」

「わたしはあなたの話まじめに聞いてるわ」

「それは診療費払ってるからでしょう。あなたを除いての話よ」

「あなたは、確かに怒っているわ」

「ごめんなさい、ルルデス。今の発言ごめんなさい」

「いえ、かまいませんわ」

「わたしの家族は、わたしにはぜんぜん気遣いをしてくれないの。子供の時、可哀そうな太っちょさんでした。わたし一人では、どうにもできない問題なのに、誰も助けてくれなかったわ……だから、父はマリアを選んで秘密を話したのよ。選ばれるのはいつもマリアよ」

「そろそろ終わりにしましょうか。時間がきましたよ」

「良い結論が出そうになると、いつも終わりになるのね。いゃんなっちゃうわ」

「それでいいのよ」

ミゲルとの二回目の出会いは実質的に初めての出会いとなった。あのことがあってから約一年経っていた。この初めての出会いの後、携帯にメールが入っていた。〈ぼくらのセックス関係は今後は上向きしかありませんね。ヘッ、ヘッ。会いたい。キッスを送る〉広間でわたしが吐いた日から、制作部では何回もすれ違ったが、あのことはいちども話してない。そして、このメッセージとなった。わたしたちの出会いの惨めさからの抜け出し方が気に入った。そして、制作の仕事が終わった後、いっしょに一杯飲みながら、あのことを忘れ去ろうと決心した。金曜日だった。いつも通りの金曜日だ。わたしたちは、サンタ・アナ広場に食事にでかけた。

ミゲルは特にわたしのタイプというわけではない。しかし、彼は物事を易しくさせてしまう。それが彼の一番の美点だ。わたしは前回の悲劇から抜け出せていなかった。しかし彼は食事しながら、少しずつわたしの緊張を解いていき、デザートの時には、あの吐瀉《としゃ》のことは、わたしからも、彼からも、すっかり消え去るようにしてくれた。彼がとてもよくしてくれたので、多分わたしはリラックスのし過ぎだったかもしれない。「ホント言えば、あのテルガル印のズボン、ひどい代物だったわね」と言ってしまった。本音、冗談半々だったが、幸いなことに彼は冗談に取ってくれた。

わたしたちはその区域の、とあるバーに飲みに行った。本式のではなくフラメンコの真似事《まねごと》をやっている。とてもフラメンコとはいえないフラメンコなのだ。ミゲルはわたしが踊るのを見て驚いた。わたしは彼がそれを気に入ってくれるのが嬉しかった。ルンバを踊りながら、たまらなく彼にキスしたくなり、抑えきれずキスした。彼もわたしにキスし続けた。わたしは彼と寝たかった。ルイスマでない誰かと寝たいと切実に思った。

ミゲルは自分の車を持っていたので、タクシーを拾う必要はなかった。それがよかった。彼につれて行かれるのは嬉しかった。左手でハンドルを操作しながら右手で着物をそっとそっとめくり上げる。わたしが穿《は》いていた長いスカートを腿《もも》まであげると、閉じていた腿を優しく開かせようとする。閉じた腿を半ば開けるが、皆まで開けない。自分で開けた方がよいのだ。彼は彼に近い方のわたしの左足を掌で触った。少しずつ上にあがり、ほとんど足の付け根まで達している。それからゆっくりとわたしの体の中心部を探した。ちょうどそこに達した時彼の手は止まった。ゆっくりした動きでわたしの腿を押し、もう少しだけ腿を開くよう促す。ショーツの内側を通って彼のためのわたしの空間、秘部から指をお腹の中まで滑らせて行った。露わのわたしの内部に指が触れた瞬間わたしは両腿に力を込めて指を絡め挟んだ。そのままミゲルは運転を続けて行き、彼の家の戸口のところで、車を止めるために、ようやく指を抜かねばならなかった。

わたしたちは車から出て上へあがった。ドアを閉めるとまた同じシーンだった。ミゲルはキスをしたまま、わたしを寝室まで運んで行った。わたしたちは着ていたものをもどかしく、慌ててめちゃくちゃに脱ぎ去って行った。わたしは下の方から脱いでいくべきだったが、上の方から脱いで行った。かけひもを外さずに靴を脱ごうとしたのは間違いだった。異常興奮のせいだ。わたしの片腕は頭にくっ付き上に持ち上げられた。もう片方の腕は出口がなくなり、下の方にさげられた。彼は右片足でぴょんぴょん飛び跳ねて半分ずれさがったズボンで左足の靴を脱ごうとしていた。最後は力を振り絞って着ているものから脱出し、ミゲルは頭脳を振り絞ってベッドの脚の所に座って靴ひもを解いた。

ベッドの上、わたしたちは裸でキスした。ルイスマと違う肉体を抱くなんと不思議な感覚だったろう。何年も同じ人と交わることは、まるでその肉体は己自身の肉体のようになってしまう。その形、大きさ、匂いに己自身慣れてしまうものだ。ミゲルとのその日のことは、わたしにとって、すべてが破瓜《はか》の時のような感じだった。わたしは、昂《たか》ぶり、緊張のあまり、欲望は焦燥と化し、快感を楽しめなかった。よい女でありたい、裸体のため、太り過ぎがみえみえにならないように、セックス経験がそれほど多い女とみられないように心を配った。いろいろなことが心にかかり、時々わたしは自分を忘れた。わたしは慎み深い愛人を演じた、多分演じ過ぎだったのかもしれない。彼もたいした感興を示さなかった。彼の快感に参加することなく、なすままにまかせ、いちばん正常の姿勢でわたしたちは終わった。彼が上で、わたしが下で始まり、終わった。終わった、といっても終わったのは彼だけだった。わたしは、それは気にならなかった。そんな状況下では当り前であった。わたしの場合はもっと当り前である。ルイスマと過ごした去年以降オルガズムを感じたことがあったのかどうかその時は思い出せなかった。わたしは諦めることには慣れていた。しかし、ミゲルとの車の中でのことは未来に向けて期待が持てた。その夜以降、このディレクターのベッドで数回いっしょに過ごしたが、状況はたいして好転しなかった。それから数か月たった時、ミゲルは仕事場から去って行き、わたしは彼に電話するのをやめた。それでも、彼とセックス——必要とされる女となるための隘路《あいろ》——をして、わたしは考えさせられた。再び、欲情される女に復帰するのはそんな遠くはない、と。

わたしはエステルに父の愛人のことを話したいと思っていた。さぞびっくりするだろう。それはそうだろう。でもその前に、セビーリャで起こったことを話し合わなくてはならない。先週彼女から何回も電話があったが、その度に電話に出なかったので、わたしが怒っていることを知っていたと思う。今日、ルルデスの診察の後、エステルに電話をかけ、食事の約束をした。なにはともあれ、いちばんの親友であり、心の痛みは伴うが、友達として、言わなければならない。

「セビーリャでのあんたの仕打ち、わたし怒ってるわ」

「あんたがわたしに怒ってるですって」

「もちろんよ。わたしを一人残してあんたがみんなといっしょに行ってしまうなんてふつうだと思うの?」

「でもね、ホテルに帰ってしまったのはあんたの方よ」

「あーら、エステル、あいつのために、友人をほったらかして行っちゃってもいいの?」

「あんた、年いくつになったの?　十五歳とでもいうの?」

「あんたもあんたのお友だちもみんな一晩中全然わたしのこと構ってくれなかったわ」

「せっかくのお食事を台無しにしたのは、あんたなのよ」

「わたし？」

「そうよ。あのサーファーに対して不作法だったのはあんたの方よ。お食事中あんた、口を開ければ、退屈した、って顔したわ」

「でもね。わたしを無視したのは彼の方だわ」

「彼に何して欲しかったの？　詩を書いてる、と彼が言った時、あんた、笑ったのよ」

「わたしが笑った？」

「まあ、なによ。クララ。嘲笑の顔だったわ」

「本当言って自分で気付いていなかったわ。わたし、考え事してて……」

「あの人はね、自分が惨めになって行ってしまったわ」

「可哀そうに」

「それは大丈夫よ。みんなには、あんたが心理療法中なのだからって、謝っといたわ」

「あら、いやだ。で、みんな、あんたに何ていったの」

「気の狂《ふ》れた女の人といっしょだってこと、前もって言ってくれなくちゃ、だって」

「それもそうね」

「でもね、あの人たちだって、サーファーがゲイだってこと、こちらに言ってくれるべきだったとは思うけどね。そうすれば、あんたがそんなに期待することもなかった、と思うわ」

「えっ、ゲイ？」

「何言ってるのよ、クララ。お食事の時、彼そう言ったわ」

「あの晩なんにもわからなかったみたい」

「あんた、周りの人にもっと注意を払うべきよ。そうすれば、不快になることなんかなかったと思うわ」


午後子供たちをつれて母に会いに行った。とても、機嫌が悪かった。父の裏切りが想像以上に堪《こた》えているのがわかった。初めのうちは、その方《かた》——父のことをそう呼んだ—のことは全然気にしてない、とわたしに言い張っていた。『だって、もう三十年も前のことでしょう、別れたのは』。その無関心さは消し飛び、急に慰めようもなく泣き出した。母は、『生きてるうちは、ぜったい、〝その方〟に二度と再び、言葉をかけようとは思っていない』とのことで、写真のことで父に電話をかけてはいなかった。わたしは明日仕事を終えた後、会うように父と約束をしてある。母には、父の説明を全部話してあげる、と約束した。とにかく、母とわたしはこの件に関しては〝裏切られた女たちチーム〟を結成した。父はわたしたちが何のことを話すのか知らない。電話では、写真のことは伏せておいた。驚かして、一《ひと》泡《あわ》吹かせる方がいい、と思った。父の前に写真をおいた時、父はなんというだろうか。

母は午後、気乗りすることなくマテオとパブロを相手に過ごした。二人とも休みなく、家の中をあっちこっち、引っかき回し、動きを止めなかった。母は悲しくしていた。察するに、精神安定剤か何か自分で買って飲んでいると思われる。時々ぼんやりしているのを見かける。母に少し付き添ってあげるのがよいのではないかと思って、うちにきて、少しいっしょに過ごそうかと提案した。良いアイデアかどうかはわからない。七十平方メートルの居住空間に母とその孫たちといっしょに住むことは、後期高齢期が近付いている母には、不安な冒険にちがいないからだ。しかし、わたしは母のためには良いことだと信じた。母を説得しなければならない。わたしは大きく成長しようとしていた。自分の母親が助けを必要としているのを見て感じるものだ。その日を境に人生は決定的に変わる。後戻りはできない。母親は強い存在でなければならない。孤立無援であってはならない。母親たる者、問題解決のため、いつ、何をすべきか知らねばならない。母親は女ではなく、母親は母親である。そんな母親に援助の手を差し延ばさなければならない日がいずれ誰にもやってくる。その変り目の日は不意にやってくる。人生の変わり目であり、その時こそ己の成長の時である。己は孤独であり、間違いを犯すことはできない。恐怖が訪れる。母は、孫に会いたいので三日にいっぺんは行くわ、というが決してわたしの提案を受けない。母もわたしと同じように同居は難しいことを知っているが、母はわたしの申し入れを喜んでくれた。

　おいとまの時がきて、孫たちとさよならをした後で、母はきつくわたしを抱きしめ、思い出せないくらいの優しさで頬《ほほ》にキスしてくれた。その後わたしの上着のポケットになにやら突っ込んだ。それは、千五百ユーロ〔日本円では約二十万円〕の小切手だった。

「これは？」

「それ、千五百ユーロよ」

「なんのためなの？」

「マテオの機械、なんとかいう機械を買って」

「そんなのなしよ」

「取っておきなさい。もうこのお話終わりよ。おばあちゃんからの贈り物、それ以上言わない！」

「わかったわ。でも結婚式五、六回こなしたら、お返しするわ」

「何を返すっていうの？　母親は子供を助けるためにいるのよ。そうでしょ」

「ママ、もう一度キスして」


「ちびっこタレント」の最終回特別番組参加の子供たちの選抜は大方終わった。この仕事でただ一つ変わったことは、番組のディレクターがシナリオライターのエステルからロベルトに任命替えされたことだ。わたしは、なぜ信望のあるシナリオライターがこのような番組にやってきて、指揮するようになったのかを理解した。周りは、彼を歓迎している。彼は感じがよく、機知に富んでいる。突き放したようなところがあって、それが魅力にもなっている。彼を見ていると飽きない。そんなに声高で話しているようにも思えないし、彼が仕事を始めたころ、わたしが考えていたほど、我《が》を張っているようにも見えない。

ただひとつ言えるのは根拠があるわけではないが、少し思い上がりがあるのではと思われることだ。でも、体型的にはまったく文句のつけようがない。それは認めねばならない。背が高く、ほっそりしていて、日焼け色だ。ハンサムではないが、黒く大きな目は、別に問題とするほどではない。彼の人を見る目が好きだ。彼に一番視線を向けさせようとした、つまり、それが一番見え見えだったのが制作部部長のカルメンだった。ロベルトがわたしたちといっしょに仕事を始めてから、カルメンはまるで少女のように振舞い、制作部の幹部に要求される一切の真面目さがなくなってしまった。近頃は自分の仕事場を空け、制作部のデスクの間を歩き回り、「やあ、みなさん。週末はいかがでしたか」などと、上役風を吹かせて不評を買った。専らロベルトの気を引くのが目的なのは明らかだった。わたしの見立てでは、彼の方は制作部の誰とも関わりを持ちたくなく、新しい仕事に夢中だとも思えないが、もし、関わりを持ちたいなら、その相手はカルメンではなく、編集部にいる二十六歳のすごくきれいなブロンド娘だと思う。カルメンは良い女だ。わたしは一目おいている。しかし所詮《しょせん》、上司に過ぎず、〈あんたのやり方よくないわよ〉と忠告するほどの親しさはない。

ロベルトとわたしは、関係はあまりないけど、まあまあうまく付き合っている。エステルのいた席に座っているので、わたしと向かい合わせだが、わたしには注意を向けない。それはごく自然なことだ。とても礼儀正しい。わたしに用事がある時は、毎回違った呼び方で呼ぶ。彼にとって、わたしは、ラウラか、ララか、カロリーナ等である。〈あ、そうだ、クララだ。クララ、ごめん、ごめん。ボク、人の名前覚えるのが最低に悪くて〉

母の援助で一か月半遅配していたソルニッツァーへのお手当を少しだけ払うことができた。わたしのブルガリア人お手伝いさんはイバンカを「ちびっこタレント」につれて行ってから機嫌がよい。もっとも、当たり前だけど、オーディションは通らなかった。わたしが口を利こうが利くまいが所詮同じことだ。彼女にとって重要なことは、わたしが彼女のために何かをしてあげたことだ。姪っ子のオーディション舞台は最低だった。女の子は試験曲グローリア・ゲイノールの「アイウイルサーヴァイヴ」を、どたばた劇によく出てくる、腸詰め（ぴったりの形容詞）のような赤くて長い伸縮性ポリウレタンの服を着て歌った。毛深いことで知られる彼女の出身地区では今まで、かなり名声をあげていたのだ。

ソルニッツァーはわたしをまた機嫌よく「クラーラララ」と呼ぶようになった。彼女はわたしのすることに対して好意的か敵対的か、承認か非難をいとも簡単な視線か、わたしにはわからないブルガリア語の言葉で表現した。もちろん、わたしがわからないのを知っての上である。ソルニッツァーはわたしを一番理解してくれる人々の一人だと思っていたが、ほんとにそうかしら。

「クラーララ、最近お仕事にはとてもキレレいにしてお出かけですね」

「いつも、ですよ」

「お仕事の場で好きな人イルルんでしょう、きっと」

「まさか！」

「お仕事ナカーマ？」

「違うったら、もうっ」

「注意してよ、クラーララ。お仕事場ではお仕事しなくヂャーね」

「ほんとに誰もいないいんだから」

「誰もいない。でもね、注意してね。お仕事行っダラ、お仕事しなクッヂャーね」

「あんたはどうなの？　お仕事してるの？」

「あーララ、ちょっとチュウゴクジタダゲよ」

ソルニッツァーはわたしの生活の一部始終を知っている。大半はわたしがしゃべったもので、その他は彼女のあてずっぽうだ。彼女は少し魔女的なところがある。だって、わたしがちょっと念入りにお化粧しただけで好きな人がいるのを見抜くなんて。さては、あれ本物か？　わたしは鏡を見る。まるで、パーティにでも出かけるみたいにお化粧して着付けしている。わたしはきれいでありたい。少なくともロベルトがわたしの名前をつかえることなく、思い出して言ってくれたらいいと思うわ。

仕事場に近い、あるコーヒー店で父と会う約束をしてあった。わたしは歩いて行くことにした。ハンドバッグには、アルムデナ大聖堂を背景に父が姉と赤毛の婦人といっしょに写った写真がしのばせてある。歩きながら、父の前でどう振る舞うべきか考えた。今自分がどんな状態なのかもよくわからない。時々自分がどんな精神状態なのかまったくわからない時がある。ルルデスと話し合って気が楽になったせいか、時日が経過しているせいかわからないが、父に対して持っているはずの怒りが、急には湧いてこないのだ。もうすぐコーヒー店に着く。すぐそこにコーヒー店の看板が見える。父に対する非難よりは、マイテという女と父があの後どうなったのか知りたいという好奇心の方が大きい。そんなに嬉しくなくとも嬉しさを装わないといけない場合がある。その場面になると、わたしは嬉しくないことを悟られないために嬉しさを誇張してしまう。わたしは自分の結婚式の時がそうだった。それは思い出す限り、一番退屈な結婚式だった。わたし、ほんとにこれ、自分の結婚式なのかしら、信じられなかった。ルイスマとわたしは百五十人分を契約したが、予想は間違っていた。出席者はわたしたちを含めて五十八人だった。大広間はごくありきたりのやぼったい飾りつけで、涙の形をした電光、サボテンの形をした壁照明。あたりに声が反響して落ち着かない。

ダンスの時間になっても、踊っているのはお義理の人ばかりで盛り上がらない。父の従弟の通称〝一族のひょうきん者〟トマス叔父さんだけが一人で盛り上がっていた。一族にはたいがい一人は退屈で気の重い、ずうずうしく、粗野で色情狂、マッチョ、全然魅力のない人がいるものだ。そんな人が一族のひょうきん者、と見なされている。トマス叔父は、披露宴の間中、とても嬉しいという振りをして見せていた。「そーれ、それそれ」とか「楽しいね、楽しいね」を連発しながら、パソドーブレ、コンガを踊り続けた。

父はいつものように、席に座ってブラックコーヒーを飲んでいた。わたしはとても怒った顔でつかつかと父に近づき、キスの挨拶をして、そっけなく「こんにちは」と言った後、バッグから件《くだん》の写真を取り出して父の目の前においた。

「この写真どういうことか説明してくださる？」

父は返事の時間を稼ぐようにコーヒーを啜《すす》った。

「その写真どこにあったんだね」

「マリアの家よ」

「他にもあったのか」

「ええ、マリアは写真のたくさん入った箱を一つ持っていたわ」

「それ、みんな見たのか」

「みんな見る時間はなかったわ。これで十分でしょう」

「マイテは事故で死んだのではない。ウソを言っただけだ。お前の母さんが私を赦してくれる唯一の方法だと思ったからね。それ以後は前言を訂正できなかった」

「ママといっしょにいたいためにマイテは死んだ、と言ったのね」

「ウソは役に立たなかった。いずれにしても、母さんは私を捨てた」

「それでマイテはどうなったの」

「傷は直って私たちは会い続けた」

「最近もずっと?」

「そうだ。ずっと会い続けた」

「誰がそのことを知ってるの?」

「つい最近まで知ってる人は他にいなかった。マイテは結婚していて、私は、彼女は死んだ、と言ってしまってある。この話を筋道立てて話すのは容易なことではないね」

「結婚していた、ですって?」

「うん。でも、夫は去年死んだ。マイテは子供たちといっしょにバルセロナに住んでいる」

「子供がいるんですって?」

「二人だ。これ以外に他の写真見てないのだな?」

「なにも見てないわ。他の写真って、なんの?」

「あのー……」

「マリアはいつ、そんなこと知ったの?」

「去年の夏の終わりころだ。お前に話さないでくれとマリアに頼んだから、話していないと思う。

私から直接話したかった。でも今まで機会がなかった」

「じゃ、もしこの写真をわたしが発見しなければ、わたし、ぜんぜん何も知らなかったわけね」

「おまえにはクリスマスが済んだら話そうと思っていた。だけど、マリアが亡くなって、また待たなくちゃならなくなった」

「で、わたしはね、パパが秘密の使命を遂行中のスパイだ、なんて考えてたのよ」〔フランコ政権下、秘密の反政権活動をチェックするため秘密警察が組織された〕

「えっ、なんだって」

「なんでもない。なんでもない」

「お前には、も少し、知ってもらわなくてはならない」

「マイテが反テロリストの女工作員だ、ということ？」

「えっ？」

「なんでもない、なんでもない。いいから、続けて」

「マイテの子供のうち、一人は私の子だ」

　情報の中には、受け取る準備が全くなされてないものがある。父が今伝えた情報に、わたしは心身ともマヒさせられてしまった。今こそ、ルルデス医師と共に、自分自身を知ろうと二年間努力し、治療した、わたしの進歩がみられるはずであった。しかし、自分がどう感じているのか、なんといったらよいのか皆目わからなかった。情報の中には、良い情報か、悪い情報なのかわからないものがある。

わたしは怒ったまま、父にはさよならも言わずにコーヒー店をあとにした。父には言いたくて、口の端まで出かかった言葉を口内に止めた。歩いて家に帰った。混乱していた。でも、大きな好奇心があった。頭の中をよぎる様々な思考の中で、初めに明瞭になったのは、父の子供について知る必要がある、ということだった。そいつはいったい年はいくつになるのか？　わたしに似ているのだろうか？　弟になるのか？　そいつは弟なんかじゃない。どんなやつだろう？　ひょっとして、わたしみたいに四キロか五キロ太っているんじゃないだろうか？　マリアを知っていたのだろうか？　あの箱の中に、やつが写った写真があるのだろうか？　やつは、わたしの父が自分の父親だってことを知ってるのだろうか？　わたしは小さい時いつも弟が欲しかった。でも、クララ、あんた、なんてばかなこと言ってるの？　母はどうなるんだろう？　このことを知った時、母は壊れてしまうわ。父と話した後、電話するって、母と約束してあるけど、先にルルデスに電話すべきか、それともエステルに電話すべきか、話をしたら、どうなるだろうか？　やつ、なんていう名前なのだろうか？　たぶん、父と同じく、フェルミンだろう〔スペインでは、長男は父と同じ名前が付けられることが多い〕。でも、フェルミンなんて名前、非常識よ。誰もフェルミンなんて、名乗らせないわ。

今週土曜日写真スタジオで仕事が二つある。午前中は三時間居酒屋のお得《とく》料理の写真撮影、午後は結婚式がひとつ入っている。これで、遅れている支払いを全部済ますことができる。このアルバイトと母の援助のおかげで、さしあたりの経済的重圧から脱することができる。

　これで、マテオの友達全員が持っているビデオゲーム機を買ってあげられると思う。

「ママ、ぼくニンテンドーのDSが欲しいよ」

「ママはね、一ドゥーロも持ってないわ」

「ママ、一ドゥーロって、なぁに？」〔旧通貨ペセタ時代の五ペセタの通称＝約六円に相当する。ドゥーロの呼称は古いので知らない子供が多い。二〇〇二年一月ユーロの導入でペセタ貨はなくなったが、年配者の中には旧通貨の呼称を使う人もいた〕

　わたしは確かにいい年をしている。でも、なんていうんだろう？　この人たちにとっては、わたしは異世代に属している。息子は一ドゥーロというものを知らない。なのに、インターネットはわたしより上手に使う。わたしはインターネットを仕事で使う。でも、そんなに自在に使いこなしているわけではない。音楽とか映画のダウンロードができない。誰かに〈でも、そんなの、とっても簡単よ〉と言われた時はガマンできなかった。エステルは、ネットで知り合った男たちとアバンチュールを楽しんだことを話してくれたが、わたしはその新しいコミュニケーションツールに詳しくない。世の中の進歩に付いて行ってないところがわたしにはある。

インターネットを通じてセックスを楽しむ、というのはそのひとつだ。ふつうの意味で、セックスを楽しむことは、わたしは少しずつ回復している。結婚している男と知り合って三時間で寝ることができた。そいつとは以後会っていないし、顔も思い出せない。名前だけは思い出せる。自分のことをチャーリーと呼んでいたからだ。従妹の犬と同じ名前なのだ。比較するにはあまり経験が豊富なわけではないが、あの夜のセックスは上質だった。良い関係を保っていたころのルイスマとさえこんなに良かった記憶はない。

元夫とわたしは、ベッドですごく楽しく過ごした時期があった。ピッタリ息を合わせ、相手に合わせ、共に上り詰め、同時に果てた。どうすれば、相手に歓びをもたらして、自分も楽しめるかを習得した。アダルトショップによく行った。小さな玉の付いた玩具、リング、お面など、男女両方にとって面白いものを買ってくるうちに、その類《たぐい》のコレクションができてしまった。自分たちのすてきな場面をビデオに撮ってそれを見ながらおこなった。これはわたしよりルイスマの方が気に入った。なぜなら、わたしの方は太ってる自分を見なければならなかったからだ。わたしたちはベッドの中で肉体が意外と大きなスペースを占めていること、生クリームはイチゴに付けて食べるだけではないこと、ベッドは時に最高に良い場所であることを発見した。

わたしはたいがいのことはすべてやった、と思っていた。しかし、そうではなかった。ミゲルとできてからは、いつでも、他の男たちを知りたいと思うようになった。道は開かれていた。ルイスマとの性生活の後のセックスは別ものであった。それは経験してみて価値がわかった。チャーリーなんとかという男はある秋の夜、ナシオナルⅡホテルで断定的に言った。ある研究によれば、女の人は三十歳から三十五歳の間に性的に最高に輝くと。わたしは賛成だ。わたしはなによりも欲望がある。独りで行うセックスを含めて、その度に楽しんでいる。独りでおこなうセックスがあるという話を聞いたのはずっと遅かった。それを実行し、ふつうに楽しむようになったのはもっと遅かった。つい最近のことだ。それを認めるのも恥ずかしいけれど、自慰でオルガズムを感じたのは二十五歳を過ぎてからであった。それまでは決してオルガズムを感じたことはなかった。ひょっとして、両親か、先生たち、仲間たちに見られるんじゃないだろうかと、およそ興奮とは関係ないことを考えながら、おこなっていたからである。あれに触れるのは、欲望があるからだが、触れたくないのに、触れているのは恥ずかしいので触れたくないのだと考えた。それをおこなう時、一人であってはならなかった。わたしのかたわらに、その破廉恥な行為を見たくないのに見ているわたしの羞恥心があったからだ、毛布の下でしか触れることはできなかった。開脚スタイルなどとんでもない、と思った。そんなことはできない。

ある晩エステルとわたしはファド〔ポルトガルの民族歌謡。二〇一一年ユネスコの「人類無形文化遺産の代表的一覧表」に記載された〕のコンサートが終わった後、チャーリーとその男友だちに誘惑された。わたしたちはファドの入場券をある人からもらっていた。ファドが好きだったからである。でも、好きだと思ったのはその日までだった。ファドは文句なしにすばらしい、但し、一曲とか、時々聞けば、という条件付きだ。ファドを三十曲立て続けに聞かされると、実を言うと飽きてくる。エステルとわたしは刺激的な音楽が聞きたくなって途中でコンサート会場を飛び出してきた。そして多くの有名人と簡単に出会えるはやりのディスコに行った。

エステルはなんとかチャーリーと連れの男友達を見つけ、目配せして呼んだ。少し話をし、二人ずつの組み合わせが決まった。エステルはチャーリーの男友達とホテルに行くことになった。わたしもチャーリーといっしょにホテルに行ったらいいわ、と勧められた。ファドでぼーっとなっていたのかもしれないし、意固地な女と見られてはいけない、という重圧感を感じていたのかもしれない。結局、いいわ、と言ってしまった。

わたしたち四人は時間で貸してくれる郊外のホテルに行った。部屋の番号は忘れようにも忘れられない。エステルと友達が百十一号室、わたしの相方とわたしが百十二号室。部屋での最初の三十分、ミニバーで作ったジントニックを二、三杯飲んだ。わたしは初めて出会った男の人とその夜に寝るようなはしたない女ではない、と男に強調した。それは別にわたしの専売特許ではない。自分がすぐどうにでもなる女だと見なされないためだった。チャーリーはあまり熱心に聞いてはいなかった。彼はわたしの語った通りに解釈していた。わたしの話が終わると、彼は、自分は結婚しており、その夜以後は決してあんたに会うことはない。欲しいのはセックスだけだ、と説明した。その誠実さはわたしを楽にさせた。そして、せっかくここまできたのだから、楽しまなくては、と思った。

わたしたちは特に目新しいことをした訳ではない。しかし、今まで決して起こらなかったことが起こった。もう少しで終わろうという時、自分のリズムに乗ろうと、騎乗位になった。すると、歓喜が漲《みなぎ》り、フィニッシュは期待通りになると確信が湧いてきた。ルイスマと過ごした最後の年の後、ミゲルとの不完全な接触の後は、アクメを強めるために、その瞬間を長引かせねばならなかった。チャーリーは疲れを知らなかった。わたしはそれに乗らなければならなかった。体を動かし続けた。彼は両手でわたしの肩を押さえつけ、肌にめり込ませた。体組織のどこに彼が触れたのかわからなかったが、触れられた瞬間、頂上に達し、歓喜が迸《ほとばし》った。文字通りの歓喜が。いつかテレビで聞いて知ったが、女性によってはそれを経験するということだが、わたしがそんな女の一人だったなんて想像もしていなかった。しとどに濡れているのを感じると顔が赤くなったが、すぐにそんなことはどうでもよくなった。チャーリーは、わたしと同じくらいに驚いている、と思った。しかし、チャーリーは彼といっしょになった女たちはみんなこんなものさ、というように振る舞った。彼はマッチョの誇りを靡《なび》かせ、満足して部屋を立ち去って行った。わたしは百十一号室のエステルからの電話を待った。いい年をして、わたしはインターネット全部を征服したわけではないが、自分が何者であるか発見するには遅すぎることはないと悟った。

コーヒー店で会ってから、父はわたしに電話をよこし続けていたが、受話器を取らなかった。父に心配して欲しかった。義兄ならもっとなにか知っているに違いないと思い、カルロスに電話をかけた。案の定、彼は父の子供のことを知っていた。カルロスの話によると、昨年の夏の終わりころ、マリアはマイテとその子供に会った。マイテは未亡人になるとわたしたち二人に会って、わたしたちに血縁の弟がいることを話したいと思った、という。カルロスの話だと、父は、わたしが悪く取ることを恐れて、最初マリアだけに話し、時期を見てわたしとマリアといっしょに話そうということになった。

子供は二十八歳になり、名前をハイメという。彼の父親と同じ名前だ、養ってくれた父親と。父親は本当のことを知らずに亡くなった。ひょっとすると、それはウソかも知れない。わたしが見付けた写真には、父とマリアとマイテがいる。シャッターを押したのはハイメに違いない。

マリアが恋しい。マリアと今話ができるなら、他になにもいらない。それができないのが何とも腹立たしい。父とマイテの間に子供がいることをわたしに話してくれなかったマリアを赦せない。子供の存在を知っていて、そのことをわたしに話してくれなかったことは赦せない。もし、マリアが生きていたら生涯で最大のケンカになったと思う。死んだからといっても赦せない。たとえ、クララだけに話し、その後、時期をみてマリアとわたしといっしょに話すからわたしには今は話さないでと、父に頼まれたからだとしても、それだけの言い訳では赦せない。

話は別だけど、わたしを煩《わずら》わせないように、と家族のみんながわたしに妙に気を遣っていた。末娘は、問題に対処できる準備ができてない、というのだ。だから、わたしは、十一歳になった一月五日、両親に、明日の東方の三博士の日には、プレゼントのこと、無理しなくていいよ。三博士様は現れないことを知っているわ、と言わねばならなかった。マリアは一生を通じて物知りの守護姉の役割を果たした。姉がいろんなことを上手にやってのけ、勉強ができ、細身を保ち、診療所の仕事をてきぱきとさばくのは、それはそれで価値がある。しかし、度々、おやっと思うことがあった。出産に匹敵する苦しいことを言うことがある。姉は医者である。わたしには出産の経験があるのに、姉にはそれはない。父はわたしのおかげでおじいちゃんになれた。父の一番上の娘は完璧人間を目指して忙しくて子供を作る時間がなかった。たぶん子供がいたら、あんたの、その平らですばらしいお腹はなかったに違いなく、午後は、毎日大金を払い、健康ジムに通い、おしりの筋肉を強化する時間なんてとてもないのよ。きっと、赤ちゃんのよだれをしょっちゅう拭いていると爪を壊し、夜は眠れなくなって、目の下にクマができるんだからね。そして今度はわたしたちに腹違いの弟がいて、マリアも父も、わたしがそれを悪く取る恐れがあるから、と言ってわたしに話してくれなかったなんて……。

「パパ？」

「やあ、どうしたのかい。どこに行ってたの？　ずっと電話していたんだよ」

「知ってたわ。電話に出たくなかったの」

「へーッ！」

「ハイメのことわたしに話してくれなかったこと絶対赦せないのを知ってて欲しいわ」

「あれッ、名前まで知ってるのかい」

「カルロスが話してくれたわ。それに、もしマリアが生きていたら、マリアだってわたし、赦せないこと知ってて欲しいわ。マリアはまだしも、パパたち、何かみたいだわ……」

「あ、よしよし。こっちから話していいかね」

「何を？」

「お前の言うのはもっともなことだ。話して聞かせなかったことはすまなかった。姉さんに、お前に話さないように頼んだこともな」

「それは別問題よ。カルロスが話してくれたわ。マリアが知ったのは八月だった、って。でも、子供がいることをパパが知ったのはいつなのよ?」

「四年くらい前だ。マイテがたまたまDNAの検査をしてもらって、ハイメの父親は、マイテの夫ではないことがわかったのだ。となれば、わたし、ということになる」

「それはどうかしら」

「わたしも検査をして確かめた。それにな、彼に会ってみたらいい。疑いはなくなるよ。お前にそっくりだよ」

「わたしに?」

「そうだ。もっとも、髪は赤毛だけど」

「つまり、わたしに似た赤毛の弟がいるって訳なのね?」

「そうだ。どうしたんだ? 遺伝さ。強い遺伝子だ」

「赤毛って、縁起が良くないのよね」

「だから、どうだって言うのかい」

「そうね、赤毛の人とすれ違うと、わたし、いつも指で十字作るわ。つまり、マイテは赤毛っていうこと」

「そうだ」

「そうだ、って何が?」

「この期に及んで、赤毛の弟を持ちたくないわ。もうお話終わりよ」

「それ見ろ、だから、お前には何も話ができないのが、わかったかい?」

母は父の子供に関しては無関心を装って話を聞いた。『その方』がすること別にどうってことないわ、と言ったが、母を知っているわたしは、それは表面だけで、内心怒りに満ちているのを知っていた。ハイメの年齢から考えて、マイテを妊娠させたのはまだ両親がいっしょにいた時に違いない。もうずいぶん昔の話だけど、赦せないものは赦せない。それに、たとえどんなに時間が経っていても、母には、非難の論拠である。ルルデスは、わたしに弟がいるという情報をわたしが軽々しく受け取っている。もっと真剣に受け取るべき問題だと言った。エステルもルルデスとほぼ同意見だが、赤毛っていうのは傑作《けっさく》ね、とのことだ。ただし、エステルは赤毛の男と遭《あ》ったら、指で十字架作るんじゃなくて、ボタンに触らないといけないよ、と言った。迷信の変形だ。友はできるだけ早くその人に会いに行ったらいいよ、と勧めてくれた。行かねばならないのはわかるが、今すぐ会いたいとは思わない。

ストレスが溜《た》まって疲れる。このわずか数か月の間にたくさんのことがあり過ぎた。休暇を取りたくて死にそうだ。始まったばかりの今週はガマンの週になりそうだ。くたくたになって始まった。週末の土曜日の結婚式は終わるのがとても遅かった。花嫁花婿がようやくワルツを踊り始めた〔お開きの予報〕のが、午前一時過ぎだった。結局家に着いたのは午前三時だった。そして、八時には、ルイスマの両親の家に子供たちを迎えに行かなくてはならなかった。

元夫はハイメのことを大して問題視していなかった。自分の仕事で忙しく、わたしのことにあまり注意を払ってくれない。どうやら、携帯電話の店はまだ立ち上がってないようだ。新しい共同経営者との間に問題が起こり始めたらしい。

日曜日は子供たちといっしょに公園で過ごして疲れたが、疲れの仕上げは、夜、度々パブロが夢にうなされ、その度に子供に声をかけてあげねばならなかったことだ。その後、寝付けなくなってしまった。今朝はジュースにするオレンジがなくなっていた。雨が降っていた。急いで除毛しなければならないことに気付いた。体調が悪いのに、こんな月曜日にこれ以上何をしろっていうの？

番組制作にぴりぴりと緊張の糸が張りつめている。放映開始が近いのがわかる。みんなが他人の仕事ぶりに意見を述べる時期にきている。「ちびっこタレント」を放映することになる系列テレビ局はわがプロダクションが作成したものにまるっきりオーケーを出してくれない。大幅な変更をしなければならない。手始めは予定していた司会者の交代であった。どうも〈上部〉が気に入ってないようだ。他の社会でこんなことがあるのかどうか知らないが、テレビ業界では、社長・部長のことを、無人称的に〈上部〉といっている。そうしておくと、間違った決定がなされてしまった場合でも、大本《おおもと》をはっきりさせないで済む。司会者の他にも、〈上部〉は出演の子供たちの構成を変えたいと言うのだ。太っちょの男の子がいないと、番組がカッコウつかない。太っちょの男の子が出ることで番組が盛り上がり、視聴率も上がる、というのだ。

ロベルトとミゲルはいっしょに仕事をしている。すばらしくいいコンビだ。そのことが、わたしを落ち着かせない。一人はディレクターとして、もう一人はテクニカルディレクターとして番組のオープニングの準備をし、一日中スタジオの中でいっしょに過ごしている。あまり二人が近付き過ぎるとミゲルが、ロベルトにわたしたちが出来ていることを話すかも知れない。そうなると、わたしはミもフタもなくなる。

この二、三日中に、チームの人員を招集してきっちり纏《まと》まりを付けねばならない。わたしたちはカメラ、編集員が必要だった。音響のため、新たに別の会社と契約しなければならない。少しずつ何でもやってくれる雑用係も数人は必要だ。プログラムが立ち上がり、制作を見るのは楽しい。こんなにも大勢、たいがいは百人以上の人が、それぞれ自分が何をすべきかを心得て、いっせいに動くのを見るのは壮観である。彼らこそ、カメラの後ろにいる、家のテレビでは見ることのできない、番組制作チームのすばらしい裏方たちであり、司会者が述べる感謝と賞賛の言葉を受けるべき人々であった。そんな言葉を聞いた時、それを信用してはいけない。なぜかというと、司会者は彼らを見る機会はなく、たとえ、見たところで、そんなに大仰には思っていない。司会者が大事と思っているのはせいぜい画面に出てくる人たちだけであった。もっと頂けないのは、交替した司会者が厳かな調子で〈この方たちがいなければ、この番組は成立不可能でした〉と付け加えることだが、その言葉を聞いた時は、永久にそんなことを信じてはいけない。

　物事がすいすいと順調に運ぶが、時間の経過につれて段々悪くなる日があるかと思えば、最悪で始まり、あとは良くなるばかりという日もある。食事時間の少し前、ロベルトから出場者の人選を改めてやり直し、出場者選抜でボツにした太った男の子全員の写真を復元するようにいわれた。

「もしよかったら、きみがお好みの男の子を選んだらいいよ。午後いっしょにそれを検討して、その中から何人か呼んで新たにオーディションすることにしよう」

「そうね。いいわ」

「ありがとう、クララ」

「どういたしまして、ロベルト」

「じゃ、すべてオーケーだね」

「そう、すべてオーケーよ」

「決まった。じゃー、食事の後またお会いしましょう」

「いいですね」

「四時半はどうかね」

「ええ、一時間くらいでいいわ」

「じゃ、四時半に。クララ」

「じゃ、また。ロベルト」〔スペインの昼食は十四～十六時、帰宅し家族といっしょに昼食をし、そのあと午後の仕事に復帰する〕

今日に限って、なぜ、いつものようにきちんと身なりを整えてこなかったのかしら。なぜせっかく四キロ減量に成功したというのに、油断して減量した分そっくり四キロ増やしちゃったのかしら。なぜ、今日に限って除毛してこなかったのかしら。なぜこんなにクマがあるのかしら？　なぜ顎《あご》の下のニキビが今日という日に限ってぎらぎらと輝いているのかしら。わたしは家に食事に帰り、ついでに荒れている顔の周辺を繕《つくろ》いたいと思った。繕いに時間を取られ、食事する暇はなかった。メンスでお腹が膨れていたが、たいしたことではない。少しはへこんだかしら。お化粧をし、ピンクのブラウスを着た。みんなはこれを着ると美人だよ、と言ってくれる。パンタロンをはいたが、除毛してないのではき心地はよくない。ニキビには触れないことにした。ニキビは手で修正しようとすればするほど、余計に悪くなる。始末に負えない。それはともかく、一時間でわたしの表情は感覚として良くなった。

大急ぎでプロダクションに引き返した。すぐに、太っちょの男の子を探しにかかった。理由はわからないが、わたしの注意を引いたのが四人いた。彼らの写真、芸能活動歴を調べ、キャスティングのビデオを復元した。ちょうど四時半になっていた。

「やあ、クララかい。調子はどうだい」

「ええ、ロベルト、上々よ」

「あれ、できたかい？」

「ええ、気に入ったのを四人選んだわ」

「どれどれ。うん、いいね。でも……」

「何か問題があるの？」

「いや、結構だね。この子たち、たしかに太っちょさんだね。でも少しおかしいことに……」

「どこがおかしいの？」

「みんな赤毛の子ばかり選んだんだね」

「あれ、ま、ほんとだわ。全然気が付かなかったわ」

「おれ、赤毛の人と出会ったら、ボタンに触るね」

「ホント言って、わたし、そんなこと信じないわ」

「ちょっと言っただけだよ」


義兄のカルロスは診療所を休院することになった。一切の仕事をマネジャーに委託し一年間の研究休暇《サバティコ》を取ることにしたのだ。あまり健康が優れず、マリアのいない診療所に毎朝行くのが苦痛になってきた、とわたしに語った。先ずニューヨークで何か月か過ごし、その後、世界一周旅行をしたい、ということだ。旅行に出かける前に家の事務的な問題を解決しておきたい、と言った。そう言われてもわたしには、よく飲み込めなかった。何のためカルロスがわたしを必要としているのか、事務的なこととはなんのことかわからなかった。わたしたちは金曜日にいっしょに食事しながら話を聞くことにした。

姉とカルロスは四年前診療所を開設してから、大金を稼いでいた。マリアはそんなこと、わたしには話したことはない。たぶん、わたしの経済状態とかけ離れたことを話すのは気が引けたのだと思う。金額の大きさを鼻にかけて大げさに話すのが好きな人もいるが、マリアはお金のことを話すのは恥ずかしいと、話したことはない。わたしたち姉妹は、カルロスの家の居間のどんな補助的家具の値段もわたしの家の家具の総額以上になることや、カルロスの家の敷地全体の価格はわたしの二つの仕事の二年分の稼ぎに等しいことを知っていた。あえて、こんなことは言わなくとも明らかなことだった。

カルロスはこの前会った時よりいくらか良くなっていた。件《くだん》のレストランに入って行った時は、すでに奥のテーブルでわたしを待っていた。以前のように顔をきれいに剃り、バラ色の人工的な輝きを取り戻し、ネクタイはつけてないが、ちゃんとジャケットを着ていた。わたしたちは優しく丁寧に挨拶した。二人には共通するものはあまりたくさんないが、共通の人に対する悔やみの心が大きいので、それが二人を結び付けていた。カルロスは会合の趣旨を語った。

「ご存じかも知れませんが、マリアは遺言をせずに亡くなりました」

「遺言しないで亡くなるのは普通だわ。だって三十八歳で死ぬなんて誰も思わないわ」

「私たちには共有財産がありました。全体の半額はご両親のものです」

「えっ、それは？」

「それは法律が定めているところです」

「考えたこともなかったわ」

「子孫のない人が遺言をせずに亡くなった場合、その先代が財産を相続することになっています」

「先代というのは？」

「ご両親ですよ。両親と、両親に子供がいる場合はその子供も、つまり、キミも、という訳です」

「えっ、わたし」

「そうですよ」

「福祉施設にあげるよう、決定しなければキミの両親の唯一の相続者はキミだよ」

「あ、そう、そうですか」

「ボクはボクの物でないものは、何も要らない。それをみんなできるだけ早く処分して旅行に出たい。キミのご両親と合意に達しなければどこにも行けないのさ」

「それそんなに問題はないと思うけど」

「それはそうだけど、キミからご両親に説明して欲しいと思う。お呼び立てしたのはそのためだ」

「わかるわ、心配しないで。一つだけ聞いてもいい？　どの遺産のことをわたしたち話してるのかしら？　大よそのところを掴《つか》んでおきたいのだけれども」

「そうですね。別荘、われわれが投資していた海浜のマンションひとつ、この診療所と駐車場二面、これは借地権だけど」

「で、それいくらになるの？」

「わからない。今は売るには良い時期じゃないけど、三百万ユーロくらい。そこから抵当に入っている分二百万を差し引いて、そうだ、それに農園がある。ざっと一人当たり四十万ユーロ〔日本円で五二〇〇万円〕だと思いますが」

自分の問題のひとつはなんでも単純に考える傾向があることだ。例えば、世間には、二つのタイプの人間がいる。善人と悪人と。つまり、AかBがあり、その中間はない、という。前者には良い感情を持ち、後者には良い感情を持つことができない。すべてを単純化したいわたしの頭の中では、人は病気か元気か、悲しく感じるか愉快に感じるかである。そのようにして、何ら疑わない。疑っていると怖くなる。その説明は間違っている。なぜなら、人生には割り切れるものは何一つない。これは嘘である。自然界にあるもので、明確な形のものはない。唯一の方法などない。永久に変わらない、なんて、なおさらない。われわれ人間は複雑であり、最近、わたしに変化をもたらしたわたしの紛糾、複雑化してしまったわたしの悩み事を単純化することは不可能である。単純化しようとは思わない。なぜならわたしは良い人でも悪い人でもないからだ。悲しくもないし、陽気でもない。時には、良い感情をもってない。わたしは三十五歳、存在を希望しない弟が新たにできた。だけど、その弟にはたまらなく会ってみたい。わたしは、いい年をした熟女だが、結婚の可能性のない男に振られた生娘のような感じがする。毎日、起きるのが辛い。毎日、幸せ、と思う時間があり、もう一度だけマリアにキスできるなら、何でもあげちゃいたい、と思う。でもそのマリアの死は、決してわたしが一生かかっても持てないものをもたらそうとしている。ああ、ややこしい。現時点で、わたしに唯一役立つ単純化は、人間は生きているか、死んでいるかに分けることである。

マテオはシラミをうつされてきた。パブロは水疱瘡《みずぼうそう》。重病ではないけど、二人にとっても、わたしにとっても不快なことである。というわけで、二人とも学校に行かせてない。ソルニッツァーは家にいるが、こんな状態で子供たちが家にいるとわたしは気分が晴れない。この五日間、パブロは、熱が三十八度から下がらず、四十度を越すことも三、四回あった。下の子は家にいなければいけないが、この際マテオも学校を休ませて、毛髪で恥ずかしい思いをさせないようにしたい。シラミのせいで恥ずかしいのではなく、日中ずっと頭髪から発する酢の臭いのせいで恥ずかしい思いをさせたくないのだ。昔、わたしもシラミをうつされ、酢を使って駆除していた。だから、同じようにマテオにもつけてやっている。薬局に行けば良い匂いのする駆除薬を売ってはいるが、わたしはその効き目をあまり信用していない。

子供たちが学校に行っているとわたしはほっとする。でも、子供たちが家にいるのに、わたしが子供たちといっしょにいてやれないと、良心の呵責《かしゃく》を感じる。それは集積回路《I・C・チップ》のように頭に付いて離れない。その点を考えると、わたしは男性に近づきたいと思う。性と父性という二つの点に関して男たちの意識は、わたしたち女性のそれより数段進んでいる。男たちが持っている性と父性という二つの問題の中の自由のレベルにわたしたち女性が達しなければ、フェミニズムという言葉は内容が虚《うつ》ろになってしまう。考えても始まらない。感じなくてはならない。水疱瘡の息子といっしょにいてやれないからといって悪い母親なのではない、と悟るだけでは十分ではない。いっしょにいてあげられないことは居心地が悪いと感じないなら、悪い母親だと悟らねばならない。男と寝るためには欲望があれば十分である、と理解するだけでは十分ではない、欲望を性の楽しみのためにも使わねばならない。誰かとベッドに行く時、どんなに自由奔放だと信じていようとも、わたしたち女はつまらないこと、例えば、昨日の男とのアレ、まるで魔術みたいだったわ、などと口走ってしまう。魔術って何だ？　きのうの男とのアレはすごかった。それを認めることだ。そして幸せになることだ。魔術、魔術だって！　そんなものあるものか！

二人の息子たちを家において、わたしは一日中新番組の初回上演の制作に忙しい。だから今週ソルニッツァーに一番働いて欲しいと思っているのに、寝込まれてしまい、もう三日もベッドに伏せっている。ルイスマは面倒なことに巻き込まれ、とても子供たちの面倒まで手が回らないと言う。母は、少しは手助けできるが、子供たちといっしょにそんなに立ち回れない。いきおいブルガリア出身の助手に子供たちの病後の世話と家事全般をしてもらうことになる。ソルニッツァーはR《エーレ》の音を過剰に響かせる上に、冠詞（定冠詞・不定冠詞＝文法上の品詞）抜きで話すので、独特なスペイ

ン語になっている。例えば、諺・格言の用法を間違えたり、強調した言葉の用法を間違えたりする、

「あらっ、ソルニッツァー、元気？」

「（とても元気と言おうとして）うんざりするくらい元気ですよ、セニョーララ（奥さま）」

番組制作にはけっこう時間がかかったが、初回の番組視聴率はすごくよかった。テレビはすべてが視聴率で決まる。視聴率が悪いと仕事場の雰囲気は消沈する。幸いなことに、「ちびっこタレント」はそのチャンネルの平均視聴率を上回ったので、わたしたちは嬉しかった。とりわけ、〈上部〉はご満悦であった。わたしはこの嬉しさをソルニッツァーと分かち合いたかった。昨日はずっと家にいて、子供たちを寝かせつけ、その後、番組が終わる午前二時までずっと起きていてくれた。それに、〈番組はドテもヨがった。ドクに、赤毛のブドッテルル男の子がズデキだった〉、とわたしに言ってくれたのだから。

カルロスとの話を両親に話そうと思い、会う約束をした。もっとも、話しの内容は伏せておいた。会う場所を見つけるのは簡単ではない。わたしだけなら、週末、子供たちがいてもわが家でよい。父もそれでよい。しかし、母は、その家に、〈その方〉が入れる訳はなく、〈その方〉の家に私が入って行かねばならない訳はない、と言って譲らない。公の場所も良いアイデアではない。どうせ最後は三人とも泣いてしまうのが目に見えているからであり、人様の前で泣かれるのは気が進まな

い。だから、エステルに言って彼女の家の鍵を借り、そこで、会うことにした。エステルには冗談めかして「女友達って、自分の家を男と寝るために貸すことはあるけど、両親と話し合うために貸すなんてめったにないことだけどね」と言った。白々しい冗談のように言ったが、そう、言わざるを得なかった。なにしろ、相手は名うてのユーモアシナリオライターなのだから。その後で、ぎゅっとわたしを抱きしめてキスして、元気付けてくれた。うまく行きますように、と言ってわたしをその家に残して立ち去った。わたしはそこで両親を待った。

二人はいっしょにあがってきた。エレベーターで出会ったからだった。母は味方同士よ、ということをはっきりさせようとわたしにキスした。父は少しだけ身構えてわたしにキスした。わたしはこんなことで、わたしの話に影響を及ぼされたくなかった。だから、席に座る前に始めからものごとをはっきりさせた。

「わたしはマリアのことでお話しするためにあなた方と会うことにしたのです。マイテやマイテの子供のことは別の機会に会って、決すべきであって、今話すつもりはありません」

改めて主張することもなかった。姉の話を始めると、両親の悲しみは同じように深く、責め立てることは不可能だった。自分の子供から遺産を受けることは自然の摂理に反し、一生涯では最後の希望であることを知っていた。わたしはマリアとカルロスが経済的にとても裕福だったことを語り、彼女の遺産を二人の前で数えて行った。そして、法律により、遺産全体の半分は両親に帰属する、ということを二人に話した。二人は長姉が獲得したすべてのものを悲しみとそれ以上の誇りで泣いた。私は往々にして自分の感情を抑えるべき機会を選べない。嫉妬はこの際当を得てないし、理不尽でもあった。しかし、避けることができなかった。わたしは嫉妬し始めていた。姉のこんなに圧倒的な成功の数値の前にわたしは身の縮む思いがしていた。カルロスはすべてを売り払ってよそに行くつもりだと二人に説明したが、両親はわたしのいうことには耳を貸さず、ひたすらマリアのことを話していた。

「なんと価値の張る娘だこと！」

「よい人たちが逝《い》ってしまうのね」

　わたしは売却するかどうかを聞き、それをカルロスに伝えるための話を続けることができなかった。二人に泣かれて苛々《いらいら》し始めた。少し前まで、お互い口を聞こうともしなかった両親は、手を取り合って、一年かけて医師国家試験に合格した思い出を話し合っていた。たとえ、わたしがそっと部屋から出て行っても二人は気付かなかったのではないだろうか。

「さあ、どうするの？　家で子供たちが待ってるのよ」

「わからないわ」母が涙を拭きながら言う。

「先ず決めて！　そんなに泣くのよしてよ！」

「母さんに向かってそんな口のきき方するんじゃない」と父が割って入る。

「父さん、黙ってた方がいいわ！　父さんって子供を作って世界中にまき散らせばいいのよ」

「クララ、どうしたの？」母が尋ねる。

「わたし、どうもしてないわ。何かいいたいの？」

「何もないわ。わたしたち、お前の姉さんのこと穏やかに話してただけよ。あんたが急にそんなに怒り出すもんだから」

「そんなに……だって？　わたしがキチガイみたいにですって？」

「私たちもう帰った方がよさそうだな」父が母の手を取ってドアの方に行く。

「そう。帰った方がいいようね。また話し合いましょう」母が別れを告げた。

午後エステルが部屋のドアを開けて入ってきた時、わたしはエステルのソファで泣き続けていた。

わたし、ひどい人間だと自らを責めながら。

今晩「ちびっこタレント」の第三回目の特番をライブで放映することになっている。わたしはこの番組制作をとても楽しんでいる。すべてが順調だからである。第二回目は初回より落ちるのがふつうだけど第二回目の視聴率は初回よりも良かった。仕事をしに行くということは時には逃避の手段になっていたが、マテオやパブロと長い時間いっしょにいられないのなら、そんな土曜日なんて早くきて欲しいとは思わないのではないだろうか。

毎朝毎朝、誰か好きな男の子がこないか、誰かわたしを好きになってくれないかと、あの十代のような期待を抱いてわたしはプロダクションに行く。七歳の時、青い目の、髪がしなやかで長い男の子のエンリケに超夢中だった。隣の席に座っていた。鉛筆を貸したり借りたりした。矢の刺さったハートの絵をいっしょに色鉛筆で塗った。スカート捲《めく》りをされたが、こんな間柄では、ふつうのことだった。長くしなやかな髪の青い目の美少年エンリケには、ご多分にもれず、教室中にファンの女の子がいた。これは大切な前提である。選ぼうと思えば誰だって選べたはずなのに、たくさんの中からわたしを選んで気にかけてくれたが、翌年になって、エンリケは有料の私立学校に転校してわたしたちの恋は終わった。でも、あの年 毎朝二年B組の教室に通った幸せをいつまでも思い出すだろう。エンリケは長くてしなやかなブロンドの子供の例にもれず、今や、頭は禿《は》げて太り、肩の所に抜け毛を付けている。なぜ知っているかというと、同じ所に両親といっしょに暮しているからである。

わたしは毎朝きれいにお化粧して美人になって仕事に行く。なぜって、わたしの好みのタイプの男との出会いがあるかも、わたしを好きになってくれる男と出会えるんじゃないかと、思うから。わたしが好きであり、その人もわたしを好き、という両想いになれば、幸せは完璧なものとなる。でも、完璧な幸せはあの二年B組の時いらい遭遇したことはない。ロベルトが編集の素敵なブロンドの女の子と出来ていることは公然の秘密だが、それを認めない女たちもいる。特にカルメンは納得していない。当たり前だけど、「あの青二才」と言っている。

ミゲルは毎朝自販機のものだけど、コーヒーをおごってくれる。そこで、わたしたちは他の人が知らない番組の噂話を交換し合う。わたしはその時間が楽しい。それぞれが仕事場に戻る直前、決まって、彼は中心街にオープンした日本料理店に行こう、と誘う。わたしはそのつど、「そうね、また今度ね」と答える。ミゲルは最近顔つきが少しよくなった。髪を少し長めにし、日によっては着たきりのチェックのシャツではなく、Tシャツを着てくることがある。ある日のこと、ミゲルは顔も剃らず、緑のTシャツで仕事に現れた。ちょっと珍しいシャツだった。十年も昔に作られたような代物なのだ。どこで売っているのか、さっぱりわからなかったが、その日、気に入ったことは認めねばならない。気に入ったのだ、悪いことに。人が変わったように見えたからだ。

ロベルトは、彼としては、親切というより、愛想良く、わたしを扱ってくれる。番組を盛り上げたのは太っちょで赤毛のホナタン少年だが、ホナタンを再発掘したわたしの功績は大きいと言ってくれる。今や、少年は「ちびっこタレント」のスターになってしまった。ホナタンはセビーリャ市から少し離れた、スラム街に住んでいる女の子のような男の子で、感情をこめてコプラ〔八音節四行の短い詩。アンダルシアの民謡〕を上手に歌う。エステルは、今はれっきとしたテレビ視聴者の人気者だけど、あの子十八歳にもなると、きっと、女の子たちにちやほやされて潰《つぶ》されるわと言っている。

　ロベルトとわたしは、この選択が的中したことを喜び、番組がこれからも順調に推移する、と抱負を語り、彼は番組をよりよくするために子供たちの仕草、演技をどうすべき、細かい注意点を教示してくれた。各チーム間をまとめるため、出場者全員にビデオテープをもたせたらどうかとわたしに進言してくれた。ロベルトは、出場する子供たちがスタジオ内でどのように準備すべきか、また迷子にならないように父兄がいつも子供たちに付き添うようにして下さいと、指示してくれた。それからその他いろんなことも。ロベルトとわたしはとてもよく理解し合えた。彼はわたしを笑わせ、テレビについて何でもよく知っていること、多才で仕事の能力が大きいことで、わたしを驚ろかせた。ロベルトはわたしに敬意を表してくれてはいるが、わたしが望むような見方では、わたしを見てくれないし、わたしのことを気にかけてはくれない。わたしはそのとおり受け入れなければならない。正に、この種の問題を解決するために、けっこうなお金を精神分析医に注《つ》ぎ込んでいる。わたしは二人の子供を抱え、離婚した女、成熟した女だ。一人の男のために、まかり間違えば子供養育の役目を失ってしまう。デートしようと誘ってくれるよう恋焦がれても、毎晩彼にキスする夢をみても、彼に会う時、わたしの中で胸騒ぎが起こっても、廊下で偶然に彼と会うように仕組んでも、マイケル・ボルトンの最高のバラードを聞くことがあっても、ロベルトはしょせん仕事仲間の一人。世間にごまんといる一人のかっこいい男。わたし、もう限界だわ。

ルルデスにはもう何週間も前から、診察の時は、回り道をしないで、自分の問題にストレートに向き合うように、と言われている。

「この間のご両親とのお話しはどんな具合だったの」

「それが……うまく噛み合わなくて。姉への嫉妬から一悶着《もんちゃく》あって、自分で話をぶち壊してしまったんです。何が起こったのか自分でもわかりません」

「あなたは自分で嫉妬《しっと》とおっしゃったわ」

「はぁ、でも姉は亡くなってます」

ルルデスの診療は、心の中の苦しみを和らげるのに役立つ時もある。精神分析医はもっともなことを言う。もう何週間も前からここでは自分をさらけだしたいと思ってこの診療所にかよい詰めているのだ。

「死んでも姉から解き放されたことはありません」

「あなたのおっしゃってることは厳しいわ」

「先生は、いつも真実は時にとても厳しいとおっしゃったわ」

「ええ、そう言ったわ」

「姉は完璧《かんぺき》過ぎて、わたしの心に安らぎを与えてくれません。そして、亡くなってしまった今も、自分の大きな遺産でわたしたちの生活の問題を解決しようとしているのです」

「財産を残すって悪いことではないわ」

「わたしは、姉のお金は欲しくありません。両親が受け取って使ってしまえばいいわ。それとも、父の別の子どもに遺贈したらいいのよ。だって、財産を受け継がせるために子供作ったんでしょうからね」

「選択肢としてはそれもあるわね」

「それともどこかＮＧＯ組織に差し上げればいいのよ。アフリカには飢餓で苦しんでる人がたくさんいますからね。とにかく、マリアのものは何も欲しくないのです」

心で思っていることを吐き出すことは悪いことではなかった。今までこの感情に、あえて正面から向き合おうとしたことがなかった。これこそ、自分自身に誠実であれ、とルルデスがわたしに求め続けていたことであった。

「姉は死んだのです。それなら、わたしたちを静かにさせておいてくれてもよいと思うんです」とわたしは結論付けた。

ルルデスは少しの間沈黙した。沈黙は診察室の中で延々と続くように思われた。わたしは苛々《いらいら》した。

「すばらしいわ。あなた、素敵になったわ」

「おっしゃっていることわかりませんが」

「あなたはちゃんとお分かりになってるわ。あなたは自分を悪い子に仕立て上げ、自分の内面と向き合うことができ、いちばん口に出せない感情を見出すことのできる勇敢な女になろうとしていらっしゃるわ」

「そういう意味だったのですね」

「本当の治療は今日から始まります。開始第一週です。ここにこられるようになってから二年以上経ってますけど」

「どういう意味なのかわかりませんが」

「わたしは何も信じていない、ということをいいたいのよ」

「じゃ何を信じてるのですか」

「愛情を物指しで測ることは不可能だ、ということです。でも、あなたがマリアを愛したように誰かを愛することは、とても難しいということがわかります。そう信じてます」

「やめて下さい。ルルデス先生、そんなこと、ナンセンスです」。

わたしはナンセンスという言葉を発音すると自然と両目が涙でいっぱいになってくるのを感じた。

「その辺りから私たち良くなりますよ、クララ」

「胸が、とても息苦しいです。痛くてガマンできません」

わたしは長椅子に、身を投げ出して沈み込んだ。慰めようもなく、抑えることもできず、診察が終わるまで泣き通した。もう姉に会うことなく生きて行かねばならない恐ろしさがわたしを襲ってきた。マリアがいないことに耐えることができずに泣いた。

「もっと泣いていいわ、クララ。もし、あなたがかまわなければ、私もあなたといっしょに泣くわ。今日の診療は只《ただ》よ」

わたしはダイエットを始めるか、それとも、その機会を逃してしまうかの瀬戸際にいる。本物のダイエットだ。ディナーにサラダを食べないとか、二時にノシーリャのチョコレートクリーム〔ヌトゥレックスパ（Nutrexpa）グループ社製の、ヘーゼルナッツ、チョコレートを原料にした人気商品。商品名はノシーリャ〕を塗った薄切りトーストを四枚しか食べないというようなものではない。スーパーマーケットで、このノシーリャの販売を禁止するような政府がなぜ現れないのか合点がいかない。わたしの好きな食べ物のリストには多分ノシーリャがトップに位置している。その下に、パエーリャ、仔牛肉のサーロイン、小エビの頭、きゅうりのサラダが続く。きゅうりのサラダが好きになったのはつい最近のこと。なぜかというと、小さいときからずーっときゅうりは嫌いだったけど、ある日のこと、間違って、生まれて初めてきゅうりのサラダを食べてから中毒になってしまった。それだけではない。黒オリーブの実も明らかに同じで、以前は匂いを嗅ぐこともできなかったのが、今ではまっさきに食べるようになった。実はそれにも問題があって、わたしがいったんある食べ物にはまってしまうと、一時期そればっかり食べ、終いには飽きてしまうのだ。

だから、わたしはノシーリャに飽きてしまえばよいと思う。そうすれば、今わたしが鏡の前にくると抱いてしまう不幸から逃れることができるのだけど。わたしは今晩エステルといっしょに町に出る約束をしてあるが、ズボンが入らない。洗濯して生地が縮んだせいにしたいけど、自分をあざむくことはバカげている。体重計に乗ってみる。入らない原因はまたまた五キロ増えたことにあるのを認めざるを得ない。体重の増えた分は体の組織全体に均等に配分されずに、よくもお尻と股に集中して蓄積してしまうものだ。体の他の部分との連帯感がまるでない。そのうち、五キロ増えた分は余分のものではなく、自分のモノになってしまったものだ、もしそこから五キロ減らしたとしても、自分の持ち物を五キロ減らしたのではなくて元の体重が元々五キロ少なかったのだということを認めねばならなくなる。

わたしは自分の部屋でズボンをはこうと身をよじっているが、無理だ。エステルに電話して今日行くのを止めたいと言おう。そして、家でメロドラマを見ながらノシーリャを平らげてやろう、という誘惑に駆られる。でも、そんなイメージを描いているととても惨めな気持ちになってきて、それなら長いスカートをはいて目立たないようにしようと決心する。そして、月曜日には、見違えるような姿になるためダイエットを始めることを固く自分に約束する。少し時間はあるが腰布で身を隠して夏を過ごす積りはない。今年の夏こそ腰布など取っ払って脚線美を露わにして過ごしたい。

エステルとわたしは焼き肉レストランに行った。月曜日からダイエットに入る。おいしいハムとフォアグラとジャガイモ添えのヒレ肉を最後に、今の食生活におさらばである。ワインをボトルで注文するかどうか迷った。一本はわたしたち二人には多過ぎるが、ボトルを注文した。あまったらあまったでよい。わたしたちは仕事のこと、高視聴率を取り続ける「ちびっこタレント」のこと、エステルのプログラム「スケッチ」のことを話し合った。まだ視聴率はよくないが、この放映のおかげで、ある出版社から女の独《ひと》り言《ごと》集のような本を執筆するように、とオファーを受けたそうだ。エステルはそれをとても喜んでいる。もっとも彼女が書きたかったのは小説である。わたしたちはわたしたち自身のこと、マリアのこと、遺産のこと、新しくできた弟のこと、赤毛のこと、ロベルトをとても好きになったこと、ミゲルがわたしのこと好きなくらいにロベルトがわたしを好きになってくれればよいのに、という話、エステルが付き合っている音響技術部のなんとかいう男の子の話などをしたが、その男の子が誰のことか、おしまいまでさっぱりわからなかった。

わたしたちは最後の客になるまでとめどなくしゃべり続けた。幸か不幸か長いスカートをはいていて、もう破裂するんじゃないかと思うくらい食べた。ワインのボトルは一滴残らず飲み干した。ボーイに大ジョッキにたくさん氷を入れたジントニックを注文した。

「もうお店をおひらきにしたいのですが、お嬢さま方、もしできましたらお代の方を先に頂戴《ちょうだい》できませんか」

「ええ、いいですよ。お支払いたしますよ」

それから少し話の続きをし、ジントニックの残りを急いで啜《すす》った時、エステルは白状した。

「ねえ、わたしね、すてきなセックスがしたいのよ」

「へーっ、あんたったら」

「あんたは欲しくないの」

「そうね」

「さあ、さ。いいこと。ナシオナルⅡホテルの時のように」

「そうだわ」

「あんた、あの日よかったんじゃない」

「あら、あんたに話さなかったかしら」

「詳しくは聞いてないわ」

「もう一杯飲みましょう。ジントニック飲みながら話してあげるわ」

わたしたちの気持ちが振舞いに現れていたのか、それともほんとにわたしたちがカッコよかったからかどうかはわからないが、このロックのバーでは、ひっきりなしに男たちが言い寄ってきた。四番目の二人づれの男たちに賭けてみることにした。どうぞ、ごいっしょに、とわたしたちは一つのグループになった。それを決めたのは他でもない、エステルだった。二、三質問を試み、これが一番適当だとエステルが決めた。

「この人たち……」片目を瞑《つぶ》って言った
「本当にいいのよ」

「それに、結婚してるし……」

「その点わたし、ほんといってあまり関心ないわ」

「クララ、結婚してるか、特定の女の人を持ってる男というのが絶対必要条件よ」

「でも、どうして」

「なぜかといえば、結婚している男の人って、愛人として最高だわ。自分の欠点を修正し、習得する時間を持ってるわ。ベッドからベッドへ飛び回ってるような男は自分のことで手一杯なのよ」

「あんたって、ほんとに尽きない知識の泉なのね」

「チャーリーとのこと私聞いてからは、つくづく思うけど、尽きない泉というのはここにいるどなたかしらねー、と」

自然に二組のカップルができた。わたしの相方は浅黒い人で少し背が低く、エステルの相手はスキンヘッドに剃っていた。スポーツジムに通い詰めているような雰囲気の人だった。

彼らはバレンシアの何とかいった会社の代表者たちで、ある会議に出席するためにマドリードにきているということだった。一、二時間後、エステルとわたしはそれぞれ、代表の男たちと対になってホテルの部屋にいた。わたしはエステルの、男を見る眼力と直観力を信じた。エステルのお相手を務めたつるつる頭の方はどうなったか知らないが、この浅黒く、背の低い男はとても上手だった。好きだよ。愛してるよ。とわたしに言い続けた。わたしとの触れ合いにそれが感じられた。自尊心は多ければ多いほど良いのだ。エステルの理論に厳格に敬意を払うと、この既婚者はわたしに相当夢中であり、わたしも、意を尽くして彼に感謝した。チャーリーとの間で起こったようなことは起こらなかった。とても楽しかった。二人は一戦終えて、ベッドで裸のまま横たわって休んでいた。まだ汗をかいていた。

「ねえ、またあんたと会いたいね」

「でも、あんた、結婚してるんでしょう」

「うん、でも、あまり、うまくいってない」

「あら、そう。わかる」

「ボク、毎月マドリードにきて短期講座やっている。電話してもいいかい」

「いいわ。あとで、電話番号あげるわ」

「あんたら女の子たちはそんなにしてボクのこと喜ばせるんだね」

「そんなにしてって?」

「そんなにしてって、きみみたいにしてさ」

「自由気ままにっていう意味?」

「違う。まぁるく、ふっくらしてさ」


ホナタンは「ああ、可哀そう、可哀そう、可哀そう」を次の特番で歌うことになっているが、リハーサルではうまくできなかった。少年のおばあちゃんが亡くなったので悲しいのだ。おばあちゃんはつい最近テレビに映った孫の晴れ姿を見て感激を抑えることができなかったらしい。セビーリャの少年の居住区にチームを派遣して、その町のビデオを撮り、少年が歌う直前にそのビデオを流してあげた。編集者たちはおばあちゃんの臨終に居合わせた家族のみんなにインタビューした。〈オーレ、わが孫よ〉というのが意識のあった時のおばあちゃんの最後の言葉でした、とインタビューアーのそばに座っていた少年の従妹が応えた。

命は受け継がれることになる。今週、「ああ、可哀そう、可哀そう、可哀そう」をスタジオで歌う少年に家族全員が付き添うのだ。亡くなったおばあちゃんの夫、おじいちゃんもいる。孫が「ああ、可哀そう、可哀そう、可哀そう」をおばあちゃんのために歌う様子を見て感極まるに違いない。エステルは言う。もしこの生放送中におじいちゃんが亡くなるようなことになったら、視聴率は記録的になるんじゃない、と。みんなは頭の中で考えていただけだったが、あえてそれを口に出したのがエステルだった。

特番で何が起こるか、期待する一方、ミゲルもわたしとの間に期待し続けるものがあった。あのホテルでバレンシアの会社の代表がわたしに〈まぁるく、ふっくらして〉と言ってから、わたしは、ジーンズのボタンを締めることができない限り、自信を取りもどすことはできないと思った。だから、ずーっとそばにいてわたしのことを好きになってくれる誰かに感謝している。ミゲルの何が一番好きか、というと、彼がわたしを好きだ、と言ってくれることだ。それは、わたしを心地よくさせるものであり、この時点でわたしが一番必要なものである。わがテクニカルディレクターの誘いを受けて、最近市街地に新しくオープンした日本料理店で彼といっしょに食事する約束をする潮時のように思えた。二、三週間先の金曜日に予定を立てよう。その前の二回の週末は子供たちといっしょに過ごしてあげよう。

ステージでカメラのポジションを決めているミゲルを上から見ている。野暮ったいダーツのズボンをはいてはいるが、わたしを後戻りさせることはできない。もう決めてある。明日、自販機の朝のコーヒーをいっしょに飲んだ後、二週間後の金曜日いっしょに食事したいと彼に言おう。わたしはがらんとしたスタジオの見学用スタンドの椅子席に座ってカメラマンたちを指揮しているミゲルを見る。ロベルトが現れ、ミゲルに話しかけようとしている。あ、ロベルト、ステキだわ！　今日は庇《ひさし》の付いた帽子をかぶっている。カッコいい。ところで、プロダクションの仲間内で流れている噂では、ロベルトとブロンドの美人編集員との恋は終った、ということだ。ロベルトは早くも受付の新人の同じくすばらしい浅黒肌の女の子に言い寄っているらしい。あんな古ぼけたTシャツが、あの人にそんなに似合うんですかね。体つきはわたし好みの痩せ型、筋肉質……とにかく、ここから二人をいっしょに見ていると、背はミゲルの方が高い。たぶんズボンをずっと高くはいているので足が長く見えるからだろう。あらっ、いけない。クララ！　あんた、二週間後の金曜日ミゲルと夕食するんでしょう？　面倒なこと今はしないの！　とんでもないわ。あんたはあんたの道、ロベルトはロベルトの道があるのよ。

ホナタンは今晩の「ちびっこタレント」特番に出演し、今まさに歌おうとしていた。スタッフ一同いつもより一段と緊張していた。男の子はおばあちゃんを亡くした悲しみを克服して上手に歌い終えるかどうかわからなかったからだ。少年が舞台に出て行こうとした時、携帯がポケットの中で振動した。これで連続四回目だ。こんな時間にわたしを呼ぶなんて、誰だろう。「非登録番号」と画面に出ている。

「もしもし」

「クララさんですか？」

「わたし、クララですが、どなた?」

「やあ、ボク、ハイメです。あんたとお話ししたくて」

「失礼ですが、今は駄目です。ホナタンが歌うところです」

「何ですって」

「いいですか。歌が始まる前からおじいちゃんが、もう泣いてるんです」

「何の歌ですか?」

「〈ああ、可哀そう、可哀そう、可哀そう〉です」

「失礼いたしました。番号を間違えたと思います」


泣いている家族一同の前でホナタンはコプラを歌い続けていた。わたしは、たった今終った電話の馬鹿げたやりとりが弟との初めての会話であったことに気付き、それが頭から離れなかった。人生には、別のやり方があるはずだ、と思うことがある。父の子供と交わす言葉は、も少し深みがなければならないのではないか、と。

ホナタンの歌も期待したほどではなかった。恐れていたように、彼は平凡に演技を終えた。感情は、克服していた。間違いなく歌えた。おじいちゃんはひたすら泣いていた。もちろん、死ななかった。何も起こらなかった。司会者がバンドゥリア〔六弦琴のリュート属の、ギターに似た楽器〕を持った目の不自由な、次の演技者の女の子に向かい合った時、ある種の失望感がスタジオ中に漂った。わたしはまた電話がかかってこないかな、そしたら、ハイメに、自分も話したかったと言おうと思う。もっとも何を話してよいかわからなかった。

番組が終わって家に帰ったのは夜中の二時を回っていた。マテオはわたしのベッドで眠っていた。ソルニッツアーはパブロの部屋で眠っていた。家全体が暗く静かで、疲れ果てていた。少し悲しかった。孤独を感じた。お化粧落としもしたくない。パジャマに着替えず、このままソファに横になろう。ここで寝たい。少しステキな夢をみることにしよう。マリアの夢をみられたらすばらしい。マリアと町に買い物に行き、トリプルハンバーガーを食べちゃう夢がみられたらな。映画に行って、ロマンチックなコメディを見て、ポップコーンを食べて泣いてもよい。それともホラー映画にするか、見た後で、怖くなったらいっしょに笑いとばせばよい。それから、コーヒー店に寄って、ミゲルにとても好かれていること、ロベルトを好きになっていることを話そうか。果たそうとして果たしてないニューヨーク旅行をしよう。五番街で買い物し、セントラルパークをぶらぶら散歩しようか。ブロードウェイでミュージカルを見ようか……マリアはニューヨークのことをとても良く知っていた。わたしはいちども行ったことがないけど大好き。テレビのシリーズ物「ニューヨークでセックスを」とウッディ・アレンの映画だけだけど、ニューヨークを知っている。マディソン・スクウェア・ガーデン、ブロードウェイ、ソーホー、タイムズ・スクウェア……。マリアとの旅行はずっと延び延びになっていた。今、このソファに寝て夢でマリアと旅行することにしよう。今晩はマンハッタンを姉といっしょに歩き回ろう。あしたのこと？　どうなったってかまわないわ。

最近わたしは日本食が好きになっている。体が軽くなるような感じなのだ。日本食は太らないと思う。練習して上手にハシを使えるようになった。ハシを使えることは日本食のための必須条件である。中華レストランではハシの問題はない。九割方の客はナイフとフォークで食べる。でも、もし、日本レストランでこれをやったら、ぽっと出の田舎者のようにみられる。イメージの問題で、日本レストランで食事することはどんなにおいしい中華料理を食べるよりもわくわくさせられる。第一、ゴハンがとてもおいしい。この町の中心街にオープンした新しいレストランはとてもステキで、広々として、テーブルとテーブルの間隔もゆったりとってある。

ミゲルは日本食に詳しく、料理の名前を日本語でいえる。そのいくつかはスペイン語訳も知っている。夕食時のわたしたちの会話の導入部はそれがテーマだった。ミゲルはわたしに夢中だ。この点を利用しなくては。毎朝、自販機のコーヒーを飲みながら、ミゲルはわたしを誘惑し、射止めるつもりだ。彼はそんなにしつこく深追いはしない。デートの誘いを断るたびに、巧みに冗談交じりに受け流した。毎朝毎朝わたしに、だんだんキミは美人になってきたね、と言った。二、三週間前、わたしは、宝石をいつも付けてる男の人って好きになれないわ、と彼に言ったことがある。その翌日から、いつも首からぶら下げていた金の鎖をはずしてきた。これでは、最低でも食事一回の誘いを受けなくてはならないと思った。

　のど仏をきつく締めている金の鎖を見ないで済むというわたしの趣味にとっては改良が見られたが、服装の他の点では全然良くなっていない。わたしの趣味とは正反対なのだ。淡い茶色のダーツのズボンの内側に、まったく同じ色のシャツをきちんと入れ込んでいる。靴はそれより、ほんの少しだけ暗く、金色のバックルのベルトと同じ色で、これがモカシン靴〔柔らかい皮の、踵の低い室内用の履き物〕の甲を飾っている小さな金色の鎖と対をなしている。

　ミゲルは、食事のメニュー選びは自分に任せておいてくれ、と言った。それには全く問題はなかった。料理はみんな二人で分けて食べるものであり、段々とおいしくなっていった。ミゲルは人の話をよく聞くという長所があり、ここ最近わたしの生活上に起こった難しい話をするのに、困難はなかった。デザートの後の食後酒を飲み終わった時、ミゲルとの食事の楽しかったことにわたしは気付いた。誘いを受けて、とても良かった。食事が終わり、勘定書を待っている間に、仲間たち全員がとても良い雰囲気で仕事をしていることなど、番組について少し話し合った。そしてミゲルはある噂話をした。

「最近、プロダクションの女の子たち、みんなロベルトにお熱あげてるんだってね」

「あら、そう？」

「あいつのどこがいいのかね。ごてごてと、ひどいかっこうして」

　わたしたちは日本レストランを出て自動車の中で、自分のアルバイトのことを話し合った。マドリードはどこに行っても、バス停や壁に、スーパーマーケットの「今週の目玉商品」の宣伝広告が溢れているけど、この商品のキャンペーンの写真はみんなわたしが撮ったものだった。クルマエビ、一キロ一・九九ユーロ。洗剤二袋分の価格で三袋持って行って下さい。黒靴下何足かを買うと白靴下何足かを進呈、とか広告している。ミゲルとわたしは赤ブドー酒一ビン一ユーロ二十センタボ〔日本円で百五十円〕とあるそばに「あなたの食卓をデリカテッセンに」と書いてある宣伝に思わず笑ってしまった。冗談を言い合いながら、まったくわたしが気付かないうちにミゲルはわたしの家の玄関まで運転してきて車を止めた。わたしは少し慌《あわ》てた。子供たちもソルニッツァーといっしょにいるのでいっしょに上がっていくことはできないのを彼は知っていたからだ。エンジンをつけたまま彼は言った。

「クララ、とても楽しかったよ。じゃ、また月曜日に」

　何と返事してよいかわからなかった。外に出ようとドアを開けた。さよならを言おうとわたしは顔を近付けた。ミゲルはわたしの頬に、友情のエンジェルキスを二つしてくれた。

「お食事、どうもありがとう。ミゲル」

「どういたしまして。じゃ、月曜日に」

　わたしは車のドアを閉めた。ミゲルは運転を続けて、最初の角を右に曲がって消えた。わたしはしばらく歩道に一人ぽつんと立っていた。どんな顔にするべきかわからなかった。金曜日、夜の十二時半を過ぎている。階段をあがって家の入口へと進む。テレビはいま何をやってるかなー。ノシーリャが戸棚に残っていたかなー。夜食には、トースト二枚に、ノシーリャをたっぷり付けて食べようか。

ルイスマはこのところ電話に出てもくれない。マテオにサッカー教室を続けさせるかどうか、元々わたしが望んでいた音楽の方に向かわせるか話し合わなければならない。わたしの見立てでは、サッカーは全然好きではなく、勉強に身が入らず、教室では楽しんでいないようだ。このことは、父親の自尊心を傷つけないようルイスマに慎重に言わなくてはならない。

元夫は携帯のスイッチを切っている。携帯電話の店は閉めているのだろう。誰も応答しない。義母のエリサには、息子はきていない、帰ってきたらわたしに電話するように言っておく、と言われて、もう三日たっている。義母は、ガマンができないところもあるけど、わたしとは馬が合う。エリサはすばらしい義母であることは認めるけれど、それはわたし以外の女の義母としてである。わたしには疲れがたまる。時には、義母とケンカする動機がある女がうらやましい。わたしにはその動機が一つもなく、それが腹立たしい。エリサはとても優しい。よく尽くしてくれる。わたしは、息子の理想の女ということらしい。彼女にとってわたしたちの別居はとても不幸な出来事なのだ。義父はルイスマと同名のルイス・マリアノ。この人もうるさいくらいに世話好きである。わたしたちが別居して二年にもなるというのに、家に額《がく》を一つ飾らなければ、と話そうものなら、十分と経たないうちに、ドリルとL字型フックを持ってきてくれるので、おいそれと話しもできない。エリサは相変わらずわたしのために聖週間になるとフレンチトーストを作ってくれる。〈あんたがこれ好きなのを知ってるのよ〉。去年はフレンチトーストを六十二個も三つの弁当箱に分けて持ってきてくれた。どう考えても、このフレンチトーストの数は不釣り合いだった。

エリサという人は、そんな人なのだ。わたしを喜ばせたいと思う時は節度がなくなる。〈うま過ぎる話しに注意せよ〉。この頃、彼女の電話に少しおかしいと思うところがある。ルイスマが不在だと彼女に言わせているのはルイスマではないだろうか。ほんとのところはどうなのかを知るには、義母の家に直接行ってみるより他にない。今日は良い機会かもしれない。昨日は番組があったし、毎週火曜日は、午前中はお休みしてよいことになっているのだから。

マテオとパブロはまだとても幼い。子供の教育面で間違いをしないかと、とても怖い。

わたしの生活自体どうしたらよいのか分からなくなる。そんなことに関係なく、この世界に、わたしを頼りにしている二人の人間がいるのだ。二人にはわたしの価値観を継がせなければならない、二人をどう教育するかの問題、わたしの行動が彼らの成人した時の幸福を左右する、という問題がある。もし二人を叱るべき時に叱らず、叱ってはいけない時に叱っていたのでは致命的だ。叱られるに値しない時に声を荒げたり、濡れ衣を着せているのに気付かず叱っているのであれば、それは自分としては耐えられない。わたしは二人とは十分な時間いっしょにいてあげてない。十分な時間いっしょにいてあげた時もあったが、果たして、いっしょの時間を二人のために有効に活用してきたかどうかわからない。とても疲れているときは、二人といっしょにいたいと思わない時もある。でも、一日中二人に会わないと、とても寂しい。

わたしは良くやっているかどうかわからない。わたしがその小さな頭に向けて発信するメッセージが間違ってなかったのかどうか、わたしくらいの年齢に達した時、わたしの間違っていたかもしれないメッセージを長椅子に寝そべって修正してくれるだろうか。こんなに思い悩んでわたしは一人になりたくない。ルイスマが息子たちといっしょにソファに座って遊んでいてくれないといけない。その点では彼の代わりになる人はいない。わたしは彼の代替にはなれない。ルイスマほど二人の息子を笑わせる人は他にいない。

「こんにちは、エリサ様」

「あら、きてくれてよかったわ。どうぞ。居間にいるわ」

「どうかしたの?」

「どうしたのか、わたしにもわからないわ。食べないし、外に出てこないし、眠らないし、誰とも会おうとしないのよ」

わたしが部屋に入ると、タバコの臭いでむっとなった。ルイスマがベッドに横たわっている。ひげも剃ってない。テレビを見ていた。わたしを見ると起き上がり、わたしにキスした。援《たす》けが必要なことがわかった。

「タバコ止めたんじゃなかったの?」

「また、吸い始めた」

「どうなさったの」

「いや、なんにも。こざこざしたことばかり。子供たちはどうしてる」

「そうね、あなたを待ってるわ。もう、一週間も子供たちに会ってないでしょう?」

「わたしもこの子にそう言ってるのよ」ドアのところでエリサが割って入る。

「ママ、ぼくらだけにしておいてくれないか」

エリサはわたしたちをおいて部屋から出て行き、外からドアを閉めた。ふたりだけになると、ルイスマは力を込めてわたしを抱きしめた。今にも泣き出すのではないかと思った。

「なあ、おまえ、おれ、たいへんなことになってしまったよ」

「何言い出すのよ、いきなり。驚かさないでよ。どうしたのよ」

「多額の借金なんだ」

「誰によ？」

「もちろん、銀行にさ」

「いくら、借りてるの」

「店の経営がうまくいかないでね。首が回らなくなってしまって」

「ええ。でもいくら？」

「十二万ユーロ〔日本円で約千六百万円〕」

「あんた、バッカじゃないの？」

「今度こそはと思ったんだけど……」

「思った、思った、だって？　うんざりよ。あんたって、最低よ！」

「うん、それはわかっている。残念だけど」

「どうやって払うの？」

「五ユーロも持ってない。クララ、だから、抵当に入っている物件は差し押さえられる」

「抵当って？　それ、なんのこと？」

「銀行の貸し付けのため家屋を抵当にしてある」

「それ、どういう意味？」

　返事は聞きたくなかった。正にわたしが恐れていたことであった。もし、ルイスマがあの忌まわしい携帯電話の店を開くのに申し入れた貸し付けの手形を払わなければ、銀行はわたしと息子たちの住んでいる家の所有者になるのだ。わたしがヒステリーを起こし、罵倒《ばとう》し、二人とも泣きはらした後、ガツンと頭痛がしたが、少しずつ鎮まっていった。ルイスマが可哀そうになった。愛する者を可哀そうになるなんてほとほと嫌な気分だ。息子たちの父親はすっかり打ちひしがれ、顔を上げることもできずにいる。十二万ユーロの借金、返す当てもなく、仕事もなく、借金が払えなければ、息子たちは家なき子になってしまう。わたしは、金持ちになりたい幻想を持った結果、四十歳にもなって、両親の家の一部屋に戻ってこなくてはならなくなった元夫の青二才振りにガマンができなかった。ルイスマは息子たちとクッションの投げ合いっこをして遊ぶ。そういう男なのだ。

　わたしが、ちょうど出て行こうとしているところに、エリサが部屋に入ってきた。

「ねえ、おまえ、フレンチトースト作ったわ。子供たちにおみやげよ」

「あ、そうだったわ。来週は聖週間〔フレンチトーストは聖週間のオヤツ〕だったわね。忘れるところだったわ」

「ほっぺたが落ちるくらいおいしいんだからね」

「はい、でも太るんでしょ？」

「それは言わないの。あんたは少し太目のところがステキで、魅力なのよ」

「どうもありがとう、エリサ。聖木曜日〔聖週間の中の最重要日〕には子供たちをつれてくるわ」


する前から、それは間違いだとわかっていてもしてしまうことがある。たぶん、だからこそ、してしまうのだろう。今日の午後わたしはすることがなかった。子供たちは義母が見ていてくれる。なにもすることがないのが、腹立たしい。いつだったか思い出せないが、一人ぼっちの午後、何していいのかわからなくなった日がある。今日はまさにそんな日だ。家はきれいに片付いていて、その面でも逃げ道はない。マリアがいればなんとかなると思うが、マリアはいない。マリアが生きているかのように、マリアのことをしょっちゅう考えている。エステルはそんな暇な日々を小説書きに当てていて、誰とも会いたがらない。しかし、わたしは、一人にならないための選択肢をたくさん持っている訳ではない。まるで日曜日だ。前に言ったように、間違いを犯すことがしばしばある。しかも、間違いを間違いと知っての上で。


「ミゲル？」

「ああ、クララだね。なにかあったのかい」

「いえ、なんにも。ずっと家にいるのよ。もしかして、あんた、コーヒー飲みたくなったんじゃないかな、と思ってね」

「三十分したら、あんたの家に行くよ」

「いえ、コーヒー店の方がいいわ」

「わかっているよ。それ、言葉のあや、さ」

来られる前に、お化粧しなくてはならない。そんなにごてごてではなくとも、少しはね。ミゲルにはきて欲しいと思う。この前日本レストランの食事の時はなにごともなかったけれど、ミゲルには会いたいと思う。他に電話する人がないから彼を呼んだのではないと自分では思っている。映画をみるとか、今日発刊された『オーラ』〔スペインの有名週刊誌〕を読むとかしてここで午後を一人で過ごせたかもしれない。インタフォンが鳴っている。

「どなた様で」

「ミゲルです。ここで待ってます」

「いえ、あがってきてくれた方がいいわ」

「コーヒー店での方がいいってキミ言ったんじゃない？」

「あがってきて！」

ミゲルはエレベーターを待っていなかった。階段を三段飛ばしで駆け上ってきた靴音がドアの外で聞こえた。上ってくると上着を脱ぎ、わたしの誘いが自然なことであるように振る舞おうとした。

「キミ、他に思い出せないくらい、きれいな家に住んでるんだね」

「ブラックで、それともミルクを入れるの？」

「ミントある？」

「いいアイデアね。わたしもそうするわ」

それぞれ、手にミントを持ってソファに座った。

「で、どうしたの？」

「えっ、ここで」

「ええ、そうなの」

「音楽、何かかけましょうか？」

「クララ、なぜボクをここまで呼んだの？」

「ミゲル、キスして」

わたしは緊張していた、なぜこうしているのかわからなかったが、こうしたいからであった。わたしは、わたしでない他の誰かになろうとプレーしていたのだと思う。ミゲルはわたしにキスして、やや唐突に、わたしを脱がし始めた。とても興奮していて衝動を抑えきれなかった。ミゲルがわたしを愛していることを再び感じると、わたしは段々高ぶって行った。半裸のまま、わたしたちはソファからベッドに行った。ミゲルはわたしの上になった。

彼の挿入と同時にわたしは彼ががまんできなかったことに気付いた。

「クララ、ごめん」

「心配しないで。こんなに愛されていることを感じるのはステキよ」

「わーっ、恥ずかしい」

「さあ、わたしを抱きしめて、おバカさん」

「もう何か月も誰とも寝ていなかったんだ」

「じゃ、当たり前よ」

わたしたちはベッドから起き上がり、服を着始めた。少しずつ平常をとり戻して行った。ミゲルはたった今過ぎ去ったことを克服していった。

「ミントのコーヒーがあまり冷えなかったのは、まずまずだわ」

ミゲルとわたしは番組のことをおしゃべりした。そして、わたしの家族のことをあれこれ話した。彼はどんなむつかしい話も易しくしてくれた。わたしたちは楽しい午後を過ごした。が、もう十時を回っている。もうさよならの時間だった。

「クララ、ぼくとデートしてくれるかい？」

「おやまあ、なんてこと」

「ボクの質問、どうなったの？」

「十六歳になってから、わたしそんな質問されたことないわ」

「でも、デート、してくれるの、してくれないの？」

「月曜日、プロダクションで会いましょうね」

マテオは八歳になった。誕生日を祝って四人の祖父母とパブロにルイスマとわたしが家に集まった。マリアがいない初めての誕生日。今までマテオの誕生日祝いはその前後の日曜日に設定されたが、マリアは旅行している時の方が多く、欠席が多かった。マリアがいなかったら、自分が出るのはでしゃばりだ、という理由で、カルロスもこなかった。今朝のこと、朝一番に電話してきてマテオの誕生日を祝ってくれた。そして、今度旅行に行ったら、少年にお土産買ってくると約束した。

マリアの遺産のことを話すためエステルの家で会って以来、両親はわたしにむすっとしている。あの後でわたしは自分の振舞いを、母に謝ったのだが、それでもそれ以来母はわたしに冷淡である。ほとんど、無視している。父はお互い怒り合うことに関しては貸し借りなしになったと思っている。つまり、父が自分の息子のことをわたしに話してくれなかったことでわたしが怒っており、そして父はわたしの嫉妬《しっと》騒ぎを言い訳として利用したことで対等になったというわけだ。わたしがハイメと二、三日中に会う約束をしているのを知っているのに、父はハイメのことを尋ねない。わたしは姉の遺産に関して合意に達したことは大したことではないように装った。

義父母たちはルイスマとわたしたち親子が大きな面倒に巻き込まれていることを知らない。だから、二人は自分たちのことしか考えない。義父のルイス・マリアノは居間の電気スタンドを調節している。義母はテーブルをセットしたり、片付けたり、ランチを準備したり、ケーキを作ったり、ローソクに火を付けたり、パンの耳を切ったり、床を掃除したり、皿洗い機をセットしたりして、何か手伝おうと、わたしの後ろを追っかけまわしている。ルイスマは、携帯電話の店はどうなっているのかと誰かに尋ねられないようにと、そぞろ落ち着かない。元夫は午後ずっと、すっかり兄貴風を吹かしているマテオのわがままを一生懸命堪《こら》えているパブロのヤキモチを抑えようと、パブロに付きっきりである。

「みんなが考えているのとは反対に」母が断言する「弟は兄より嫉妬心《しっとしん》が強いものよ。兄の弟に対する嫉妬心よりも」

それは、わたしたちみんなが、コーヒーセット、小皿、スプーン、コーヒーポット、ティーポット、ケーキ、バースデイケーキなどいっぱい乗っている、センターテーブルの周りに座った時、初めてわたしに向けた意見であった。いつも通りの家族の内祝いである。

「あんた、細身になったんじゃない」義母がわたしにいう。

「私はそうは思わないけどね」すぐさま母が反応する。

「どうだね、ルイスマ？　キミが設立した店は動き出したのかね、それともまだかね？」父が、質問のための質問をする。

「まあまあです」ルイスマは答えるともなく答える。

「自分ができる電気技師の仕事を続けなさい、と言っておいたが」義父が話に加わる。

「わたしたちみんなに話してくれた方がいいわ」わたしが話を混ぜ返す。

「ルイスマは自分の思い通りにやったらいいわ。あんたは口出しすべきじゃないわ。だってあんたたち、別れたんでしょう」母が答える。

「ママ、ママは口出ししない方がいいわ。だって、自分でなんのことを話してるのかわかってないんですから」

「ママは話したいときには話すさ」父が言う。

「ねえ、私はね、自分の弁護は自分でするわ」母が父に言う。

「あんたはうんとやせたと思うわ」義母は相変わらず自分の言いたいことだけ言う。

「すごくやせてるよ」ルイスマが繕《つくろ》う。わたしには今逆らえないのだ。

「わたしにいい顔しないでよ」今甘い顔したくないわたしは答える。

「ママ、どうしたの？」マテオが訊《き》く。

「なんでもないのよ。もしかして、家がなくなるかもしれないわ」言ってはいけないことを言ってしまう。

「なんだって？」みんなが言う。

「家がなくなるって？」パブロが驚く。

「やめろよ、クララ。それ話す時じゃないよ」ルイスマが言う。

「何があったのか、あんたたち、説明して」またみんなが口々に言う。

マテオとパブロに、部屋で遊んでいるようにと言うと子供たちは素直にいうことを聞いた。マテオは任天堂のゲーム機に夢中になっているし、パブロはマテオから取った画架に家族の絵を描こうと一生懸命なのだ。わたしたち大人は、テーブルのコーヒーを前に車座に座った。わたしは、その時、家のことを話題にしてルイスマを窮地に陥れたことを後悔した。つい口が滑ってしまったのだ。しかしもう後には引けないことを悟った。たぶん、わたしはわざとそうしたのかもしれない。わたしは後戻りしたくなかった。わたしにはわからないが、苦悩しているルイスマを見て、わたしの苦悩は何やら満足感を覚えていた。

「ところで、あんたはどうか、したのかね」義父が尋ねる。

「何でもないんですよ」時間かせぎにルイスマが答える。

「じゃ、家がなくなるっておまえが言ったのはどういうことなの」母がわたしに訊く。

「ルイスマがね」わたしはみんなに話した「携帯電話の店をオープンするのに、この家を抵当に入れて貸し付けをしてもらってるのよ。もし、貸付の返済ができなければ、この家銀行に取られるのよ」

「おまえもサインしたのかい?」母がわたしを責める。

「わたし?　わたしはなにもサインしてないわ」

「結婚していた時に持っていた委任状をかわりに使った」とルイスマが白状する。

「なんと、まあ」

「どうしていて欲しかったの?　ママがわたしに訊いた時、わたしサインしてないと言ったはずよ」

「金額はいったいいくらなんだい?」父が関心を示す。

「十二万ユーロよ」とうとう言ってしまった。

「バカ息子、こいつ！」義父が自分の息子を断じた。

「あゝ、どうしたらいいの？」義母はそう言ったかと思うと、わっと泣きくずれた。

「さあさ」と母が間に入る「みなさん、落ち着いて。子供たちは家なき子にはならないわ」

「希望だがね」ルイスマが休戦を求めて言った。

「もちろん、家なき子にはさせないわ」休戦を望まないわたしは言う「ルイスマは電気技師の仕事に就くの。そして、毎月きちんきちんと、分割して返済するのよ」

「クリスマスの豆電球付ける話じゃないぞ」父は場違いの冗談を言う。

「まったくもって、こいつは、バカものだ」義父はまだ言っている。

「あー、あー、あー。どうしたらいいというの？」義母はぐだぐだと言い続ける。

「さあ、さあ。私たちも助けることができるわ」と母が言う。

「そんなこと忘れてよ」わたしが割って入る「遺産の話なんてとんでもないわ」

「遺産って？」ルイスマが関心を示す。

「マリアの遺産だ」と父が答える「もし、マリアがここにいたら、喜んで甥たちを助けたいと言うだろうな」

「マリアがもしここにいたら、遺産なんてありっこないわ」自分で怒っている訳もわからずに、わたしは怒っていた。

「あんたが、なんと言おうとも、孫たちを家なき子にはさせません」母がそう結論付けた。

「ママがなんと言おうと、借金はルイスマが払います」母に結論付けさせたくないわたしは、自分で結論付けた。

ルイスマといっしょに銀行に行く約束をした。抵当に入っている家が差し押さえられることなく、ルイスマの返済可能な方法で銀行と合意に達するよう検討してもらうためだ。彼はドアのところで待っていた。見るとネクタイを締めている。ネクタイ姿を見ると悲しくなる。それは敗北であることを知っているからだ。ネクタイなんぞたとえ結婚式に行くためだって絶対したくない、と言って口ゲンカになったことが何回かある。最後に彼のネクタイ姿を見たのはわたしたちの結婚式の日だった、そして今日彼がネクタイを締めているのを見るのは悪い前兆のような気がした。暗赤色の生地にタツノオトシゴをあしらったもので、ここに来る前、寄った店で買ったもので、そこの店員に結び目を作ってもらったのだった。

支店長は物事をわかり易くさせたい理性的な人のように見えた。しかし、勘定は勘定なのだ。銀行の本店が承認できるのは、手形の金額を少なくし、支払期間を長くすることであった。ルイスマにとって最悪だったのは、支店長が保険課に通知しておかなくては、と言って現在の月収は、と聞いた時だ。ルイスマは一センターボの収入もない。支店長に約束できる唯一のことは、そこを出たら、すぐ電気技師としての仕事探しを始める、ということだった。テーブルの向かい側の支店長は辛辣《しんらつ》な薄ら笑いを浮かべた。ルイスマは傷つき、椅子の中に沈んでいくように見えた。

支店長は少し雑談をし、会見を締め括《しくく》った。わたしたちはなにが起こったのかわからないまま、しかしこの会見は少しも役に立たなかった、という確信をもってそこを立ち去った。ルイスマはネクタイを外し、そばのカフェテリアにビールを飲みに入った。わたしたちは杯を重ねた。始めの二杯は悲しみを取り去るのに役立った。次の二杯は心配を少しの間忘れさせるのに役立った。五杯目で、当然のなりゆきだが、わたしたちは酩酊《めいてい》状態となり、もうどうにでもなれ、と笑い出したくなるのを押さえきれなかった。

わたしたちはいっしょに家で食事をし、その後時間になったら子供たちを迎えに行くことにし、今日はプロダクションには戻らないことにした。ルイスマは当たり前だが、する仕事がなかった。家に着くと冷蔵庫に直行し、ビールを二缶取り出した。いい気分だった。同じコップで飲んだ。飲み口が広くなっているユニークなもので綺麗《きれい》に飲める。ちょっとの間わたしたちはわらうのを止めた。一瞬真剣に見詰め合い、キスした。こんなことしても全く意味がないので止めようかとも思った。しかし止められなかった。ルイスマのキスの仕方はよく知っているはずだ。でも、思い出せなかった。

唇をくっ付け合ったまま押し合いながらキッチンを出、リビングのソファまでやってきた時、もう後戻りはできなかった。不器用な手付きで着ている物を脱がし合った。不器用は赦し合っていた。わたしが今していることは妥当性があるのか否か、十分経つと後悔するのかどうか、今は現在なのか過去なのか、わからなかった。わからない。それでも、よかった。この同じソファで、何年も、テレビを見ながら、衝動に駆られ、求め合い、愛してる、あなた元気でいて欲しい、ずっと、いつまでもと、半裸体の関係を、擦り切れるくらいいっしょに過ごしてきたのだ。

　終わっても、わたしたちは抱き合ったまま、少しの間、わたしの上の彼の重さを感じていた。ようやく、普通の呼吸を回復した。わたしたちは汗びっしょりだった。リビングにはセックスのにおいが立ち込めていた。もし今起こったことは重大な意味があってのことだと彼が考えているならば、その考えを彼から取り去る必要があった。これによって何かが始まることなどありえない。〈わかってる。もっとひんぱんにネクタイ締めるよ〉と冗談を言う。元夫は今起こったことは殆《ほとん》ど偶然だと理解したように見えた。微笑で彼に感謝する。が、その後で付け加えた言葉〈クララ、愛してるよ〉にとても怖くなり、返事したくなかった。ルイスマは水を飲みに行く。その間リビングでわたしは服を着終えた。

「ひえーっ、驚いた」キッチンで発するルイスマの叫び声が聞こえた。

「どうしたの?」心配になってキッチンの方に行く。

「わたスィ、旦那さま方が終わルㇽのを待っていたんダスヨ」とソルニッツアーが答えた。

　彼女は、元夫とわたしがソファで重なり合っていたところに自分の鍵で開けて入ってきたのだった。

いつもの悠長さに似合わず、気もそぞろ、新しく家族となった人に会うためわたしは超特急《アーベ》に乗ってバルセロナに行く。ハイメは自分の方からマドリードに行っていいですよ、といってくれたが、一日バルセロナで過ごしたかったので、今朝七時五分発の列車に乗って、帰りはノンストップの二時間半ちょっとの列車で帰ろうと思った。

昨夜は番組で忙しく、またまた帰りが遅くなり疲れた。二時間も寝ていないと思う。幸いなことに、昨日はスタジオに行く前に、今日ハイメに会いに行くのに着て行く服を準備しておいた。服を決めるのに三時間かかった。三十五歳の赤毛の弟に会うのに適《かな》った衣装はどんなものか皆目わからない。何を着るかいつも時間がかかる。結局は初めに選んだものを着ることになった。それに、父にあまり根掘り葉掘り聞きたくなかったのでハイメのことはあまり知らない。唯一調べがついたのは、彼はカタルーニャ銀行で働いているということだった。というのは、わたしが一時半に会う約束をしたのは、ディアゴナル通りの銀行本店のオフィスであった。もし、そこで働いているとすれば、スーツにネクタイを締めているだろう。だから、わたしも黒っぽい上着を着て行かなくてはなるまい。ビルの外に出てきて、わたしを探してくれるよう彼を電話で呼び出すことにしよう。ハイメ・ドメネク・カンテロという、ふつうの名前ではあるが、クララ・ガルシア・サンスというわたしの名前とはえらい違いがある。

列車に設置してある映画を見ながら眠るのは気持ちがよい。良い映画ではあるが、始まって五分、襲ってくる眠気をガマンできなかった。どんな乗り物でも乗ったらたちまち眠ってしまう。どこでもいつでも。口をあけたまま。悪い事には、口を閉めないばかりでなく、目も全部は閉じない。まるで死んだ人のような様相になり、隣席に子供が座ろうものなら怖がられてしまう。大人たちなら、頭の傾く方の肩口に垂れる涎《よだれ》を見て、生きていることがわかるので怖がられることはない。人間というものは皆それぞれ、欠点を持っているが、座って眠る時のわたしの形相《ぎょうそう》はいちばんヒドイ欠点だ。

バルセロナはよく知っているといえるほど頻繁《ひんぱん》に訪れている訳ではないが、好きな町だ。ある町が好きになるかどうかは最初の訪問の印象が良かったかどうかに左右される。初めて行った町で楽しく過ごせなければ、町がどんなに美しくとも好きになれない。

わたしの場合アムステルダムがそうだ。初めての訪問の時わたしはマリファナタバコを吸って下痢を起こしてしまった。週末ルイスマと議論が白熱し、チェックインの締め切りに間に合わず、そのため帰りのフライトをキャンセルされてしまった。元夫はアムステルダムをよく見て回ることに努めた。たとえば、ショウィンドウの売春婦たちを見たり、合法のバーでマリファナを吸ったりした。マリファナタバコは、大麻やマリファナと同様、わたしには最悪だった。眠くなり、胃がむかむかし、ショウィンドウの売春婦たちが惨めったらしく見えるほどだった。ルイスマが鼻の下を長くしてレースのショーツの女の子たちを見ている間、わたしは女性の人権を主張したくなった。女性を使い捨てのように扱う屈辱、セックス旅行の、そして、その様式のいやらしさを非難したかった。週末の話題としては、少し重いことは認めるが、わたしのフェミニストとしての主張には嫉妬もいくらかまじっていた。実をいうと、女たちの多くは素晴らしかった。

議論を終え、ルイスマとわたしは、とあるバーに行き、元夫にとって、オランダの首都が持つ観光のもう一つの魅力を楽しんだ。つまり、誰にも何も言われないでマリファナバーに行ってマリファナタバコを吸うことだ。場所はとても小さかった。すし詰めだったが、運よく隅っこの小さなテーブル席の椅子が二つだけ空いていたので座った。ルイスマがなぜマリファナのような依存性の弱い麻薬のエキスパートのように振舞うのかよく分らなかった。マリファナタバコを紙巻きにしようとして、バカバカしくみっともないことをした。紙に巻いたものを二度も床に落としてしまったのだ。そばにいたブロンドの女の子がお手伝いしましょうか、と申し出た。そして、巻紙を三十秒間舐めていた。ルイスマはとても恥ずかしがっていた。

「この娘おれがマリファナタバコの巻き方を知らないと思ってるんじゃないかな」

「だって、あんた、知らなかったじゃないの」

せっかく楽しみにきたのに、わたしが拒絶している、とルイスマに思われたくなかったので、タバコは吸わないわたしだったが、彼へのお付き合いで、適当に吸った。それ以降、日曜日、飛行場に着くまで、マリファナのせいか、それとも夕食に出てきたサラダソースのせいかよく分らないが、わたしは、他のどこよりもトイレでより長い時間を過ごした。飛行場に着くと、前に言ったように、フライトがキャンセル扱いにされ、そこで明け方まで十時間待って、月曜日やっと次便で離陸することができた。

わたしのバルセロナ訪問の記憶はこれとはまったく異なっていた。マリアとわたしはダイアー・ストレイツ〔イギリスの世界的人気のロックバンド〕のコンサートに行った。これは姉が熱を上げていたグループだった。九〇年代の初め頃、遅くとも九五年のことだ。この旅行はわたしの生涯の最良の週末の一つだと思っている。眠る間も惜しんであちこち歩き回り、踊りに踊り、笑いさざめいた。コンサートは闘牛場で行われた。「サルタンズ・オブ・スィング」〔邦題は「悲しきサルタン」〕を歌っていた時、姉のマリアは、と見るとオレンジ色のTシャツに肩紐に汗を滲ませて飛び跳ねていた。美しく輝き、幸せそうだった。

間もなくバルセロナに到着するところだったが、この回想にわたしは泣いていた。機内の人々は気付いていたが、わたしは泣き止もうとしても泣き止むことができなかった。マリアとわたしを爆笑がおそった時、笑いを抑えることができなかったのを思い出して泣いたこともあった。その笑いを思い出すと、もっと泣いた。嗚咽《おえつ》が激しくなり、しゃくりあげ、今にも気を失いそうになった。機内はおおぜいの人がいた。みんな怪訝《けげん》そうにわたしを見ていた。わたしはみんなに自分の姉のことを思い出して泣いているのだと説明したかった。バルセロナは、またマリアの素晴らしかったことを思い出させた。

黒いスーツを着てディアゴナル通りのカタルーニャ銀行への道を汗だくになって歩いていた。五月初旬であった。異常な暑さだ。まだ本格的な夏ではないのに、寒暖計は異常に上ったので、人々の服装はまちまちだった。信号待ちの人の中にはミニスカートにストラップの女の子も、革ジャンパーにキャンピングブーツの若者もいる。合いの季節とは、どっちに転ぶかわからない気温の変化を予見できない季節のことである。〈合いの季節〉という言葉を聞くと母を思い出す。〈合いの食事〉という、結婚式などの改まった機会でさえ使われなくなった古い言葉があるが、母はそれをハム・ソーセージなど冷肉の盛り合わせの意味で使い続けた。〈合いの季節〉にぴったりの服装は何かをわたしは予見できなかった。黒のスーツはもちろん、パンストも着けている。何も着けずに、靴を履くことができなかったし、短い靴下も持ってこなかった。

わたしは汗が気になってしまった。それに臭いも発散させているに違いない。いや、そんなはずはない。今朝家を出る前にシャワーを浴びてきたのだから。でもシャワーしてから、ずいぶん時間がたっているし、デオドラントを振ってはきたが、その効果がどのくらい長く続くのかはわからない。脇《わき》の下を嗅いでみたいと思うが、その機会はない。ディアゴナル通りは人がいっぱいでみんな見ている。結局は落ち着かない。弟と会おうという日に、汗の臭いを発散させているなんて、とんでもない失態。どんな弟か。どうしてまた、ドメネクという姓のカタルニア県人の弟を持ってしまったのか。わたしは汗臭いと思う。自分の汗の臭いを実際に嗅いでみて、その懸念から逃れたい。脇《わき》の下を嗅いだ。ある婦人が軽蔑の眼でわたしを見た。わたしにとっては同じことだ。腋臭《わきが》が臭うなら、いずれ誰かに軽蔑の眼で見られる。婦人の軽蔑の眼の警報は誤報であった。わたしは汗臭くないことを確かめることができた。現時点ではよいかもしれない。でもこの暑さとスーツのまま、あとどのくらい歩かなくてはならないかわからない。だからと言って、もし、上着を脱げば、脇の下が湿っているのが見え見えで最悪だ。父の息子の勤めている銀行オフィスの玄関までやってきた。心臓はどきどきしている。

「ハイメ・ドメネク・カンテロをお願いします」

「どちら様ですか」

「えぇ、えーと、そうですね。お友達です」

受付の人は、受付特有の疑念の眼差しでわたしを見て、社内電話の受話器をおくと、『ドメネクさんは只今こちらにおりてこられます』と言った。わたしはとても高ぶっていて、お腹の中に感じている電気の塊から逃れるために深呼吸をしなければならなかった。口の中は唾液《だえき》がなくなり、渇き切っている。こんな出会い、大したことはないさ、と自分に言い聞かせ、落ち着こうとした。生物学的縁者へのちょっとした好奇心だけで、多分一回こっきりの出会いになるわ。ドメネク氏とはきっと馬が合わないと思う。わたしたちの関係は今日だけでおしまいになる。わたしたちが電話で交わした三、四回の会話の印象ではなかなかカッコいい男のようだ。あっ、あそこにやってくる赤毛のヤツだな。背が高い。ぼんやりを装って、誰も待ってはいないよ、とばかりにくるりと背を向ける。わたしが口笛でも吹いてやればもっとよかったかもしれない。

「クララさんですか?」肩に手をかけて言う。

わたしは振り向いた。一言も言葉を発することができなかった。『はい』という言葉も出てこなかった。頭を縦に振って応え、口中どこかに唾液が残ってないかと探した。そこから、意味のある音声を出すために。

「あなた、ですね?」

大きく深呼吸した。舌で唇を湿らせ、やっと声を発することができた。

「はい」

「私、ハイメです」隙《すき》のない歯並の微笑を浮かべて言う。

親愛をこめたキスの挨拶を交わすと、近くのレストランに席を予約してあるのでそこへ行きましょうか、と言われた。

「信じて頂けないかもしれませんが」とハイメ「ボク、とても緊張しちゃってるんです」

「信じます。わたしもです」

「今朝は、どの服着て行こうかと選ぶのに二時間以上もかかっちゃいましてね」

ハイメはとても背が高い。赤毛の人特有なそばかすがある。顎髭《あごひげ》は薄い。ごく短くカットしてある頭髪よりほんの少しだけ濃い。口元が可愛い。程よい大きさのうちわ形の、耳がカッコいい。力強いスポーツマンタイプで、背中が広く、そのため頭がふつうより小さく見える。食事の時、バレーボールをやっており、銀行では、どんな役割の仕事かよくわからなかったが、ある課の課長を務めていることを話してくれた。わたしはテレビ関係の自分の仕事の話や、この時期にしては異常な暑さのことを話し合った。

「キミのお父さんは、キミとボクがよく似ていると言っていた」

「わたしもそれ言われたわ。わたしたち似ていると思う?」

「わからないけど。どこか似てると思うね。キミはもっときれいだけど」

「ありがとう」

「お姉さまのこと、ご愁傷《しゅうしょう》さまです。知らせを受けた時、スペインを離れていて、どうしようもなかったんです」

「ご心配なさらないで。わたし、あなたがいらっしゃること知らなかったんですよ」

「キミのお父さんは、いつボクのことキミに話したの」

「あなたのお母様と父と姉がいっしょに写った写真を見つけた時よ。その時、父と話をして、あなたが父の血を引いている子供だっていうことを父から聞いたわ」

「その写真はボクが撮った」

「そうだと思っていたわ」

「ボクの母は、あの時の出会いをしっかり記憶に留《とど》めようと努めた。そして、ボクたち、思い出をたくさん写真に収めた。ボクはそれをメールでマリアさんに送ったんです」

「そんなら、もしわたしが、たまたまその写真を見つけなかったなら、あなたの存在を知らなかったということね」

「キミが悪く取るのではないかと、みんながボクに言ったのでね。時期を見てキミに話そう、ということになっていたのさ」

「わたしは誰からもそんなに信頼されてなかったのね。いつも、家族の中の弱者のようにみんなに見られていたのね」

「キミがそんなに弱者には見えないけどね」

「わたしに関して意見を言うほど、あなたはわたしのことご存じでないわ」

「それはそうだね。ごめん」

「あなたのお母さんは亡くなった、と父はわたしたちに話していたのをご存じだったの?」

「はい。話はみんな知っています。ボクの父が亡くなった時、母が初めから話してくれました」

「あなたもたいへんなご経験をなさったのね」

「考えても見て下さい。いきなり、自分が父親だと思っていた人は父でなく、母の三十年来の愛人の子供だということがわかったんですからね」

「不幸な宿命、とお思いになった、とわたし思うわ」

「うん、初めはそう思った。そのうち、キミのお父様やマリアさんとキミに会いたい、というとても大きな好奇心が湧いてきたのさ」

「で、わたしだけがあなたの会いたくて会ってない人だったわけね。そのわたし、ここにいるわ」

「これからも、ボクたち会えるといいね」

きっと、そうなると思う。近いうちに、彼がマドリードに来て、『ちびっこタレント』をやっているスタジオを案内する約束をした。わたしがその番組で仕事をしていると知ってから、以後、月曜日になると欠かさず番組を見るようになり、それに、ホナタンのファンになってくれた。ハイメが銀行のオフィスに帰る時、わたしはバルセロナ駅に向かう。ここカタルニアにきて、父の赤毛の息子、ハイメ・ドメネク・カンテロに会って嬉しかった。

事実、少しわたしに似ている。それは偶然によるものかもしれない。でも、この町ではわたしは、いつもいい目に遭っている。

マリアの遺産相続の手続きをわたしに説明したいので会いたい、と父が言っているが、これは口実なのを知っている。本当はわたしがハイメと会った時の話を聞きたがっているのだ。父はわたしに隠していたことに罪悪感を抱いている。わたしは別に父に怒りを持ち続けていたいとは思わない。わたしたちは電話で話をした。バルセロナに行ってハイメと食事した時の様子を話してあげる、と父に約束した。その方とても感じが良かった、と前もって言ったことで、それが父を安心させている。

「クララ、このところ、お互いに険悪になっていたけど、そんな状態で、お前に何か良い事あったかい」

「えっ、どんな状態で？」

「マリアの死ではなく、もう一つの原因で悲しんでいることだ」

姉に対するわたしの嫉妬を母は赦してくれているように思う。そして、わたしに、いつもの基準値内だけど、ちょっとだけ太目ね、と言い出している。母はハイメとハイメの母親について、一向に知ろうとはしない。母が心配しているのは、ルイスマの借金のこと、孫たちの父親の将来のことである。母はいつもルイスマを批判してきた。彼は批判に値する。しかし、表には出さないけど、ルイスマを好ましいと思っていることをわたしは知っている、母の人の愛し方はちょっと変わっている。いつもルイスマとカルロスを比較し、わたしの元夫が失敗ばかり繰り返している、とあげつらう。しかし、マリアは、母がしきりに義弟は孫にとってすごく良い父親だ、商売の方もそのうちきっと上向いてくるよと褒めていたよ、とわたしに告げたことがある。母はわたしにはルイスマのことを良く言ってくれたためしがない。マリアにもカルロスのことを特別良く言ってなかったようだ。母の人の愛し方はこのように特殊なのだ。

視聴率低下のため、〝スケッチ〟の番組中止が決定的になった。エステルはテレビの仕事をもう辞めたいとわたしに話した。エステルはプロダクションの正社員だが、好きな執筆に専念することに賭けるべき時期がきたと思っている。今決断しなければ、これからもずっと、一生続けて、何週間か前に愛人を殴って赦しを乞うバカ男の証言番組を延々と作り続けることになるわ、とエステルは言う。

エステルは女の独り言を文章にしてみては、と提案してきた出版社にそれを断り、三十何歳かの子持ちの離婚経験の女の直面する、仕事、前夫、子供たち、セックスなどあらゆる危機を小説にして書きたい、と対案を出した。ある日、主人公はある犯罪を目撃する。そして、彼女はそれを殺人者に見られたに違いない、と慄《おのの》く。実際には、このテーマはありきたりのものである。しかし出版社は、三十過ぎのふつうの女に起こるふつうのことだけを書くのは成功するはずはない、とし、何かアクションを入れるべきだと思っている。

エステルの意図は主人公の日常の生活になんらかのユーモアを加味したものを書きたい、というものであり、それを書くのに、わたしが大いに役立っているというのだ。わたしは彼女の書いたものを一度も読ませてもらったことはないが、その中のいくつかのシーンにわたしが反映されているという。ユーモアを加味するだけであっても、小説の主人公に部分的にもわたしがなぞらえてあるなんて楽しくなってしまう。わたしって、ふつうの女だけど。

エステルがプロダクションを辞めるのは時間の問題だ。しかし、退職の決定をする間、それとも、他のもっと相応しい代わりの番組ができるまで、エステルは、また『ちびっこタレント』の仕事をすることになった。番組は最近視聴者が増え、〈上部〉は夏まで、もう数週間、延長して特番を続けることを決定した。ホナタンは古いコプラの現代ヴァージョンのCDを初めて出し、もう何週間も売りあげのトップを走っている。理由は少年の横顔が社会の色々な分野で受け入れられているからだ。四十五歳から七十歳までの主婦たちを魅了している。感情を込めて、おばあちゃんに捧げる歌を歌う丸々太った赤毛の少年は主婦たちのアイドルとなった。ホナタンは近代性の聖像となり、少年の歌う『愛するということ』はゲイバーで定番となった。少年の大成功を見て少年の父親は誰が助言したのか、少年に出演料を〈もう少し〉はずまなければ、番組から降ろさせたい、と放送局に脅しをかけた。建設作業員の父親は仕事を止めて、息子のマネジャーになろうと決心した。

仕事場に衝撃が走ったのは、ロベルトとカルメンが、わりない仲になったことだ。わたしの女上司が二人のシッポをつかみ、はっきりさせた。上司はそれがたのしいらしく、わたしに嬉しそうに語ってくれた。カルメンはエステルとわたしに前の晩、楽しく過ごしたことを翌朝語る。二回だったかしら、三回だったかしら。下着なしよ。あなたがた想像できないわ。こんなに上手に愛してくれる人、外に思い出せないわ、とか、ぞっこん参ってしまったわ、云々。彼女がそれを話している間、わたしは、熱心に聞くべきか、嫉妬心を燃やすべきか、興奮すべきか、彼女のために祝福すべきか、羨望《せんぼう》で死んでしまうべきか、わからなかった。

誰も同じことであるが、〈四回いっしょに寝て、よかったら、自分たちは愛し合っている、と信じなければならない〉とのたまうカルメンをエステルは非難する。エステルのいうのはもっともなことだが、必ずしも同意はしない。なぜなら、カルメンは上司であり、嫌われたら失職するおそれもある。『せいぜい楽しむといいわ』だけど、『恋するのはお止めなさい。ロベルトがここにきてから、たった二か月しか経《た》ってないのに、あんたは、ロベルトの関係した三番目の女よ』。

それを聞いた時、多分わたしにもいつか順番が回ってくるのでは、と思った。彼の何番目などと、数え上げられたくはない。もしわたしがロベルトと関係を持つとしたら、セックスだけでなく、もっと他のものがなければいけない。海辺で散歩しながら愛を語るとか、映画館でのキスとか、将来の計画を話し合うとかの。エステルのいう、四回寝てよかったら、も悪くはないけど、こんなことの方がわたしはいいわ。もし、わたしたちが寝た後で、恋をするとしたら、どうなるの？　女はしょせん、自分の殻から抜け出せないのだ。

わたしは時々迷ってしまい、自分の考えも、感情も整理できないことがある。心療医師のルルデスと向かい合って長椅子に座っている時によくそうなる。わたしの精神分析医はいとも簡単に、どんな調子ですかと訊《き》く。わたしは自分に起こったことを止めどなく洗いざらい話しまくる。『こんど会った新しい弟、弟と呼ぶべきかどうかわからないけど、わたしとはしっくりいきそう。父母とはわたしは最高にいいの。でも、マリアの遺産の話をわたしにして欲しくない。姉のことは毎日思い出して泣くわ。わたしはロベルトには首ったけよ、でもわたしのことちっとも気にかけてはくれないの。またミゲルと寝た。わたしとデートしたがっている。また元夫と寝た。ブルガリア人のお手伝いさんに現場を見られてしまった。わたしは借金のため、家が無くなってしまうかもしれない。ちっともやせない。ノシーリャにすっかりはまってしまった。わたしの友のエステルは自分の書いている小説の中でジョークを作るのに、わたしからインスピレーションを得ている。わたしは息子たちの面倒を十分みていないことを後ろめたく思っている。

精神分析医（少なくとも、わたしの分析医）は患者が自分の出来事を話すと、必ず発する質問がある。大切なことよ、という調子で質問を発する。『それで？　それであなたはそれをどう思ってるの？』その質問に、わたしは耐えられない。何と答えたらよいのかわからないのだ。想像するに、精神分析医に今語ったこと一つ一つがわたしには忌々《いまいま》しい。それを全部合わせると超忌々しい。簡単なことなのかもしれないけど、この長椅子に座ってるだけではとても簡単化することはできない。簡実を言うと、物事を深化させることには内心うんざりしてしまう。どんなに望んでも、わたしに起こったことは今更変えようがない。それが、忌々しいのだ。これで終わり。そんなに堂々巡りすべきことではない。この心理療法がわたしをどこに運んでいくのか、はっきりわからない。それに、お金はかかるし。

「クララ！」

「はいっ？」

「ちょっと前に、お聞きしたでしょう。それで、あなたはどう思ってるの？」

「はい、それはお聞きしましたが」

「で、あなたはどう思ってるの？」

「それをうっちゃってしまいたいのです」

「誰に？」

「いえ、この治療法をです」

「またですか？」

「はい。今度は永久にです」

「この前も、そうあなたおっしゃったわ」

「はい。でも、今度は決定的にです」

「その言葉も、あなた言ったわ」

「それに、とても高いですから」

「それはそうですね」

「いつかは止めないといけません」

「止めたい時に止められるわ。誰もここにあなたを留めおくことはできません」

「ルルデス、ぜひとも申し上げておきたいのは、先生はわたしをとてもたくさん助けて下さいました」

「ありがとう。それはあなたのおかげよ」

「いえ、それは先生のおかげです」

「私は自分の仕事をしただけです」

「お仕事を立派になさったわ。先生は偉大な精神分析医ですわ」

「ありがとう、クララ」

「先生のおかげがなければ、わたし、どうなっていたかわかりません」

「はい、はい。でも、もうお時間です。終わりにしなくてはなりません」

「はい、はい。もちろんです」

「木曜日にいらっしゃるの？　それで、今月を締めることにしては？　それとも今すぐやめるの？」

「木曜日にきて、今月は終わりにいたします」

「けっこうです。六月には、診察時間の空きを探している娘さんがいるので、その方にあなたの空けた分をまわすことにするわ」

「あら、今思ったんですけど夏休み前まで続けた方がよいと思いますが、どうでしょうか」

「木曜日にお話し合いしましょうね」

ハイメがマドリードにやってきた。ハイメは父と食事をした後、午後『ちびっこタレント』のスタジオでわたしと会うことになっている。テレビ界の外で仕事をしている人々が、テレビによせる好奇心の大きいことに印象付けられた。ハイメは銀行では管理職を務めているが、テレビのスタジオとはどんなものか知りたい、生の特別番組をぜひ見たい、司会者に挨拶したい、ホナタンといっしょに写真を撮りたいのでよろしくと頼まれた。

『テレビの内幕』と呼んでなにかと興味を掻き立てられるが、テレビの魅力がどこにあるのかわからない。マスメディア以外の人と会って話をすると、最初の十分間は会話を独占し、およそ返事できない色んな種類の質問攻めに会う、やれ司会者たちの月給はいくらとか、この人はあの人とできているのか、とか、夜のニュース番組のキャスターたちはお互い口を利かない、というのは本当か、とか、ある司会者は、本当は異性愛者であって、ゲイだと言われているのは見せかけだ、という噂は本当なのか等々。

わたしの仕事は世間ではこのように好奇心を持たれているのに、わが家族はさっぱり関心を示してくれない。家族にとってわたしがしていることは全然重要性がないのだ。特にマリアはわたしが携《たずさ》わっている番組に気付いたこともない。マリアは結婚式の写真には興味を示し、面白がった。姉はテレビがやっていることすべてに興味を失ってしまい、最後のころはテレビをあまり見なくなっていた。ＡＢＣもわからないような人がおおぜいでテレビに出て有名になろうとやっきになっているのをみるのは時間の無駄よ。その間本を読んでいた方がよっぽどいいと言っていた。

　何年か前は、マリアはそんな風に考えてはいなかった。わたしの人生の最も楽しかったのは、姉と二人でテレビを見る時だった。たとえば、ＯＴＩ〔イベロアメリカＴＶ機構〕のフェスティバルやミススペインのコンクールは二人にとって、見逃せない番組だった。いつも欠かさずいっしょに見ていた。その目的は唯一、面白がって、笑い転《ころ》げ、床をのたうち回ることだった。テレビを前にしてわたしたちの残酷さは頂点に達した。ログローニョ〔ラ・リオハ州の州都。サンティアゴ巡礼のルートの街として有名〕代表の女の人がひどい格好で鍵盤楽器のクラヴィコードを演奏していて、そのカッコーの悪さや、出演者の選び方の悪さを、笑いものにした。そんな時テレビの前にいるわたしたちを見た人は、この人たち麻薬、それも、相当ひどい麻薬を使っている人たちだと思うに違いなかった。ある時、背が低く、前歯のない、人の良さそうな微笑を浮かべた人が赤くて大きなポンチョを着て麦わらのソンブレロを頭に乗せ、国はわからないが、ある国の民謡を歌った時、わたしたち二人はいっぺんに笑い転げて、挙句のはてオシッコまでもらしてしまった。はたちを過ぎていたのに、この体《てい》たらく、マリアとわたしは家のたった一つのトイレに先を争って駆け込んだが二人とも間に合わなかった。

ハイメは『ちびっこタレント』のスタジオが小さいことにとても驚いた。生番組の見学者には、テレビで見るとずいぶん広いように見えるけど、実際は小さいことに気付くようだ。わたしはハイメを伴って、編集部にやってきた。カルメンとエステル、それからロベルトを紹介した。ロベルトは特別番組の時はいつもそうだが、緊張していた。最後は廊下でばったり会ったミゲルを紹介した。ハイメに制作部の管理の模様を見せた。ハイメはカメラマンたちと話をし、すべてに子供のような好奇心を示して面白がった。

「テレビで働いてみたいなぁ」

「そんなこと思わない方がいいわ。いちばんありふれた仕事よ」

「ボクはテレビを見るの好きだね」

「そんなことは誰も自慢しないわ」

「みんなウソ言ってる」

ハイメがそんなにわたしの仕事に関心を持ってくれるなんて嬉しくなってしまう。そのうちマリアや両親よりも、もっとわたしの仕事を知ることになると思う。マリアや父はわたしが大学でマーケティングを勉強することに決めて以来わたしの職業生活には全く関心を払っていない。マーケティングと言えば聞こえはよいが、わが家ではわたしが十八歳のころ姉が勉強し成功を収めた医学コースとは比べものにならないマイナーの学問だと見なしていた。わたしの勉強に無関心な両親は、わたしが卒業してなかったことも知らない。卒業の前に就職し、学業は続けなかった。

わたしはハイメに、ひとつの番組の旅行、食事、衣装、化粧、理容の予算をどうやってコーディネイトさせるかを話した。例えば、今晩のショーでは、ちびっこタレントたち、踊り子たち、その家族たち、司会者その他の協力者たちを含めてお化粧をせねばならないのは六十人以上いる。子供たちのリハーサル、緊張している様子、きびきびと立ち回る様子、そうかと思うと助監督が命令をしているのに、誰も言うことを聞いてくれないでいる様子、マイクロフォンのテストをしている人々、カメラマンのリーダーたち、難しいステップの練習に余念のないバックダンサーたちにハイメはじっと見とれていた。

「あなた方すばらしいことをなさっていらっしゃるんですね」

「それほどじゃありませんよ」

「あなた方、みんなを感動させていらっしゃいます。あなたは大したことではないと思われるのですか」

わたしはハイメを一般観客席に座らせず、スタジオのショー全体を見渡せる場所に案内した後、仕事の持ち場に戻った。スタジオはショーが始まるので、段々人が少なくなっていく。番組が始まる前の周りのまるでヒステリックな動きが好きだ。導入部のテーマ音楽が高々と響き渡り、観客が踊り子たちの出場に拍手を送ると、わたしは自分がこの仕事を気に入っている事に気が付く。この仕事は大切な仕事だ。それをわたしはりっぱにやり遂げている。ハイメはスタジオの反対側からわたしに微笑を送っている。わたしは自尊心でいっぱいになる。ああ、このテーマ音楽早く終わらないかなー。終わらないとわたしここで泣き出しちゃいそう。わたし、どうしちゃったんだろう、一日中泣き通しなんて、わたしバカみたいにみえるわ。司会者が「こんばんは」をいう。わたしは平常心に戻り、それから二時間、司会者が、では来週月曜日までさようなら、と別れを告げるまでひたすら細かいことまで仕事の道を歩み続ける。

わたしはハイメに家で寝るようにと言ったがホテルに泊まる、と決めた。これは良い決定であった。もし、背の高いその人が居間のソファで眠っているところを子供たちに見られたら、どう説明してよいかわからなくなるからだ。ソルニッツアーには話をしない方がよい。ルイスマといっしょのところを見られて、『クラーラララァー、ご注意なさってよ。女の人って、いつもだまされルルんですかラァね』と懇々《こんこん》と忠告されたのに、また別の男の人を見たらなんと言い出すかわからない。ハイメとはバルセロナ行きの特急《アーベ》に乗る前にいっしょに食事する約束をした。午前中は空いているので、母に会いに行き、ルイスマのことを話そうと思う。もちろん、借金の話だ。

暑くてやりきれない。母とわたしは、母の家の近くの冷房の効《き》いたコーヒー店に行った。真夏にはまだ間があるというのに、この暑さには参ってしまう。暑さは二、三日で収まってくれるといいが、このまま暑さが九月まで続いてはたまらない。冬になると反対に、早く半袖が着たくなるのだ。『ちびっこタレント』が昨日視聴率のレコードを記録したので嬉しくてたまらないのに、母ときたら昨日見るのを忘れた、と言うのだ。わたしは、番組はすばらしかったよ、と話したが、母は他のことを話したがった。

「ルイスマとのことはどうなったの？」

「仕事を探して借金の返済を始めることになったわ」

「私が訊《き》きたいのはあんたたち縒《よ》りを戻したのかどうかってことよ」

「今更なにを言ってるのよ」

「あんたのお姑《しゅうと》さん私に電話してきたわ。息子とあなたがいっしょにいられて、とてもよかったって」

「このバカが！　母親にしゃべるなんて！」

「なにをしゃべったって？」

「わたしたちが寝たことをよ」

「そんなこと、よくあることよ。大したことではないわ」

「何て物わかりのよいこと」

「別れた後も元夫婦って、時には、いたしますよ」

「経験で言うの？」

「言いたいから言うのよ」

「つまり……パパとママは……」

「私たち、ルイスマのことを話してたんじゃなかったの？」

わたしも母も忘れていた女同士に相通ずる境遇が可笑しくなって笑った。瞬間、わたしは母を母としてではなく、三十一歳にして夫と別れた一人の女として見ていた。それは初めて気付いたことだった。母は別れた時とても若かった。しかし、わたしも姉も以後母が他の男性と連れ立っているところを一度も見たことはない。そのことをわたしは母に話してみたいと思う。あれから、もう大分年月が経っているので、わたしが好奇心を持ってもいいのでは、と思う。つまり、二人の成人の女同士として。

「ママ、この数年間、ママの人生に誰か男の人いなかったの?」

「それは話したくない」と言われた。話したくないなんて信じないけど。

「誰もいなかったなんてあり得ないわ。別れた時とても若かったんでしょう」

「パパとは何回か会ったわよ……それから……なぜ、こんなこと話してるの?」

「それで、お願い、誰と?」

「そうね、何年か前には二、三人いたわ。それで、あら、恥ずかしいわ」

「続けてよ、続けてよ」

「それに、ホセ。彼とは……」

「ホセ? ホセって誰かしら?」

「ホセはね……そうね、彼とわたしはステキな物語があるのよ」

「あるのよって、それ現在進行中の話なの?」

「あーあ、もう質問攻め、止《や》めてちょうだい」

母は、その超ハンサムな人とのステキな物語の続きを別の日にしてくれると約束してくれた。それから、父と時々会っていた時の様子も。母は、これマリアにも話したことないので、家族の中ではわたしが一番最初に知ることになるのだ、と言った。母はその言葉がわたしを落ち着かせることを知っている。母はルイスマには気を付けないと、私たちが思ってる以上に家族に損害をもたらすかもしれない、と忠告した。母はルイスマのことを知ってるから言うのだ。わたしたちはマテオとパブロのこと、暑さのこと、またダイエットをしなくてはならないことなどを話した。

午前中母といっしょに過ごして楽しかった。別れる時、理由はわからないが、赦しを乞いたいと思った。訳はわからないが、わたしは母に何か負い目があるのだと思う。この感覚の元を特定することができない。もっと母に注意を向けねばならなかったことを、話しをよく聞いてあげなかったことを、感謝すべきなのに感謝しなかったことを謝らねばならなかったのだろうか。自分の母親の中に一人の女性が存在していたことを発見したのは何たる啓示だろう。自分で負うべき責任をみんな母のせいにしてきた。母はそれを忘れてくれているのだ。

ハイメは駅構内の、とあるレストランでわたしを待っていた。もう少し良いレストランにすべきだったと後悔した。チェーンレストランの一つでボーイは例によって、とても感じが悪く、メードはこれに輪をかけて感じが悪い。オープンサンドは紙の袋に入れて出され、ビールは無理やり泡が飛ばされていた。コカコーラはスタンドの蛇口からプラスチックのコップに注いで出された。しかも、食べ物をテーブルに運んで行く前に支払いを済まさねばならない。そんなレストランでは規則以上のサービスをする余裕がないのだ。チーズのオープンサンドに少しオリーブ油を足してくれ、と頼むことはできない。オープンサンドとはこういうものです、といわれればそれまでである。小さいコロッケを二、三個下さい、と頼むと、駄目です。コロッケが欲しいなら、一皿十二個のものを一皿別に注文して下さい、と言われる。この手の杓子定規のもう一つの特徴は、カタクチイワシのマリネの存在を知らないばかりか、壁のメニューリストには、コーヒーの種類、淹《い》れ方を二十通りあげてあるが、みんな同じように不味《まず》いのだ。

ハイメとわたしが食事のために座った時、わたしはまだ午前中母と交わした会話を考え続けていた。母と連帯ができて嬉しかった。母がまだ元気溌剌《はつらつ》としていることを発見して嬉しかった。今日は事がうまく運んでいる。視聴率は記録的だし、母が人間らしさを保っていることがわかったし、わたしはこのバラ色のシャツが良く似合うし、月曜日にダイエットを始めれば、海水浴シーズン前に五キロくらい痩《や》せる時間がある。

ハイメは昨日の番組の生放送に招待してもらったことをまたわたしに感謝してくれた。わたしは番組がスタジオの婦人客に良い印象を与えていることをハイメに話した。彼はわたしが紹介してあげたシナリオライターの女の子のことを尋ねた。わたしは彼に名前はエステルといい、わたしの親友であると念を押した。彼に紹介した三分後、彼女から携帯にショートメッセージが入り、〈おねえちゃま、わたし、あんたの義理の妹になりたいわ〉と書いてあったことは当然だけど伏せておいた。

ハイメはマドリードで過ごしたこの二日間は自分にとってとても大切だった、と語った。この前バルセロナの出会いで、わたしが彼に良い印象を与えていたことを知ったが、今回の出会いで、彼はこれからもわたしと連絡を取り合いたいことがはっきりわかった。わたしも同じよ、と言った。血縁関係を別にして、わたしたちは良い友人になることができるのだ。もちろんよ。

わたしたちがお互い気に入ったことを語り合い、タマゴサンドの不味かったことを話す合間に、ハイメは昨日の午前中父と会った話をした。数週間したら、バルセロナでマイテも合流して食事することになっているが、わたしも加わるのは良い考えではないかなと言った。彼は父のすばらしさを語り、自分には立派な人物のように見え、父がわたしをとても愛していることを語った。サンドイッチが急に喉につかえ始めていた。そんな好意のせいであった。一番に、知り合ったばかりの弟と失われた時間をとり戻し、姉弟仲良くやっていかなければならない。その次に、気が重いが、わたしがマイテの良きお友だちにならねばならないことだった。

「ほんと言って、あなたのお母さんとは知り合いになりたいとは思いませんわ」

「あなたのお好きなようにして下さい」

「それに、わたしの父となぜそんなにいっしょにいたいのかもわかりませんわ」

「お父様をもっとよく知るためです。何かおかしいですか?」

「あなたのお父さんというのは、あなたを育てて下さった方です。あなたのお母さんとセックスした男ではありません」

「できましたら、その、おっしゃりようは止めて下さいませんか」

「わたしがいいたいのは、どんなにあなたが主張なさっても、フェルミンはあなたのお父さんでありません」

「いいですか、クララ。私は誰が私の父なのかその真実を知っています。今私にそんなことおっしゃっても通用しません」

「では、なぜ幸せに暮らしている家庭を弄《もてあそ》ぶのですか?」

「私はなにも弄んではいません。母がフェルミンに抱く愛を尊重しているだけですよ」

「愛ですって？　もし、愛しておられたのなら、あなたのお父さんと別れていっしょに暮しているべきだったでしょう」

「きみはなんでも知っているようにいうけど、ほんとのところどうなのか、なにも知らないんだね」

「じゃ、あんた、知ってるというの？」

「少なくとも、理解しようと努めているよ。きみみたいに、きみのお父さんがきみに話してくれなかったことに不満を持つだけじゃないね」

「わたしにそれを話してはくれなかったわ」

「きみはそれをお父様に訊《き》いたことがあるのかい。私の母に対して持った感情について」

「いいえ、考えてもみなかったわ」

「じゃ、お父様がどんなに母を愛していたかを知ったら驚かれると思うよ」

「そんなに愛していたはずはないわ。その時期、父は母と同衾《どうきん》していたんですからね」

「よくあることですね。大して反証にはなりませんね」

「今朝その言葉を聞いたのはあんたが二人目よ」

「何だって」

「今朝、わたしの母が……。いえ、これは、こっちの話です」

二週間あまりで子供たちは夏休みに入る。どうしたらよいのかわからない。わたしが休暇を取れるまで二人とも夏季合宿講座に参加申し込みしようかしら。今年はどうしたらよいのかわからないが、イビサ島かマヨルカ島〔地中海の夏の保養地〕とか、島に行ってみたい。子供たちは飛行機は初めてなので喜ぶだろう。もっとも二週間も行ってはいられないけど。一週間でもよい、飛行機の切符代くらいなんとかなるわ。

マリアとわたしは小さかった頃、海岸で一か月過ごした。もう一か月は父方のお祖父さんのいる村で過ごした。海岸にいた時、七月だったが、十五日間は父といっしょに、後の十五日間は母と過ごした。それから八月、父方の祖父母の村にいた時は、たいがい両親はいっしょだった。二人は離婚しているのに、首尾一貫しない行動の一つである。誰も理解しなかった。

母の両親とは面識がない。わたしたちが生まれる前に亡くなったからである。祖母は病身だったらしく呼吸器に問題を抱えていた。さらに肺炎が悪化し、五十歳になったばかりで亡くなった。祖父はその二、三年後に、バルコニーに日除けの覆いを吊るそうとしていて、四階の高さから落ちて亡くなった。馬鹿げた死ではあったが、結局、死は死であった。不運な事故であったが、母は祖父のつまらない死に方に勿体《もったい》つけたくて、他人には〈ある設備を設置しようとして事故死したのよ〉と言うようになった。

浜辺はマリアとの幼年時代を思い出させるもう一つの場所である。わたしたちは何時間も砂浜でトンネルを作ったり、砂の中に埋めっこしたり、お城を作ったりして遊んだ。

午前九時から午後九時までの日課だった。母は、ピーマンのフライ、ジャガイモ入りオムレツ、ヒレ肉包み焼きなどの入ったお弁当を作って持ってきてくれた。氷を入れた保冷箱には、冷たい水、ガスパーチョ〔冷たい野菜スープ〕とコカコーラよりはるかに安く、母にいわせればお店で売ってるコカコーラとまったく同じ味だという自家製コーラもあった。

母がプラスチックのお弁当箱のふたを取ると周囲にヒレ肉包み焼きの匂いが広がった。あの匂いを思い出すと今もウキウキしてくる。

父といっしょの二週間も楽しかった。父はおやつのサンドイッチをこしらえてくれた。しかし、食事は、海岸の屋台でパエーリャを食べ、本物のコカコーラを飲んだ。

浜辺は今も大好きだ。母となった今、わたしはマテオとパブロが、昔わたしとマリアが遊んだように遊ぶのを見ていると楽しくなる。わたしは日光浴が好きで、ひと泳ぎしてあがってきたばかりのまだ濡れた体をタオルで包み、座ったまま、ポテトチップを袋から手掴みで食べながらヘッドフォンで音楽を聞き、雑誌を読んだものだ。わたしは、浜辺は太陽と人がいっぱいの夏が好きだ。冬の浜辺はリラックスし、思索するにはすばらしい場所であるが……しかし、何を思索するのか、何も思い浮かばない。わたしは浜辺に座り、地平線を見る。白い波頭を立て、行っては返し、返しては行く、を繰り返す波打ちぎわを見る。そして、独り言を言う。「なんという寛《くつろ》ぎ、思索するのになんて良い場所か」と。しかし、その二分後には、果たして、そこで何を思索したらよいのか、わからなくなってしまう。なぜなら、そこでは何も起こらないし、誰も通らないし、日光浴もできないし、泳ぐこともできない。何事も起こらないし、飽き飽きしてくる。わたしが好きなのは夏の浜辺であり、夏こそ浜辺は浜辺として価値があるのだ。

「ちびっこタレント」では、三人の最終候補者が残った。衆目の一致するところ、優勝はホナタンに違いなかった。この子は魅力があった。家につれて帰りたくなるくらいの優しい眼差しをしており、声が奇跡的にすばらしい。ホナタンはまだほんの子供であり、ゲイとは全く関係はなく、今までショーでも女の子のような仕草は少なかったが、父親は、損得抜きで援助してあげましょうとあるプロのマネジャーに言われたらしく、父親は子供に、舞台ではもっと男の子らしく振る舞うように、と言った。子供はなんのことかよくわからず、困ったが、歌が上手に歌えたので、視聴者の支持を得て、電話投票では圧倒的に強かった。「ちびっこタレント」が終って、収支決算が済んだら、休暇を取るわ、絶対。

わたしはお化粧を変えた。体の中から変えよ、という声を聞いたからだ。たいしたことではないが、わたしはヘアをカットしてもらい、生来のカラーよりほんの少し明るく輝く栗色にした。髪の色はふつうどこにもあるような色。目の色はちょっとした光線の具合で、緑色のようになる。少なくともわたしにはそう見える。わたしは明るい色の目を持てたら楽しいな、と思った。わたしの目の色は、蜜色とでも言える。もっとも母は単に、茶色で他の色なんか全然混じってない、と言い張る。オスカルは番組の専任美容師である。前髪を両側不揃いに切ったらいかがと言ってくれたが、自分からやってみようとは思わない。でもやってみようかしら。わたしは、あえてやろうと思わないことがいろいろある。例えば、タトゥー。やってみたいとすごく思うけど、これもできないでいる。わたしはそうしたいと思いながらそれをしている女の子に出合って、たちまち気に入ってしまった。わたしはどこでそれやってもらったの、と尋ねようと思ったが、あえて実行しなかった。

ダイエットに取り組んでから五日になる。今度はおやつにノシーリャを食べてない。お肉類なしのサラダ、鉄板焼きにした鶏肉、煮魚とスイカだけ。体重計を見ると、五百グラムも減っていない。むくみも引いていない。しかし、おかしなことに、わたしはかつてないほど美しくなっている。ミゲルは恋人同士になってから、いつもそう言ってくれる。二、三週間前の金曜日彼と食事に行った時、わたしは正式に、ハイ、と言って以来、わたしたちはデートするようになった。つまり、いっしょに寝るだけでなく、映画にいっしょに行き、週末のプランをいっしょに立てることだってできる。今のところ、まだそれほどディープではないけれど、毎朝仕事場で会うと、唇にキスをし、今日、とてもきれいだよ、と言ってくれ、今度の土曜日映画に行く約束をした。もう一つ言えば、昨日廊下で彼はわたしのおしりを触った。あまり気持ち良くなかったけど、怒ることができなかった。つまり、わたしたちの恋も様《さま》になってきているのだ。ルイスマとのこともあるけれども。

元夫にははっきりさせておきたい、と思っている。あの日のことは特別な意味があってのことではない。再び起こってはならないことである、と。実をいうと、そのことを彼に言おうと決心して行くのだが、わたしたちはまたまた関係を結んでしまう。彼の独身用の部屋で、両親は居間でテレビを見ており、ルイスマとわたしはむらむらと感じ合い、『こんなことあってはいけないわ』とか『こんなこと何の意味もないわ』といっているうちに、子供との添い寝用の夫婦ベッドではなく、独り者用の九〇センチ幅のベッドで愛し合うことになってしまう。

ルイスマとはほんとにどうなってしまったのかしら。思い出せないくらいわたしは興奮させられてしまう。誰よりもよくわたしを知り尽くしているという利点はある。でもそれだけではない。今や彼との逢瀬《おうせ》で多くの淫楽《いんらく》を味わうことになった。いつか母と話していた時、母が父との離別後も父と関係をもっていた、と告白されて以来わたしもそうなってしまった。ルルデスの診療はわたしが必要とする限り、続けることにしたが、最近の診療で、母の秘密がわたしにもたらしたこの類《たぐい》の奔放さを、わたしとルルデスは話し合った。

ロベルトは相変わらずご機嫌で、カルメンの後を追っている。わたしにとっては、彼がご機嫌でもカルメンとどうしようとも、今更どうでもよいと思うようになってきた。二人が仕合せならばそれでよいし、遅かれ早かれロベルトがカルメンを振ることになるが、その時、カルメンがあまり痛手を蒙《こうむ》らないといいと思う。エステルは『ちびっこタレント』が終わるまでは制作を担当することを約束してくれた。しかし、頭の中は小説のことでいっぱいである。書きかけの一部を読ませてもらったが、大声で笑わせられる場面が多かった。

彼女は作品をずっとユーモアで貫きたいと思っているが、編集側は、読者が主人公と一体感を持つためにはもう少し悩むようにして下さいという意見だ。編集側は彼女に小説が成功を収めるための基本方針を明らかにしてあった。主人公は三十代の女、ワルで美男子で、女たらしの男を好きになるが、男は女には目もくれない。一方女には、人が良く、臆病で可愛い感じの男が夢中になっているが、女は、この男には目もくれない。いくつかの込み入った展開の後、ワルで美男子で、女たらしの男も主人公の女を好きになるが、結局女は、人が良く、臆病で可愛い感じの男と結婚して、とても幸せになるであろう、で終わらせる。途中、書きたいことがあればどのように書いてよいが、結末はこのようでなければいけない、というものだった。この前、エステルから読んでみて、といって渡された原稿はとても面白くて、どこか、ブリジット・ジョーンズ〔恋に仕事に悪戦苦闘しながら生きる映画の「ブリジット・ジョーンズの日記」〕を思い出したわ、と言った時、エステルにむっといやな顔をされた。わたしのコメントが気に食わなかったのだ。自分が書いているのは、面白いだけじゃないわ。もっと多くの意味があるのよ、と言われた。

ハイメとは電話でたくさん話す。駅頭で、あの日わたしたちは口論したが、仲直りした。『ちびっニタレント』の最終回の日にまたくることになった。その後《あと》の打ち上げ会に参加の申し込みをすることになっている。ハイメは、エステルが気に入っている。エステルがハイメにそそられているのはいうまでもない。エステルがハイメに狙いを定めた、あの日のことはエステルの心に焼き付いて離れない。

ハイメとわたしの間では物事は明らかになっている。ハイメは父とはツウツウの関係である。でもわたしは、マイテの顔はたとえ肖像画でも見たくはない。理屈に合わないのはわかってはいるが、父も、新しくできた弟もわたしの決意を尊重してくれなくてはならない。何故か、訳はわからないが、マイテのことを考えると、よけいに母のことが好きになる。それがいいのだ。それは忠誠の契約のようなものであって、誰からか頼まれたものではない。それはそれでわたしの気持ちを落ち着かせる。母を愛することはわたしを幸せにする。もっとも、わたしが母を一番愛するのは、母がそばにいる時ではないが。

わたしはホセについてもっと知っている。孫たちといっしょにいることで彼は仕合せなのだ。母の住まいの前の通りの角の時計屋さんで、六十をちょっと過ぎている。年相応に見える。とてもハンサムだ。やせている。いつも姿勢よく真っすぐに歩く。背が高い。白髪をオールバックにしている。茶褐色の肌で、顔にはたくさん皺がある。皺は深く太く、痩せ型であるのに強そうに見える。皺が太い人は思慮深い壮年であり、細い皺は老人である。ホセはいつも地味で無地のネクタイを締め、白いシャツを着ていた。その上にパールグレイのジャケットか白い上っ張りを着て座って時計の修理をしている。退役軍人の風貌と文学教授風の品格がある。ホセはもうずいぶん以前から男やもめを続けており、わたしの母と恋物語を綴る主人公であるが、恋物語の詳細をほとんどわたしは知らない。母はわたしには主人公の情報を小出しにしか出してくれない。しかし、その人を見ると、母の気持ちが納得できるし、母の好みを褒めてあげたい。時計屋さんという仕事はとても魅力的だ。こざこざしたしたものがいっぱいの木のテーブルの上で細かい部品を操っているのを何時間眺めていても、飽きない。こんなに魅惑的な母とのんびり落ち着いているホセは決して燃え上がらないのではないかと思う。しかし、わたしが情報不足なのかもしれない。

カルロスは外傷外科診療所を売り払って昨日ニューヨークに旅立ってしまった。マリアの全財産の売却を請け負った不動産会社の係の人の連絡先をわたしに残していた。カルロスはわたしがマリアの遺産には全然食指が動かないのを知っているが、父がこの種の手続きは苦手なのを知っていて、わたしに残りの手続きを託したのであった。

帰国はいつになるかわからないので、空港に見送りにきてくれませんか、と言われた。

空港に行くとホセの家族がきていたが、あまり見知っている人はいない。だが、みんなは、わたしがマリアにとてもよく似ていると言った。カルロスは帽子を被り、あごひげを生やしていた。だから、ホセ、と見定めるには、両脚を見比べ、片足を引きずっていることを確かめねばならなかった。人はそんな短時日の間にこんなにも顔形が変わるなんてありうるのだろうか。昨日しっかりと抱擁し、両頬にキスして旅立ちの挨拶をした時、この義兄と再会するには大分時間がかかるのではないかという気がした。

義兄は、マリアがわたしを愛していたことを忘れないで、と念を押した。子供たちへの分と言ってキスを追加した。それからルイス・マリアノ（ルイスマ）によろしくと言った。ルイス・マリアノと自分はそれぞれ性格も立場も違っているけど、いつも自分によくしてくれた、と言った。わたしはそのウソを赦し、幸運を祈り、子供たちの写真をEメールで送り、連絡を取り合おうと約束した。空港からの帰途、カルロスがこんなにもマリアを愛していたのか、と考えながら帰った。ああ、マリアは死んでしまったのだわ、と改めて気付かされた。


マリアの夢をもう何週間も毎晩見続けている。楽しい夢だ。でも、夢は真夜中突然に終わって目が覚める。マリアとわたしはある部屋にいる。わたしたちはお互い触り合っている。夢の中に出てくる部屋はたいがい子供の時の両親の家の部屋だった。部屋の壁には明るいピンクの縞が入っている白の壁紙が貼ってあり、松材のベッドが二つ並べておいてあり、間にベッドと同じ材質の小テーブルがあった。小テーブルの上には小さなランプがあってとても小さく光っていて、まるで小さく燃えているようだった。

夢の中で、マリアとわたしは、会話はしない、でも愛撫し合っている時の感覚はとても良かった。わたしたちは手を取り合い、指を絡《から》ませていた。時々髪や顔を触り合い、抱き合っていた。思春期になると、子供時代にしていたキスや抱き合うことはしなくなった。なぜなのかはわからない。姉にキスすることはいつも簡単なことだったが、ある日を境にして簡単でなくなった。姉に、とっても愛してる、と言うのが簡単でなくなった。

夢の中では、穏やかでリズミカルな音楽が流れていた。クラシックのようでもあり、踊りやすい音楽だったようにも思える。音楽については、あまりはっきりしていない。たぶんわたしの想念の中だけで鳴っていたのもしれない。

わたしたちは同時になにかを言おうとして、一瞬遮られ、お互いにごめんなさい、と言い、相手にどうぞ、話して、と同時に言った。そして、また二人は同時に話し、同時に中断した。二人はいっしょに大笑いとなり、とたんにマリアはいなくなり、わたしは目が覚めた。笑いは声となり、急に静かになり、誰もいなくなった。マリアがわたしに何を言いたかったのか、わたしが何をマリアに言うべきだったのかわからない。それが苦しい。姉の言葉をもう一度聞けるのならどんなことでもしたい。

姉の死からもう大分経っているので、わたしがマリアの死を現実として意識しようとしているのですね、とルルデスは言う。わたしの精神分析療法士は、その夢はその過程まで行っている証しですね。私たちは、その夢を分析研究しなくてはならない、と言う。姉の死を事実として意識し始めている、ということには同意できない。そうではない。意識していないことを願うわ。そうすれば、こんなにたくさん悩むことはないのよね。

ようやく土曜日になったが、結婚式写真撮影の仕事が遅くなり、予定していたミゲルとの映画行きの時間はなくなってしまった。披露宴は昼間から夜の九時まで延々と続いて終わらなかった。跳んで家に帰り、お化粧をした。給仕たちに嫌な顔されないような時間に果たして食事を終えることできるだろうか。

今日わたしが撮影した新婚夫婦はエクアドル出身だったが、お互いによく似ていた。あまりよく似ていたので、あの人は、花嫁の兄さんだと思ったほどだったので、本当の花婿花嫁かどうかを特定するのに時間がかかった。二人はまったく同じ顔をしていた。だから花婿さんはともかく花嫁さんはいっそうひどい顔になっていた。わたしが撮った写真を見て、こんな顔じゃない、これ、写真撮った人の撮り方のせいだ、と言われるのが怖くなった。醜い人たちは自分たちが醜いことを知っている。でも結婚式には、天に奇跡が起こり、美男美女になれる、とみんなは考えているが、ふだんと違う衣装、髪形、メークをしているので、よけいにみんな異常に見える。

今日の花嫁さんの名前はグラディスという。背丈はやっと一メートル五〇、小太りで丸顔。首周りから長く延びた裾までごてごてと飾り立ててある。衣装の丈が高く、袖もきんきらの飾り。袖の先から、むっちりしたむき出しの腕が延びている。その先はレースの手袋になっていて、手袋はほぼ肘《ひじ》まで達している。花婿さんは顔が花嫁さんとそっくりな上に背丈まで同じである。ぴかぴかすべすべの黒い上着に短いチョッキを着ている。その襟もズボンの縫い目もその端は共にビロードになっている。胸には胸当てのレース飾りがついている白いシャツを着て金色のバックルの付いたエナメル靴を履《は》いている。新婦のメークは粘土色、アイシャドーが輝き、アイラインは太く外側から塗られ、唇の赤は強烈だ。

わたしはミゲルの真正面に座った。彼は三十分前からビールを飲みながらわたしを待っていた。もう三杯目だ。わたしにお世辞の掛け声〔道を行く女性にかけるほめ言葉（スペイン男性の習慣ピロポというほめ言葉）が気に入った女性はグラシアス（ありがとう）と応じにこっと笑い返す〕をかける。麗しいあなたのためなら半時間どころか一生の半分、待てるね。三十分なんてちょっと溜息ついてる時間だね、と。これを聞いて話しやすくなった。早速、午後の結婚式の撮影の話になり、新郎新婦の野暮ったかったことを話したが、彼にはぴんとこなかったし、新郎の服装について話すと短いチョッキのどこが悪いのかい、とか衣装の丈が高いっていうのはどういうことかい、とわたしに質問してきた。わたしは会話のテーマを変えた方がよい。深入りすると、わたしたちの関係も悪くなる、と思った。やがて、わたしたちは番組の話をした。これでやっと楽しい会話に入れた。さあ、これで、ワインを飲もう。夏の夜を楽しもう。

夕食を済ませるとミゲルは自分の家ではなく、ホテルで過ごそうと提案した。わたしはそのプランがすごく気に入った。男と寝るため、当の男をつれてホテルのホールを横切って行くという冒険の当事者になることが気に入った。週末お決りの相手と寝るためにホテルに行くことと着替えのパンティさえ持参せずにホテルに行っておこなうことは同じではない。

ミゲルは受付に電話し、シャンパンを届けてくれるようにとオーダーした。今日のわたしの恋人は気前がよい。この部屋は彼にはすごく高かったに違いない。部屋は広く、プラズマテレビがあり、浴槽とシャワーが別々になっている。よく乾かすことのできるバスローブがある。ベッドは二メートル四方ある。わたしは高ぶっていた。今まで思い出せる二つの時期のミゲルとの逢瀬《おうせ》ではこんなことはなかった。たぶん、暑さのせいか、それともルイスマとの戯《たわむ》れの恋のせいだと思う。わたしの中にふつう以上に性的興奮が走った。このところ、眠る前に何回も独り遊びをしていた。二分でアクメに達するようになっていた。時には、アクメに達する時間を長引かせたい時もあった。でも、自分しかいないのに、一体、誰、なんのために長引かせるのか。わたしはひたすら励み、果てる。ひとつ大きな深呼吸をするとすっきり、生まれ変わったようになるのだった。

　ボーイがシャンパンを持ってきた時、わたしたちのキスは始まっていた。ミゲルはドアのところでボトルとアイスペールとグラスのセットを受け取り、ボーイに十ユーロのチップをあげた。ボーイはなにか見えないかと、部屋の中を見ていた。わたしたちは乾杯し、一気に飲んだ。ミゲルは明かりを弱くした。キスしながら、お互い着けている物を脱がせ合った。ベッドカバーを上げて、横になった。性の欲望は大きかったが、それを悟られても構わなかった。ミゲルはベッドに入るといつもの手順に従ってことを運んだ。悪くはないが、即興性がない。上になり、唇にキスし、首元にキスし、左胸にキスし、右胸にキスし、おへそにキスし、その下にキスし、もいちどおへそにキスし、左胸にキスし、右胸にキスし、首元にキスし、唇にキスして、いつもの道を往ったり来たりして前戯だと思ってる手順を踏み、今日はこれ、と体位を決めた時が交接の時。実にそのためにわたしたちはここにきているのだ。

今晩この行動原理を破らねばならない。そのためにはわたしの方でイニシアティヴをとらねばならない。わたしはミゲルを待っていることができないのだ。なぜなら、それはミゲルが思っているようにはならないからだ。キスの往復が二周目にわたしの胸に到達し、おへそに下がろうとする直前、わたしはミゲルをはねのけて、自分が上になろうと決めた。

ミゲルの上に座り、小テーブルからシャンパンを手に取るとミゲルの裸の体の上にそれをかけた後それを飲んだ。その類の映画と同じように。もしこの場面に遭遇した人がいたら、もしかしたら、あの女優は、わたしだったのではないか、と思ったかもしれない。

ミゲルはとても興奮していた。キミのアクメの前にボク発射しちゃいそうだよ。だからそれ止めてくれないか、と哀願した。そんなアクメは起こるわけはない。今日はミゲルとの初めてのわたしのオルガズムを経験したかった。きっとくる。わたしたちの恋は実り始める。

こんどは、わたしの中からシャンパンを飲むのはあなたの番よ、と誘い、正しい道筋、正確なリズム、必要な強さをミゲルに教えた。ミゲルは、もっと、して欲しいことがあるなら、たくさん言って、と言った。わたしが話すたびに彼は高ぶり、わたしは、彼がわたしの言うことを聞き入れてくれるたびに高ぶった。わたしはまた上になった。今よ、今よ、彼がわたしの中にいて欲しいのは。わたしの中にいて、と必死に思う。彼も中にいたいと必死。わたしたちは念を込めて激しく動いた。彼が今にも発射しようとしているのがわかった。わたしは震え始め、震えを止めることができなかった。ミゲルは、もういく、と言い、それを聞いた時、わたしはアクメに達し始めた。ミゲルは果て、わたしは彼の上で無意識に痙攣《けいれん》しながら気が遠くなっていった。震えは果てしなく続いていた。震えながら、もしミゲルがもっと続けたいなら、三十秒で二回目に入れると考えたが、それは別の日のために取っておく方がよい、今は、ミゲルと、そんな日々を持ちたい、と望んでいることが、はっきりしているからである。

ベッドの上、素っ裸のまま、わたしはすっかり疲れ果てているのに気付いた。そうだ、今朝は八時に起きた。家の中を片付け、洗濯機を二台回し、子供たちを支度させ、義母の家に預けに行った。瓜《うり》二つの新郎新婦の結婚式の撮影をし、その後こうなった。わたしはミゲルの胸の上に頭ごと縮こまり目を閉じる。ミゲルは毛布を上げて、わたしたち二人を覆った。わたしは彼がわたしの髪を優しく撫でている間にいつの間にか眠ってしまった。眠りながら意識の底で、こんなにしていることはステキ、彼といっしょにいたい、と考えた後眠りに落ちてしまった。

ルイスマの母親とはどうしても言い争いになってしまう。彼女の息子とわたしが縒《よ》りを戻していっしょになって欲しいと思っていること、それに、その考えを子供たちの頭に吹き込み始めていることが原因だ。マテオは二、三日前から、パパはいつ家に帰ってくるの、と問い続けており、パブロは早く、とわたしにせがんでいる。

「ママはパパがきて欲しくないの」マテオがわたしに訊く。

「ママ、ボクはパパがいっしょに住んで欲しいんだ。お願いだよ」聞きつけたパブロが話に入る。

他の選択肢はない。可能な返事はない。時間を稼ごうと、そこから立ち去ろうとする。

「そうね。どういうことになるか、考えてみましょうね」

これでは十分ではないのだ。子供たちは、パパがこの家にいなくちゃだめだ、ということをわたしに納得させたいのだ。

「ママってちっとも家にいないじゃないか」

子供というものは、目に見える努力をせずとも、すべてをめちゃめちゃにしてしまう無限の力をもっている。マテオの言葉はぐさっと心臓に刺さり、わたしはしばらくノックアウトの状態であった。息子たちには言わずもがなのことを話して聞かせてあげることができたかもしれないが、それがすべて、子供たちと十分な時間いっしょにいてあげられない言い訳にしか聞こえないに違いない。もう、これ以上ママはできないわ、と言ったかもしれない。仕事は二つもして、一人で一家を切り盛りしている。子供たちの父親からはなにも経済的援助を受けずに子供たちを養っている、と実は言い訳しているのだった。でも、わたしにはわたし自身の生活があるというもの。一日わずか数時間を自分のために生きることの赦しを請うなんてことは考えられない。齢《よわい》三十五、わたしの生活は働くことと子供の世話をすることだけであるはずはない。またもや言い訳していた。

「ねえ、ママはできるかぎり家にいるわよ。ママにはたくさんお仕事があるのよ」

「うん、でもね、土曜日の夜は、仕事はない、とおばあちゃん言ってたよ」

「おばあちゃんのやつ！」

「何て言ったの、ママ」

「いえ、なんにも。ママはできるだけあんたたちといっしょにいるように努めてるわ。でも、ママだって少しは息抜きしないといけないのよ」

「パパといっしょに息抜きしたら」

「パパとも息抜きするわ。パパとわたしはよい友達ですもの」

「パパとママは友達のはずはない。パパとママはパパとママ」

「そうね。わたしたちはパパとママよ。そしてお友達なのよ」

「でも、アイシアッテいないの」

「もちろんわたしたちアイシアッテるわ」

「じゃ、二人はパパとママだ」

ルイスママに電話して、お義母《かあ》さんが、わたしたちが復縁するかも、など、子供たちに二度と言わないようにあんたが言うべきよ。これ絶対にありえないことなのだから。あんたが言わないなら、わたしが言うわ。どっちにする、と言わなくてはならない。

「ルイスマ?」

「やあ、愛《いと》しい人。オフクロがね。キミのために、ってコロッケこさえたよ」

「わたしのこと、愛しい人、なんて呼ばないでよ」

「ああ、了解」

「あんた、お義母《かあ》さんに言ってちょうだい。あんたとわたしがいっしょに住むかもしれないなんてこと子供たちにいわないでちょうだい、って」

「そのことと、おれのオフクロとどう関係があるんかね」

「そんなら、いうわ。どうしてチョッカイ出すの？」

「オフクロがチョッカイ出した、だって？」

「そうよ。チョッカイだわ。わたしの母にも、わたしたち、縒《よ》りをもどそうとしてる、なんて電話してるわ」

「あいつ！」

「あいつもこいつもないわよ。あんたが悪いのよ。いっちゃいけないことをお義母《かあ》さんにいうもんだから」

「わかったよ。結局悪いのはいつもオレの方なんだ」

「あんたじゃなかったら、誰のせいなのよ」

「オレのせいだと言ってるじゃないか」

「もちろん、あんたのせいだわ」

「コロッケ、取りにくるのかね、それとも……」

「コロッケって、何よ」

「オフクロがキミのためにこさえたものだ。聞いてないのか」

「コロッケなんていらないわ！」

「弁当箱三杯分オフクロが作ってあるんだ。こんなにたくさんコロッケここにおいといて、どうしようって、いうんだい」

「わたし、知らないわよ」

「オフクロの作ったコロッケ好きだったんじゃないのか」

「別に……」

「オフクロのコロッケ好きだ、ってキミ、オフクロに言ってたじゃないか」

「でも、なんでわたしたちコロッケの話なんかしてるの？」

「わからんね。なんのことキミは話し合いたいのかい」

「さよなら、ルイスマ」

この期《ご》に及んで、わたしが妊娠だなんて、まさか。そんなことになったら、わたし死んでしまうわ。一生をやり直すことは難しいことではない、やり直そうと思っていた矢先だった。自分が今持っているものが一番好きなのだ、自分が、今していることこそ一番面白いのだ、といい聞かせ、生への意欲を掻き立てながら毎朝目を覚ましていた。一生のやり直しが完成しそうになった今になって、妊娠という事態に立ち至るなんて。わたしはこの事態を望んでいないし、考えることもしたくない。望んだとしても、同じこと。妊娠テストはあまりにも明白だった。わたしはこの事態を乗り越えることができない。乗り越える能力がないのではないか。世界が停止してくれるのが一番よい。これが最良の解決。もし、世界が停止してくれないなら、わたしに何ができるか誰かが言ってくれればよい。時間を稼ごうと自分を偽るのは愚かなこと。時間はどんどん経ち去って行く。

ただ一つ思いつくのはおろすことだった。残念だけど戦い続けて行く力はない。泣きたいのを止める力もない。だから、わたし、泣くわ。ベッドにもぐりこんで泣き続けるわ。泣いて泣いて泣き果てるわ。最後は何とか収まるもの、なんて考えたくない。いつもそう考えていたけど、どうにもならないことだわ。今は只《ただ》ベッドにもぐり込んでそこから出たくない。

とうとう「ちびっこタレント」のフィナーレ特番ショーの日になった。わたしにとってすばらしい番組だったけど、もう終わって欲しいと思っている。この数か月よく働いたものだ。活動のリズムを少し下げないといけない。今日みんなは気が立っている。〈上部〉から清掃のおばさんたちまで、ロベルト、ミゲル、カルメン、エステル、わたし、技術陣、振付師、踊り子たち、最終選考に残った三人の子供たちまで、みんながぴりぴりしている。子供たちは三十万ユーロの賞金を目指していた。この賞金を獲得することは、とりもなおさず、ショーの世界の競争に勝利することだと皆が思っている。

本命はホナタンであり、彼自身一番プレッシャーを感じている。他にバイオリンを弾く十四歳のエミリオと、バンドゥリアを弾く目の不自由な少女マリエータを紙一重の差で破り最終候補に残った十三歳になる漫談のエリサがいる。計三人が競り合っている。エリサはとても美貌《びぼう》の子、芸達者で、一日中、愛嬌《あいきょう》たっぷり、はきはきして賢く、おとなびた驚くべき少女だ。芝居が上手で老成《ろうせい》しており、派手に作り泣き、作り笑った。

ハイメは番組が始まる前、ぎりぎりに到着することになっている。勤め人なので、超特急《アーベ》に乗れるのは、七時以降ということになる。エステルは、この四日間、ディスコ「シエリート」で行われる打ち上げパーティに弟さんといっしょに、きっときてくれるよね、大丈夫？　と念を押し続けている。エステルは、わたしがミゲルと会っていることは嬉しいわ、と言ってはくれるが、そんなに嬉しいようには見えない。エステルを上司として頂いているわたしには、そんな色恋沙汰はどうでもよいことである。

ロベルトはカルメンと相変わらずの関係だが、二人がどのくらい長続きするのかわからない。カルメンは今まで男運が無さ過ぎた。そろそろ運が向いてきてもおかしくない。三年間つきあった男がいたが、彼女を虐待した。その後、ある別の男と結婚したが、結婚十か月で男は交通事故で亡くなった。ロベルトとの夢を育《はぐく》んでいる彼女を見るにつけ、わたしは苦しい。なぜなら、どちらにも夢は実現しないのだから。

今夜の観客はみんなコンクール参加者三人それぞれの家族か友人たちである。わたしたちは彼らを三つの異なったスタンドに振り分けようと思う。それに、コンクール参加者の出身町に大きなスクリーンをセットし、町の人々が郷土の「ちびっこタレント」を応援できるように、それが全国中継できるように手配した。今夜のスタジオの来賓室は満員になることだろう。なぜなら、〈上部〉の面々が全員くる予定だし、さらに名前は良く聞くけど顔は知らない〈もっと上部〉の人々もくることになっている。人々は、気を付けの姿勢を取り始めたようだ。

エミリオはディープ・パープルの『スモーク・オン・ザ・ウォーター』をバイオリン用に編曲したものをドラマー一人とエレキギター二人の伴奏で弾く。エリサは長年連れ添ってくたびれた恋人たちのモノローグ〈独り芝居〉を演じる。ホナタンは、自分のお祖母ちゃんの大好きな歌『わたしがその娘よ』を歌う。

ルイスマは番組見学にきていいか、それから、その後のパーティに参加してよいか、と今朝電話してきた。

「だから、いっしょに行くよ」

「どうして、あんたがわたしについてこなくちゃならないわけ？」

「驚いた。キミを一人にさせないためだよ」

「わたし、一人では行かないわ。いい人と行くのよ」

「どこのいい人だね？」

「説明する必要ないわ」

「じゃ、いい人なんていない訳だ」

ミゲルとすれ違う。ミゲルは廊下を狂ったように走って行った。子供たちの出身の町との中継のため細々した問題を片付けようとしていた。後で電話する、と言った。わたしも立ち止まらなかった。出演者の家族をスタジオにつれてくるためのバス二台の予約がうまくいかなかったからだ。それに、予定していた仕出し屋が、役立たずで、〈もっと上部〉の人々に、それなりの対応をしようと、もっと高級の仕出し屋と別個に契約せねばならなくなった。つまり、より高級のハム、精選のオードブル、色々取り合わせのパイ、ケーキ、高級のリオハ〔有名なブドー酒の産地名、およびブドー酒の名称〕などを調達してくれる仕出し屋のことだ。来賓室には平面のスクリーンを設置しなければならない。どこから持ってきたらよいのか、思い付かない。

「もしもし」

「クララ・ガルシアさんは？」

「はい、わたしですが」

「落ち着いて下さい。息子さんお元気なんですが……」

「息子ですって？　どうしたんですか？　どちらさんですか？」

「落ち着いて下さい、奥さん。こちら市警察駐在所です。息子さんのマテオ君が中庭で遊んでいてケガをされたんです。今、ラ・ビルヘン・マリア・デ・ラ・サグラダ・イ・プリッシマ・コンセプシオン・デ・ヌエストロ・セニョール・ヘスクリスト（われらが救い主イエス・キリストを無原罪の処女懐胎された聖処女マリア）公立病院に入院していらっしゃいます」

「それで？」

「頭頂部に八針縫いました。でも、とても元気にしていらっしゃいます。お尋ねしたいのは、お子さんを迎えに、どなたかきていただけませんでしょうか？」

「わかりました。只今わたしが参ります」

ルイスマは見つからない。さっきの電話の後で、電源を切ったに違いない。上司がいるというのに、今すぐここからどうやって抜け出そうというのか。しかし、病院に一人ボッチでいるわが息子の顔を想像すると死にたくなる。今すぐここを出れば、五時前に家につれて帰り、急いでこのスタジオに戻ってくる時間はある。タクシーで行った方がいい。二時間あれば、携帯ひとつで、新規に仕出し屋と契約でき、バス二台とスクリーン一つを借りられる。

可哀そうなわが子。さぞ痛かっただろうな。ルイスマったら、どこにいってしまったのか。必要な時にはいつもいない。ひどい男！

「お願い。ビルヘン・デ・ラ・サグラダ・コンセプシオン・デ・ヌエストラ・セニョーラ・マリア公立病院へ行って下さい」

「それはビルヘン・マリア・デ・ラ・サグラダ・イ・プリシマ・コンセプシオン・デ・ヌエストロ・セニョール・ヘスクリスト病院のことではありませんか？」

「そう、それです」

誰も電話に出てくれない。バス会社も、スクリーンの人たちも仕出し屋さんも。出るのはわたしだけ。いろんな所から問い合わせがひっきりなしに襲いかかってくる。踊り子たちの衣装のこと、チームは何時に食事するのか、司会者と何時に待ち合わせするのか、古いアイロンが壊れたので新しいアイロンを仕立て屋に買いに行きたいけど、会計の現金はどこにあるか、とかだが返事のしようがない。どう返事したらよいのかわからない。とても暑い。渋滞だ。このタクシーの臭いのには辟易《へきえき》だ。カルメンは十分前プロダクションを出てから九回も電話を寄越している。すべて準備は出来てるかどうか、午後五時に帰れるかどうか確認を求めている。

マテオはストレッチャーの上でターバン風に頭を包帯でぐるぐる巻きにして臥《ふ》せっていた。病院ではレントゲンを撮《と》ってあり、傷以外は大事ではないことを確認してあり、いつでもお子様をつれて行って結構です、と言われた。マテオはすっかり甘えて家に帰るタクシーのところまで抱っこして行って欲しい、という。ずいぶん大きくなったものだと、しみじみ納得、重くて、どうしようもない。バッグの中の携帯が鳴り続けているが、息子を抱えていて出ることができない。汗ぐっしょりになったので、家に帰ったらすぐにシャワーを浴びねばならない。あぁ、まったく……時間がないというのに。

ようやくタクシーを捕まえ、携帯を手にする。息子は頭を包帯で巻かれ、わたしのことを気が狂ったのか、というような目つきで見ている。三十三インチのTVモニターを二十九インチの料金で予約する。カルメンを安心させる。バスを予約する。ルイスマとは連絡がとれない。スタジオにはいないが、どこに行ったのかと尋ねるミゲルの電話が三回入っていた。

「ママ、午後はボクといっしょにいて。お願い！」

「ええ、それができないのよ。お仕事があって。でも約束するわ……」

「ふん、ママったら、いつもいないんだから」

「なによ、マテオ。あんたってそんなにわがままなの？　こんなに忙しくしているのがわからないの？　あんた、甘え過ぎよ」

マテオは慰めようもなく泣き始めた。タクシーの運転手が軽蔑顔でわたしをバックミラーで見ているのがわかった。わたしはいたたまれず、たった今突拍子もなく喚《わめ》いたばかりの息子を慰めようと思った。息子の小さい頭を胸に抱えると、ごめんんね、ごめんね、ごめんね、といつまでも繰り返した。

「ママ、心配しないで。仕事しなくちゃいけないなら行ってもいいよ、大丈夫だよ」

この言葉が堪《こた》えた。スタジオへの帰途、罪悪感に堪《た》え切《き》れなかった。マテオをソファに寝かせ、後はソルニッツァーに任せて出てきた。パブロに会う時間はなかった。キャンプからバスで五時半に帰ってくるのだ。今晩の特番ショーが終わったら一旦《いったん》家に帰ろう。マテオをあのままにして、とても〈シエリート〉の打ち上げパーティに行けないわ。


舞台裏では、ホナタン、エミリオ、エリサはどきどきわくわくしていた。観客は階段式スタンドに座っていた。〈上部〉の人たちが到着し、来賓室で高級ハムを食べた。〈もっと上部〉の人たちが到着し、司会者は蝶ネクタイを締め直した。機器の接続が確認され、音楽が鳴る。番組のタイトルが映る。踊り子たちが出てくる。こうして、〈ちびっこタレント〉のフィナーレの特番ショーが始まった。

時間ぎりぎりに着いたハイメはエステルといっしょに舞台の裏側にあるモニターで番組を見ていた。わたしはこの番組に今晩出演することになっている四人のゲストアーティストの気まぐれに付き合わされている。カルメンは三人の中、誰が三十万ユーロを持って家に帰るかを決めるデーターフォルダーを持って忙しく立ち回っている。

最初のコマーシャルのための中断の時、家に電話して子供たちがどうしているか知りたいと思った。ソルニッツァーは二人の子供たちが良い子にしていて、もう眠ったこと、パブロが魚をぜんぶ食べたこと、マテオの傷は少しも痛まないこと、楽しそうにベッドに入ったことなどを教えてくれた。わたしはソルニッツアーに、あなたのことがとても好きよ、と言いたかったが、コマーシャルが終わり、ホナタンの歌う番がきて、〈わたしがその女〉の前奏が鳴り始まる。

ショーは壮観だった。スタジオ中が立ち上がっていた。感激のあまり泣いているおじいさんのいる階段観客席はとても力があり、明日はまた、視聴率の記録を破るだろう。エミリオもとても素晴らしかった。バイオリンの天才だった。しかし、エミリオが弾いた曲が、電話投票する大衆の好みにぴたり合致していたかどうかはわたしにはわからない。エリサは少しも面白いとは思わなかった。しかし、スタジオの観客はよく笑った。番組はゲストの芸人たちの演技、演技者への投票数の票読み、演技者家族へのインタビュー、演技者出身地との中継、ファイナル演技者たちの感想、数多くのコマーシャル、そして、票決の入った封筒が出てきて完結となる。

緊張を煽《あお》る音楽、スタジオ中がシーンと静まる。三人の子供たちが手と手を繋いでいる。司会者が封筒を開ける。〈第一回〝ちびっこタレント〟の最優秀者賞をホナターーンンンに決定しました〉音楽がひときわ高く鳴り、観客はスタンディングオベイション。天井から紙吹雪が舞い降りる。お祖父さんは泣き、お父さんはもっと泣き、勝者の子供は負けた子供たちと抱き合った。わたしは感極まって泣く。〈上部〉と〈もっと上部〉の人々はお互いの成功を祝い合った。ハイメはエステルのそばに跳んでやってきた。踊り子たちはフェスタの最後を飾って踊り続けた。司会者は、視聴者の皆様方はご覧になれなくとも、カメラのうしろ側にいるすばらしい協力者チームの皆さんに感謝を捧げた。この皆さん方の協力がなくては、この番組はできなかったでありましょう、と言って、さようならの挨拶をした。

なんとも奇妙な七月も終わりを告げようとしている。あのことを誰にも話してない。しかし、あまり長く待てるものでもない。誰も知らないとすれば、それは、みんなにとってはわたしの身にも起こってないということであり、表面上わたしは、ふつうの毎日を過ごしていた、たいがいはそのことを忘れ、忘れている時は楽しいが、現実に戻るたびに、どうしようもない恐れが頭を過《よぎ》る。

マテオはあれから十日経ち、抜糸することになるだろう。その間、プールに行けなかった。

外来病院でマテオの手当を済ませ、その足でパブロを拾い、三人でいっしょに水族館に行って一日そこで過ごそう、と約束した。レストランに入り、ピザを注文して食べよう、もし、子供たちが欲しがったらコカコーラを飲ませよう。マテオにはもっと甘えさせる必要がある。わたしは、マテオがわたしに腹を立てないようにしておかねばならない。このところ立て続けに二回〝ママはいつも家にいないんだもん〟と言われ、わたしは傷ついた。非難は妥当性がない、と思ってみても、苦痛からは逃れられない。わたしがマテオにキスしてやろうと近付いても、お義理のように応えるだけである。ほんとうは、わたしに飛びついてきて、〝ママ大好き〟と言ってくれたら、と思っているのに。

マテオは、このところ、わたしが気付いている以上にガマンしていると思う。マテオは伯母のマリアを慕っていた。かつては毎日のようにマリアに電話して話し込んでいた。会うと、マリア以外の人が目に入らなかった。マテオとマリアはカラオケでいっしょに歌い、踊っていた。いろんなことをして遊び、笑い、語り合っていた。姉と話すマテオの話し方はわたしには驚きだった。理路整然と話し、ちょっと考えるような仕草をして話を止め、納得した。まるでいっぱしの大人のようだった。マテオは姉といっしょにソファに座り、三十分も静かに話し続けた。わたしにはこんな態度を示したことはなかった。たぶん、それはわたしがマテオを赤ん坊扱いし、何か目新しいことを言うたびに、マテオの言葉を遮り、訳もなくキスしてしまうからであろうか。〈さすが、わが子。なんて、賢いことというの。食べてしまいたいくらい好きよ〉。そこで会話は途切れ、あとが続かなかった。パブロはまだ小さく、マリアの死を深刻に認識しておらず、もう帰ってこない、と理解する前にマリアの顔さえ忘れてしまっているかもしれなかった。

二人の子供たちは夏休みに入ったが、わたしが休暇を取れるまでは、その月の後半は午前中それぞれを二人のおばあちゃんの家に分けて過ごさせ、午後は家につれて帰り、ソルニッツアーに面倒みさせた。ある日、マテオはわたしのプロダクションに付いてきた。写真スタジオまで入ってきた。わたしは秋の新学期、セールスキャンペーンのために、制服、学用品、教科書の写真を撮らねばならなかった。わたしはマテオにカメラを渡して撮らせたが、その中のいくつかは才能の片鱗《へんりん》をみせていた。マテオが、写真が好きなのは明らかだった。マテオにカメラを一台買ってやろうと思う。マテオはカメラを楽しそうに扱っているので、今のところ、マテオに対してわたしはいくらかの優位性を保てる。

シエリートにおける打ち上げパーティは記念すべきであったに違いない。あの晩わたしが知る限り、カメラマンと脚本家女史、音響担当の男の人とプロダクションのある女助手、女編集者同士、そしてエステルとハイメが関係を結んだ。いずれこうなるだろうと予測できたことであった。二人を紹介した時以来、お互い気に入っていることが目に見えていたからである。わたし自身シエリートのパーティにハイメを招待し、その晩わたしの親友とあたらしくわたしの弟になったハイメが夜を共にすることを知っていて、そうなるように唆《そそのか》したのだ。もし、うまい具合にそうなったら、わたしは喜ばねばならないはずだ。しかし、今は、エステルとハイメが関係を持ち続けて欲しいとは少しも思わない。何回か付き合った後でオシマイにするのはべつにかまわない。ハイメがすばらしい人柄なのは明らかであり、人々に良い印象を与え、みんなが彼といっしょにいたいと思ってることは明らかである。でも、ハイメと知り合ってほんの二、三か月しかたってないのに、ハイメはわたしの生活の中にしっかりと根を下ろしてしまっているのだ。ハイメはわたしよりもわたしの父に、もっと信頼を寄せている。そして、こんどは、わたしの親友のお婿さんになるかもしれないのだ。それはあんまりだわ。

二、三週間したら、ルルデスは休暇に入るということだ。ひんぱんに繰り返されるマリアの夢を止められるかどうか、休暇の前の診察で訊いてみたい。あの、笑いの途中でマリアが消えてしまう夢のことだ。今やそれは悪夢になってしまった。最初のころは、マリアが消えた瞬間、わたしは目が覚めたが、最近は、その夢をみても、目が覚めない。そして夢の中で部屋の中、一人でパニック状態のまま身動きできず、声をあげることもできない。なにかとてつもなく怖いことが起こるに違いないと思うと声が出せないのだ。たとえ、マリアが消えてもすぐ目が覚めないのは、マリアのいなくなった淋しさを感じているからで、べつに悪いことではありません。とても大きい進歩です、とルルデスが言ってくれても、わたしはその夢が繰り返されるのは嫌だ。精神分析医たちは、事象をなんでも複雑化する奇妙な癖を持っている。


「わたしは誰かとデートしているのが楽しいんです」

「ミゲルとデートするのが楽しいんでしょ」

「そうよ。そう言ったわ」

「あんたは誰かと、と言ったけど、ミゲルと、とは言わなかったわ」

「ミゲルは誰かさんなのね」

「ミゲルはミゲルよ」

当の恋人は、シエリートのパーティの間、ずーっと、わたしがいなくて、とても寂しい、というメッセージを送り続けた。自分の所属するチーム内のお義理の仲間たちといっしょにいたが、早々に帰宅したとのこと。わたしがいなくてつまらなかったことを知って嬉しくなった。このところ、子供たちの面倒をみていたので、恋人とはひんぱんには会ってない。でも、こんどの土曜日、結婚式の予定も入ってなく、子供たちはルイスマが動物園につれて行ってくれるので、いっしょに買い物に行くことにしている。着せ替えしてあげて、雰囲気を変えてみようかしら。

郵便物を開封するのが楽しいと思ったことはない。億劫《おっくう》なことだ。午前中、銀行、電力、水道、ガス会社からの郵便物を整理しなくてはならない。わたしはそんな午後ずっと機嫌が悪くなる。消費してしまったものの、消費すべきでなかったものの証拠をわたしは手にする。先週から今週、また来週へと山と積まれていく郵便物を開封することはそんなに悪いことではない。もっと悪いのは書留で到着する郵便物を開封する時である。パニックに陥ってしまう。良いニュースは決して書留便でくることはない。交通違反の反則金請求書とか、百ユーロなにがしかの請求書に、二十ユーロの延滞利息を加算して、と言うところだけわかる、その他はよくわからない市役所の郵便物など。理解に苦しむのは、一年に一回なぜかわからないけど銀行口座から二百ユーロ引き落とされてることだ。インターフォンで郵便配達夫が呼んだ。書留郵便があるので上って参ります、と。また市役所か、と思う。このところ、交通法規はちゃんと守っているのだから。

「クララ・ガルシア・サンスさんですか」

「はい。わたくしですが」

「ここに、署名して下さい。第二裁判所からの書留です」

「市役所からではありませんね」

裁判所からの大きな封筒だった。開けるのが怖い。キッチンのテーブルで開ける。ソルニッツァーが皿洗い機のスイッチを入れる。書類は、何枚もの紙片からなっているが、すべてが、一番上のページにある短い項目に集約されている。まぎれもなく、ルイスマに対する銀行貸付金の繰り返しの不払いによる、わたしの家の差し押さえの執行状であった。

エステルから電話があり、ハイメといっしょに四日間ロンドンに行ってくる、とのことだった。わたしは、裁判所の封筒を手にしたまま、何の感慨もなく聞いていた。彼女も、わたしとミゲルの関係に大して注意を払っているわけではない。だから、おめでとう、とはしゃぐこともしなかった。話し中に携帯画面に「ハイメより電話、待機中」と表示された。

あまり、出たくはなかったが、エステルの電話を切る言い訳にはなった。

「はい」

「やあ、ハイメです」

「わかるわ」

「エステルとボク、四日間ロンドンに行ってくることになったこと、お伝えしたかったんです」

「それ、知ってたわ」

「そんなばかな。たった、十分前にボクたち決めたんだぜ」

「それも知ってる」

「キミ、なにかあったのかい」

「わたし、今朝あるところから手紙が着いて、とても不愉快なの」

「クララ、ごめんよ。今、別の電話が入ってきたみたいで、それ終わったら直ぐ、かけ直すから……」

わたしはシャワーを浴びねばならなかった。それに母に会いに行かねばならなかった。母の前で縮こまり、わたしを助けて、借金をどうしたらよいのか見当がつかないのよ、とても怖いわ、と話したかった。ルイスマとのことはこの問題に比べれば小さい問題だった。多分今日話すことになるだろう。急に、わたしは少女になっていた。マリアが亡くなってから初めての経験だった。愛撫が必要な時わたしに起こる感覚であり、それに応《こた》えてくれるのは母しかいない。わたしは五歳の幼女になり、怖い、と泣きながら家に帰り、もう心配しないでいいのよ、ママがついてるから、怖がることないのよ、という母の声を聞きたかった。わたしは今五歳の女の子ではないので、携帯の中で母の声を聞いている。もっと、落ち着いてお話ししましょうね、今時計屋のホセとレティーロ公園のテラスでビール飲んでるところよ、なんだって。もぅーおっ！

「もしもし」

「あら、パパ、ちょうどよかったわ」

「どうしたんだい」

「どうしたのかわからないわ。誰かと話したかったのよ」

「何かあったのかね」

「ええ、まぁ。通告書がきたのよ……」

「ちょっと待ってくれないか。今、ハイメから電話が入ってきたよ。すぐ、こっちから電話するから」

「パパ、パパ」

　携帯を切った。ソルニッツアーに、子供たちが帰ってきたらよろしくね。わたし、ちょっと、お風呂に入ってるから、という。映画に出てくるような大きいバスタブを持ちたいと思う。主人公に何か問題が起こると浴槽に浸《つ》かり、泡に包まれて問題のすべてを忘れてしまうことのできる浴槽を。わが浴槽にはミッキーマウスがミニーにキスしている絵柄のビニールのカーテンがついていて、石鹸とかシャンプーのゲルがおいてあり、お風呂に入るたびにプラスチックの棚に頭がぶつかるので、いつでもいいから、この棚もっと上の方に付け替えてちょうだい、と結婚していた時ルイスマに言ったことがある。ま、そうはいっても、お風呂は悪くはない。温かいお湯と泡。ソコソコ映画に似てなくもない。わたしはキャップを被り、少しの間、なにもかも忘れてしまおうと思った。

「ママ、ママ！」マテオが叫びながら浴室に入ってきた。ああ、映画の浴室とわが家の浴室のなんたる違いよう。わたしの浴室の掛け金はうまく締まらないのだ。

「なによ、マテオ」

「パパがボクに買ってくれたもの見て！」

　マテオはすばらしい父親が買ってくれたすばらしいカメラをわたしに見せてくれた。今後、マテオは今まで以上に父親を尊敬することになるだろう。せっかく、明日わたしが彼に買ってあげようとしていたのに。わたしは、今にも息子共々すべてを壊してしまいたかった。わたしはきっと後悔するだろう、ということはわかっていた。でも、ガマンができなかった。

「ねぇ、マテオ。とても残念だけど、パパはカメラを返さなくてはいけないわ」

「なぜだい」

「だって、お支払するお金が家にはないのよ」

「パパは持ってるよ」

「パパが？　パパは払うお金なんて、どこにもないわ」

マテオは泣きながら浴室から去って行った。カメラを廊下に投げ捨てた。わたしは浴槽の中で溜息をついた。溺れて死にたくなった。たとえ、溺れ死んでもしようがないではないか。マテオが泣くのを聞いてわたしも泣いた。浴槽から出る時石鹸とシャンプーのゲルの棚に頭をぶつけた。あ、痛っ！　わたしはルイスマと知り合いになった日を呪《のろ》った。たった今マテオに対し感じている自己嫌悪は、かつてルイスマに対して感じた自己嫌悪と同一のものであった。

わたしに起こっていることへの恐れは、わたしを動揺させている。そのため、わたしは不機嫌になっている。わたしは罪深い人間だと思う。わたしの行動のことごとくが悪いのではないかという恐ろしい感覚に襲《おそ》われる。昨日、ルイスマに電話して、子供たちを動物園につれて行ってくれるように、と頼んだ。マテオが行きたがっているのを知っていたからだ。動物園行きのアイデアはわたしのアイデアよ、というのを念押ししなかったため、動物園行きの手柄をすべてわたしからルイスマが持ち去って行ってしまった。

パブロは、イルカが見られるというのですっかり喜んでいたし、マテオは、ひたすらわたしに嫉妬心を起こさせようとして、父親に会うと、一目散に飛びついて行った。ルイスマが家にいたたった五分間の間に、マテオは「パピー、とっても好きだよ」と、五回も繰り返して言った。わたしは玄関で三人を見送り、明日義母の家に迎えに行く時まで一人になった。

午後、わたしはミゲルと買い物に出かける約束をしてある。お化粧をするには早過ぎる。午後はずっと、このまま何もしないで、家で映画を見ていたいが、外の空気を吸った方が体にはしっくりするのかもしれない。ミゲルのイメージチェンジをたすけてあげることは楽しいに違いない。それには、彼がイメージチェンジをさせてくれる必要がある。

ミゲルは「ちびっこタレント」が終了してから、仕事上の仲間ではなくなった。カメラを肩にかけ、街娼、売人、いろんなタイプのペテン師を追っかけて取材する、いわば、社会世相ドキュメンタリーショーのチャンネル同士のコンペティションへと出掛けるようになった。わたしは、結局はユーモアを交えて世相を分析リポートする新しいデイリーの番組を制作することになると思う。九月から番組開始のため、来週、準備に取りかかるように言われた。番組は再び、ロベルトが指揮することになっている。しかし、プロダクションのチーフとして、カルメンの名前がない。月曜日に詳細を話してくれることになっているが、これで、夏の休暇が取れなくなってしまうことが決定的だ。

ミゲルとわたしはアウトレット商業センターに行った。そこに行けば、有名ブランド品が良い値段で買える。試着室から出てくると、わーっ、きれいだ、と言ってくれ、あれだ、これだと、十二回も取っ替え引っ替え試着して選ぶのに時間がかかっても文句ひとつ言わない恋人がいるなんて、なんとステキなことか。やっとのこと、わたしは自分に良く似合うインペリアルカットを二つ選んだ。こんどはミゲルが自分の物を買う番になった。夏物の半袖のシャツ二枚と涼しい感じのズボンが欲しい、と前もってわたしに告げてあった。ミゲルは衣類のことになるとひどいのだ。

「カルメンとロベルトの恋が終わりになったの知ってる？」

「いつのことだい」

「昨日よ。ロベルトから昨日電話があって、そのこと話してたわ」

「あの野郎！　こんど会ったら只《ただ》じゃ……」

「でも、振ったのはカルメンの方よ」

「カルメンがその決心をしたのは、きっと、あいつなにかしたんだ、と思う」

「このシャツどうだい？　ボクに似合うか？」

「でも、あんた、チェックのシャツ、たくさん持ってるんじゃないの？」

「好きだからね」

「これ見て見て。このジーンズ、ステッチが良いわよ」

「マジメな話かい」

「これステキよ」

「でも、破れてるじゃないか」

わたしは大へんな苦労して、二時間あちこちお店を回ったあげく、やっとミゲルにTシャツ二、三着、おへその下で締めるようになっているジーンズのズボン一着、男性用ボーグ誌の特集で見たことのあるイタリア製の黒い縫製の上履きを一足買わせることができた。

「別人になるぞ」

「お似合いよ」

ミゲルは、Tシャツ一枚になぜいつも着ているスーツ用シャツの二倍のお金が支払えるのか、その上履きが彼のシューズの四足分するのか、半分破れているジーンズがジャケット一着分以上するのか、理解することができなかった。怒ってはいたが、わたしを喜ばせるために、さっそく今晩のディナーのために買ったもの全部を身に着けた。買い物は楽しかった。差し押さえのこと、マテオの怒り、わたし自身の怒りで頭を苛《さいな》みながら家にいるより、こうしてミゲルとデートしたのは正解であった。今日は中心街の日本レストランに行かず、新規開店のシーフードにしよう。見たところ、値段も手頃だった。レストランに行く前の食前酒に、と生ビールを飲んでいたところにロンドンのエステルから電話がかかってきた。

「ハローゥ、クラーラッ」

「そちらどんな具合ですか」

「雨降ってるわ。いつもの通りよ」

「ハイメは?」

「ここに、いっしょにいるわ」

「何してんの？」

「セックスの休憩中なの。ひりひりしてきたの」

「わーおっ、けだもの！」

「あんたはどうなの？」

「ミゲルと生ビール飲んでるところよ」

「カルメンがロベルトを振ったこと知ってる？」

「うん。たった今ミゲルから聞いたばかりよ」

「カルメンから電話あったけど、詳しく話してくれなかった。月曜日に詳しく話してくれると思うよ」

「いいわ。お大事に。ハイメにキスを伝えて」

「さようなら、お義姉《ねえ》さま」

「ったく、もうっ！」

わたしの話を聞いていたミゲルはエステルが自分に何か悪感情を抱いているのか、と訊いた。彼女はミゲルとわたしがデートしているのが気に入らないというようなことを言った。同意はしないけど、彼女の言い分はわかる。思いで頭がいっぱいなのだから。わたしは彼女を赦し、話題をハイメのことや、差し押さえとか、新しい仕事の方に切り替えた。

レストランの食事は申し分なかった。シーフードレストランにありがちな妙に古さを誇張したような雰囲気はなく、モダンな飾りつけで、照明も明る過ぎず、割と静かだった。

レストランの真ん中に水槽があり、その中に、ケアシガニ、ネコラガニが泳いでいる。丸くて大きいという理由で選ばれて死ぬ運命にあることを彼らは知らない。水槽の周りのテーブルはみんな灰色の石版でできている。このレストランはわたしたちが聞かされていたように高くはないに違いない。どうせ、入ったのだから、ここで楽しまなくては。

シーフードは催淫性がある。ミゲルはこんなにステキな服装をしているし、わたしは楽しかった。だから、今夜は前回ホテルで過ごした夜より、ずっと良い夜になると思うわ。

「髪の毛も少し長くした方がいいわよ」

「そう思うかい」

「それに、毎日はお髭剃らないほうが」

「オレ、剃らない方がいいのか」

「ずっとよ」

この前のデートの時、シャンパンをどうやって飲んだかを思い出すと、会話のトーンがあがっていった。

「キミ、とっても積極的だったね」

「わたしの方で主導権取ろうと決心したの。でなきゃ……」

「でなきゃ、何だい」

「言いたいことを言う方がいいわね」

「もちろんさ。その方がずっといいさ」

恋人を持ってよかった。わたしは誰かがそばにいてわたしと同じことをしてくれる時、最高に元気になれる。現在は一日中いっしょの時を分かち合うことができないが、ミゲルこそは、わたしの手を取ってくれる誰かさんであり、息子がわたしに腹を立て、そのため、わたしが悲しくて泣いている時わたしの話を聞いてくれ、独り寝が一番辛《つら》い土曜日の夜いっしょにベッドインできる誰かさんである。わたしはずっと独りになるのが怖い。女たちは、一定の年齢に達した時、お相手が持てないのは、過去に何か悪いおこないをしたせいであり、出来上がりが良くないのも過去のおこないが悪かったせいだ、ということなのだろうか。嫌な考えであるが、それを全面的に否定できない。そんな考えに打ち勝つ力のある女性たちをわたしは尊敬する。誰もそばにいなくとも、ちゃんと立派に生きていける女たちを尊敬する。映画に一人で行ける女たち、男と休暇の計画を立てる必要がない女たち、今日あんた、きれいだよ、と言ってくれる男を持つ必要がない女たち。少なくともスーパーの買い物にいっしょに付いてきてくれる男の人を持つ必要のない女たちを、わたしは尊敬する。そんな女の人たちがいたら好きになるけど、わたしはそんな女たちの一人ではない。今にも、わたしの上に裸でわたしの乳房の一つを食べ終わり、もう一つの乳房を食べようとしている誰かがいる。わたしはそれを防げない。でも、とてもくすぐったい。

「どうして、笑うんだい」

「何でもない。続けて、続けて」

ミゲルはおへその下まで降りてくる。堪《こら》えに堪えたがとうとう大笑いになってしまう。

「ごめんね。でも、わたしどうなったかわからないわ。続けて、続けて」

ミゲルは下にさがり続け、そこに達した時、とうとうガマンしきれなくなって、大声立てて笑ってしまった。ミゲルは立ち上がり、ショーツを付け始めた。わたしは毛布を引っ被《かぶ》った。ミゲルは無言だったけどとても怒っているようだ。

「ごめんなさいね。でも、とってもくすぐったくするんだもん」

「クララ、ボクのこと、好きなんだろう」

「なぜ、そんなこと訊くの？」

「答えてくれ」

「もちろん、好きよ。こうしてデートしてるじゃない？」

「きみは、ボクの短髪が好きでない。ボクが顔剃るの好きでない。ボクの着ている物が好きでない。ボクの愛し方が好きでない」

「あなたの愛し方が好きでないって？　何てことを言うの」

「その言葉がどうかしたのかい」

「この五、六年の間にわたしが聞いた言葉の中で一番気取ってるわ」

「クララ、お願いだ、出て行ってくれないか？」

「さあさ、バカなこと止めて、それ、忘れましょう」

ミゲルはとても怒っていた。自分の言葉が気取った言葉だと言われて、それが致命的だととったのだ。わたしは毛布から飛び出してこの小さな危機を打開しようと、全裸のまま、彼を抱き止めようとした。

「ミゲル、好きよ」

「ボクもだ、クララ。だから、キミは食事療法を始めなくちゃならないなんて、一日中ずーっと言わなかったんだ」

「何て言ったの？」

「あんたは五キロか六キロ太り過ぎだけど、それでも素敵だよ」

どっちにしても、その言葉は乱暴な刺し傷となった。だが、素っ裸のまま、男の前に突っ立っているのは最悪の恥辱だった。わたしは体を覆う物を探そうと思った。そして、できるだけ早く、その場を立ち去ろうと思った。なんだか訳わかんない、とミゲルが呟《つぶや》いているのを聞いた。わたしはトイレに駆け込み、服を着ながら、ミゲルとわたしとの間になにが起こったのか、チワゲンカなのか、決定的な破局なのかわからなかった。わたしは自信がなかった。明らかなことは、今すぐここから出て行くべきことだった。

わたしが取り組もうとしている新番組は「マルティネス効果」という名称。このタイトルは〈上部〉の思い付きであり、わたしたちを当惑させた。マルティネスというのは、司会者のヌリア・マルティネスの名前から取ってある。しかし〝効果〟というのは、漠然として大きく、不明確である。ディレクターを務めるロベルトが最後まで名称を変えるように、と交渉したが無駄だった。要するに、「マルティネス効果」というタイトルが〈上部〉のお気に入りであり、話し合いの余地はなかった。

すべての問題をどうやって解決するのか検討するために一人になる必要があった。だから、わたしが休暇を取れるようになるまで、子供たちをルイスマの両親の住む田舎につれて行ってもらうようにルイスマに頼んだ。子供たちは喜ぶだろう。そしてわたしは、よりリラックスできる。週末、土日毎に子供たちに会いに行く。高速で行けば一時間半とかからない。

エステルはもう辞めたいと思っていた時に、プロダクションから新しい番組で仕事してもらいたいと言われ、うんざりしている。ロベルトは、新しい仕事はきっと今している小説書きと両立できるから残ってくれ、と主張している。もしロベルトが彼女を説得したいなら、途方もない創造者のエゴをアタックしなければならない。「残ってくれよ。なぜかって？　キミのようにモノが書ける人をわれわれは必要としているし、他に誰もいないのだから」と、そのあたりから攻めるとうまく味方に付けることができる、というものだ。

ハイメとエステルは超熱愛中だ。わたしの女友達は、自分はまるで女学生になったみたい、と告白するし、ハイメはわたしに電話をかけてくるたびにエステルのことを話して止まらない。二人はとてつもなく大きな愛の矢に射抜かれて、ばかなことばかりしている。エステルは先週バルセロナで二晩寝て、ハイメはマドリードにやってきて二晩寝た。仕事日はちゃんと仕事しているが、逢瀬のため、マドリード―バルセロナ間のシャトル便のために、ロンドン旅行を含めて、二人とも収入以上の交通費を払っているのだ。まったく恋に狂った、とはこのことだ。

ミゲルとわたしとの間に起こったことは、結局は単なるケンカであって、破局ではなかった。わたしたちは再び挑戦した。その価値があるからだ。わたしは続けてここで働きたい。毎朝いっしょにここでコーヒーを飲み、彼に今日はとっても美人だよ、と言われたいのだ。あのケンカの次の日、余分に体重がある、と言ったことごめんね、と彼は謝った。わたしは、始め何を、なのかよくわからなかったけど、わたしもごめんなさい、と言った。わたしをくすぐったがらせ、笑わせたのは、別に怒らせるつもりはなかったのだが、彼が謝ったので、わたしも謝らないと悪いと思った。

仕事の上でもうひとり気になるのは、カルメンである。彼女は、新しく始まった弁護士たちをテーマにしたシリーズ物の序章を準備するために出掛けて行った。彼女がなぜロベルトを振ったのか詳しくは話してくれない。ただ、あんな善良な人とデートするのはストレスが溜《た》まる。もっと普通の人の方が良い、「ねえ、あんた、細身に見せようとして一日中お腹引っ込めて過ごすって疲れてしまうわ」と笑いながら言った。

父が会いたい、といって電話してきた。マリアの家に買い手がつき、カルロスが、家に残っている物で欲しいものがあったら持って行っていいよ、とわたしたちに言ってくれた、とのこと。それと、不動産賃貸会社が海辺のマンションを買いたいと申し入れてきたそうだ。父とはずいぶん会っていない。会いたいと思う。父を恋しく思う。思えば、この二、三か月で、この二十年間の口ゲンカを合わせた分以上の口ゲンカをしてしまった。

わたしたちが小さかった時、父はわたしたちを決して叱らなかった。まだ家にいた時も、それから週末、祖父たちの家で過ごすようになってからも、父は決して声を荒立てたことはなかった。父は筋道立てて諄々《じゅんじゅん》と話をしたが、姉とわたしはよく父の話をからかいながら聞いていた。わたしたちがお行儀よくしないと、二人をソファに座らせ、わたしたちの〈いけないおこない〉についてくどくどと説教し始めていた。しかし、たいがいの場合、マリアとわたしは、父が大叱責《しっせき》と思っている話の途中で大笑いしてしまう。母親の大叱責は、世の母親たちの大叱責の常套句《じょうとうく》〈お母さん、出て行ってしまいますからね。あんたたち、お母さんに会いたいと思っても、もう会えないんですからね〉というものであり、それを思い出してしまうからである。顧《かえり》みれば、わたしたち二人はいっしょになって、いつも、いけないことばかりしていたものだ。

父は今や年配者となった。六十五歳の男性としてはごくふつうなのだが、自分の父親としてみると年取り過ぎている。子供たちは両親が実際に年配者になるまで両親を遥《はる》か年上だと思っている。年配者になられると、こんどはこれ以上の年配者になって欲しくないと思う。六十歳を越えると衰えが目立ってきた。更に、マリアの死が父に十歳の年齢を加算させた。父は肩紐のついた下着に短ズボンをはき、スリッパをはき、小部屋に明かりの入ってくるバルコニーのそばに座ってレモンスカッシュを飲んでいる。父の家は都心にあり、三十平方メートルもない。だから、父がわたしたちと会いたい時、わたしたちはよく祖父たちの家に呼ばれて行った。父とわたしは父娘のキスをして、暑さを嘆き、今読んでいる本の話をする。父は大の読書家だ。その点わたしはどっちかと言えば母の血を引いている。マリアの遺産問題はほぼ解決し、母と父は子供（孫）たちの名前で預金口座を開き、ルイスマの借金返済に充《あ》て、わたしを援助することを決定した、と語った。わたしはその金をもらいたくなかったが、他に解決法は見当たらなかった。姉がわたしを救う羽目になったのはわたしの矜持《きょうじ》にとってショックであり、それを見ないで死んでしまったマリアのエゴに対するショックであった。

両親は早々にお金を用意するに違いない。わたしがしなければならないことは、差し押さえの執行を遅らせることである。そのために、わたしは裁判所に行くのか、銀行に行くのか、どうしたらよいのかを父に尋ねる。あまりよくわからない問題を解決しなくてはならないのはほんと煩わしい。会話はドアの開け閉めの音で中断させられた。父のアパートの面積のせいでドアの向こう側は直ぐ道路になっているからである。

「やあ、マイテ。紹介しよう」

わたしは頬を赤らめた。彼女も。マイテはスーパーの袋を二つ下げ、自分で持っている鍵で開けて入ってきた。わたしの前に立っている。わたしは父のそばに並んで立った。

「マイテ、こちらは娘のクララだ。クララ、こちらはマイテだ」

「はじめまして」と言ってわたしにキスしようとした。

「こちらこそ」わたしは手を差し伸べて答えた。わたしの仕草に父は緊張し、父はその緊張を解こうとした。

「さあさ、お前たち、座んなさい。何を飲みたいかね」

「わたし、もう、さよならするところだったの」わたしは遮《さえぎ》って言った。

「お願いです。ここにいてちょうだい」マイテが求めた。

マイテはとてもきれいな婦人だ。写真で見た時はこれほどとは思わなかった。六十は越しているが、若かった時はさぞ美しかったに違いない。いや、わたしの好み以上に美しい。

「わたし、急ぎの用があるの」わたしはハンドバッグを手にしながら言った。

「クララ、いなさいったら、いなさい」父が命令と懇願半々で言った。

「あなたのこと、知りたいと思っていたのよ」とマイテが甘く優しく付け加えた。

「わたしの方はそれほど……」

「これこれ、少し優しくはできないのかね」父は怒っている。

「なぜなの？」父に反抗した。

「ハイメと会ったんですって？」マイテは相変わらず、優しく言った。

「ええ、会いましたわ」

「それに、今あんたの親友とデートしてるんですって？」

「それ、デートとは申しませんわ。奥様」

「奥様でなくて、マイテと呼んでね」

「はい。でも、そう呼びたくはありません。奥様、とお呼びいたします」

父は椅子を蹴って立ち上がり「もうお前行った方がよい」とわたしに言った。父はわたしの態度を理解しなかった。わたしも自分に驚いていた。意地悪は性に合っていなかった。ルルデス精神療法士のいう、直さなければならないことの一つであった。

「つまり、この奥様のために、わたしを追い出すわけね」とっさにそう言った。

「クララ、それは違うよ」父はもう降参、という調子で言った。

「けっこうなことよ。あんたの娘さんのしたいようにさせるといいわ」

「お前は不作法なやつだ」ドアをぱたんと閉めた時父の声を聞いた。


ルルデスに聞きたいことがたくさんある。休暇を丸々一か月取るとのことだが、その前に、診察は一回しか残っていない。ルルデスに休暇で留守されるのは怖い。今のわたしの状態では、なおさらのことだ。マリアの夢のことを話すのは少し飽きた。毎回毎回繰り返される。しかしそれはどうしようもないことだ。わたしの精神療法の中で、わたしの夢から得られる唯一の結論はわたしが姉の死に心を痛めていること、姉が亡くなってわたし一人生きていることが怖いということだ。そんなことは療法を受けなくともわかっていることだ。今の時点で、もっと怖いことがあるのだ。

「ルルデス、きょうは夢のこと話したくはありません」

「その問題は存在しないと考えたいのですね？」

「今日のところ、そうです」

「マリアの死、ハイメとエステルの関係、お父様とマイテの関係と同じく、あなたのミゲルとの、ルイスマとの関係も、マテオの怒りも存在しないと……もっと続けましょうか？」

「いいえ、もう結構です」

「これらのことは、あなたに起こっていることで、これらと向かい合わなくてどうするのですか」

「わたし、どうやって向かい合ってよいのか、わかりません」

「マイテと折り合いをつけることができるわ。あなた、よく考えてごらんなさい、本当にミゲルが好きかどうか、ルイスマと子供たちとの関係に嫉妬してないかどうか、ロベルトをほんとに愛しているかどうか、エステルとハイメを羨望《せんぼう》の眼で見ていないかどうか、マリアに対してあなたが怒っているかどうか……」

「お願いです先生、そのへんでもう止めて下さいませんか？」

「クララ、あなた、泣いてるのね」

「ええ」

「なぜ泣いてるの？」

「妊娠しているからです」

　わたしはロベルトに電話して、今日午前中は仕事に行かない、と告げたが、でも午後はきっと来てくれよ。びっくりさせたいことがあるからね、と言われた。びっくりさせる？　そもそも、びっくりするってどういう意味か、ロベルトったら、わかってるのかしら。でも、ゴンサロ先生と会う約束があるので今日の午後も行けないとは言わなかった。ゴンサロ先生はまだ夏休暇に出かけてなかったのは幸いだったが、緊急の用なんです、と告げるとすぐ、では、四時に空けておきます、といわれた。

　ゴンサロ先生というのは、わたしが十四歳になり、母が初めてつれて行ってくれて以来の、婦人科医の先生である。母も、そしてマリアも診てもらっている。あの初めての診察の三年後訪れたわたしを診察した先生は母のいる前でわたしのセックスの回数を尋ねた。わたしはトマトのように赤くなり、母は実際には、ルイスマとわたしがひんぱんにルイスマの赤いシトロエンＡＸの後部座席を占拠していたことをよく知っていたが、それはショックというように驚いてみせた。

　わたしは自分の体に注意しなければならない。注意をし始めるよい方法はそれを認めることである。妊娠に気付いた日に行くべきであった。しかし、妊娠していない奇跡が起こっているのではないかという期待もあったのだ。

ゴンサロ先生はわたしの体内が白黒で表されている小さな画面を見詰めていた。最後に月経があったのはいつだったかを尋ねた。ぎくりとさせる言葉だった。ほんとのところ、思い出せない。今となっては、どっち道同じことであった。わたしの婦人科医は小さな画面を見て子細に計測していたが、やがてわたしが妊娠十五週目であることを告げた。これ以上の正確さで推量することはできないが、妊娠は四月中旬ということになる。妊娠専用診察台に横たわり、お産椅子を支えに、両脚を開け広げ、医者と助手たちの前で、慰めようもないほどに泣き始めた。服を着る間、医者と助手たちは、わたしを一人にした。ゴンサロ先生は診察室でわたしを待っていた。そしてビタミン剤かなにかを処方してくれた。診察室から出ると、また泣きたくなった。診察室に入って行った時よりもっと怖くなって泣いた。わたしは妊娠していることを決定的に受け入れねばならなかった。それに……。

携帯の電源をオンにすると、母、父、ロベルト、ミゲル、エステル、ルイスマ、ソルニッツアー、その他大勢から十四本のコールがあったことがわかった。みんなの電話の用向きは少しもたいした事でも急ぎの用でもなかった。妊娠しているということは、わたしにとって悪い知らせではない。ドラマであった。

四月の中旬のある日から妊娠していたのだ。頭の中、二度三度と考えを巡らす。日時を特定するなど不可能なことだ。

八月に入るとバカンスで人々は思い思いに町を後にし、まるで人気《ひとけ》がなくなる。暑さは厳しく痛いくらいだ。この分ではきっとスコールがやってくるにちがいない。わたしは家に独りでいることができる。子供たちはルイスマや義父母たちといっしょに田舎に居座っているからだ。あちらにいてもらった方がわたしには都合がよい。今誰とも話したくない。わたしは消えたいのだ。運が良ければ、わたしはこの暑さの中に熔けていける。わたしは泣き止むことができない。泣き止むことができればもっと悪いのかもしれない。恐怖が戻ってくるから。わたしはお腹の子を養うことはできない。その子にかかりきりになる時間はないし、その力もない。

家に着くと、ソルニッツアーはまだそこにいた。わたしが休暇を取れるようになり、子供たちを海辺へつれていけるようになるまで、もう二、三週間働き続けることになっていた。それもこれも計画に過ぎず、何が起こるのかわからない。「マルティネス効果」は次週から始まり、毎日放映されることになっている。このところ、ずっとこの番組に関《かか》わり続けていると、わたしたちはこのタイトルにも馴染《なじ》んできたように思う。エステルは残ってプロダクションの仕事を続けることを決心し、小説書きという自分の仕事と両立させることになるだろう。

「クラーラ様、おガオのイロロが……」

「調子よくないのよ、ソルニッツアー」

「あたりまえですわ」

「あんたの知ったことではないわ」

「わたし、ワリトダクサン、ジっていますよ」

「わたし、部屋に行って休むわ」

この言葉を口にしている途中で、玄関でベルが鳴った。ソルニッツアーがドアを開けると、母だった。息せききって入ってきた。

「孫たちはどこにいるの？」

「お父様といっしょに田舎にいってラㇻっしゃいますよ。オグザーマ」

「ああ、そうだったわね。クララは？」

母は返事も聞かず、すたすたと廊下を進んでいる。ソルニッツアーが後ろを追う。リビングに入り、わたしを見付ける。

「なんといったか思い出せないけど、あの……」

母はわたしを見ると途中で話を止めた。

「クララ、どうしたのさ！」

「わたし？　どうもしないわよ」

「ちゃんとわかるわ。泣いていたのね」

また呼び鈴が鳴り、ソルニッツアーがドアを開ける。わたしは母に、何かが目に入ったのよ、という。

「ソルニさん、こんにちは」

「あら、エステルㇽㇽ様」

「クララさん、いらっしゃいますか」

「リㇼビングにいます」

エステルはソファに座っている母とわたしを見付ける。せっかく一人でいようと思ったのに！

「あ、エステルさん。どうぞ、どうぞ」

「あら、ごめんなさい。私出直したいと思います」

「行かないで下さい。この娘が話したいことがあるそうなので、みんなで聞いてみましょうよ」

　わたしはソファの真ん中に座っていた。母、エステル、ソルニッツアーがわたしを取り囲み、わたしが何を言い出すのか待ちかまえている。話し始める前にまたわたしは泣き出した。

「どうかしたの？」エステルが心配そうにいう。

「お前、どこか悪いのかい？」母が訊く。

「ゾゥよ、ゾゥよ……」と、ソルニッツアー。

　二人がいっせいにわたしの助手の方に顔を向けた。助手は両肩の間に頭を落としている。母はもうガマンができない、というようにソルニッツアーに向かい、言う。

「一体全体、どうしたっていうの？」

「おくザーマが、ご自分でおっジャって」助手が助けを求めて言った。

「わたし、妊娠しているの」泣きじゃくりの間からわたしの声が漏れる。

「やっとおっジャッたのね」ソルニッツアーはほっとした調子で言った。この事実を知っていたのは明らかだった。

「まさか！」エステルが叫ぶ。

「どうしましょう」母は取り乱した。

　三人は沈黙し、わたしは抑制が利かなくなり、大声を上げて失神した。エステルがいちばん先に平静を取りもどして言った。

「赤ちゃんは小脇にパンを抱えて生まれてくるってホントにあるのね」〔スペインの俚諺〕

「それはどういうこと？」母が関心を示す。

「私ね、あなたが番組制作の新しいリーダーに任命されたことを報告しにきたのよ。あなた抜擢《ばってき》されたのよ」

「わー、すごいわね」母はわたしを元気付けようとして言う。

「私たち、それをお知らせしようと、今日何度も電話したけど、あんた、電話に出なかったわね」

その知らせは、今日のような状況でなければ、わたしを歓喜で跳びあがらせたに違いない。

しかし、今は……

「わたし、どうしようかしら」

「私、わからないわ。でも、すべてに結末はあるわ」

「わたしは赤ちゃんを生むことできないわ」

「それは、今あんたが考えてることでしょう。でも、後になってみればそれほど悩むことではなくなるわ」

「別の理由もあるし……」

「もしかして、双子かも、とでもいうのかしら？」シナリオライター振りを発揮してエステルが言う。

「よしてくださいよ、エステル」母は、冗談が少しも面白くなく、不満を露わにした。

わたしは五歳の女の子のようにまた泣きはじめた。ソルニッツアーは氷のように張り詰めた空気を和らげたいと思い、只今コーヒーをイレㇾましょうか、と申し出たが誰も耳を貸さなかった。母、エステル、わたしの助手は、三人三様、そのあと、次に何を正確に知るべきか、と待ちかまえていた。わたしはみんなの期待をこれ以上引き延ばすことはできなかった。えーい、どうにでもなれ！

「それがね、誰が父親なのか、わからないのよ！」

ルルデスの助けが要る。だが、休暇から戻ってくるのはうんと先のことだ。子供たちも恋しくなった。早く金曜日がきて、子供たちに会いに行きたい。子供たちのいない一週間がとてつもなく長く感じられる。新しいリーダーの仕事は忙しく、あれこれ考える余分の時間がないのは、不幸中の幸いだ。こんなに大きな変化に一種の楽観主義で対処できているのは、仕事しているおかげだ。制作のチーフとして一週間になるが、大過なく過ごしていると思う。仕事は好きであり、仕事はあり過ぎるくらいあるので、自分が妊娠していることを忘れてしまうほどだった。

「マルティネス効果」はすばらしく好調だ。編集されたテープを見たが、信じられないくらいにすばらしい。わたしたちが作ったテストシナリオはすごく面白かった。唯一問題となるのは、司会者のヌリア・マルティネスで、ユーモア番組とは程遠いイメージなのだ。彼女はとても美人であるが、わたしの目には少し退屈にみえる。ヌリアの抜擢《ばってき》は系列テレビ網の押し付けであることは明らかだ。

ここでは、みんながあのことを知っている。ここだけでなく、どこでも。母が父にそれを語り、マイテに語り、ハイメに語り、ハイメはエステルから聞いて知っていたし、エステルはカルメンに語り、カルメンはロベルトに、ロベルトはミゲルに話したが、ミゲルにはわたしが話してあったので、それを知っていた。

わたしに赤ちゃんができる。わたしは自分一人で産もうと決心している。他に方法はない。なぜなら、父親はミゲルなのかルイスマなのかわからないからだ。二人の中どちらも裏切らないために本当のことは誰にも言わないつもりだ。

赤ん坊を持つことはとても怖いことだ。しかし、赤ん坊を持たないことはそれ以上に怖い。時々はクリニックに行って、一挙に問題を終わらせようという誘惑に駆られることもあった。どんなにしておろすのか電話で訊《き》いたこともあった。四百五十ユーロ〔日本円で約五十万円〕かかり、時間は五分から八分くらい。二時間休んで帰宅でき、あとはふつうの生活ができる。中絶は卑怯《ひきょう》な所業だといわれている。わたしはそうは思わない。中絶することは、わたしにとっては本当に怖いことだ。わたし自身に対する恐れ、わたしの良心に対する恐れ、健康への恐れ、その記憶が自分に心的障害をもたらすのではないかという将来起こるかもしれない恐れ。この恐れを克服できない恐れはもっと大きい。

ミゲルはわたしを振った。今の時点では耐えられない、と言った。わたしは彼にわたしが妊娠しており、子供の父親はルイスマであると告げた。詳しいことは話さなかった。

元夫とわたしは何回か出会い、それによって元夫とわたしの三番目の子供が生まれることになる、とだけ簡単に説明した。わたしが話をしていた間、ミゲルは動じることがなかった。彼が泣くまいと堪《こら》えているのを見ると、わたしは自己嫌悪に陥った。わたしたちが話していたカフェテリアから彼が消える前にわたしにしてくれたキスをわたしは決して忘れることはできない。わたしは受けるに値しないのに、恵んでくれたお別れのキスがブチュッと鳴った、まるで施《ほどこ》し物のように。去り行く一瞬前、途切れ途切れの声で、さようなら、のかわりに、残念だけど、と言って別れを告げた。

ルイスマは今子供たちといっしょに義父の家にいるので事態を知らない唯一の人となった。来週の週末、勇気を奮《ふる》って、ルイスマと子供たちに話すことにしよう。彼らにとってだけ、わたしの妊娠はよいことなのだ。子供たちは、新しい弟か妹がくることをきっと喜んでくれる。しかし、ビデオゲーム機をプレゼントされただけで喜ぶのだから、喜んでくれるからといって、慰めにはならない。

次週月曜日から放映が始まる「マルティネス効果」のテレビ系列の責任者たちと会合することになっている。わたしたちが〈上部〉の人と呼ぶ人々との初めての会合なのだ。しかも、プロダクションの事務所ではなく、テレビ局のビルの中で会合するのも初めてのことだ。会議場には長いテーブルがおいてあり、〈上部〉の人たちといっしょに座る。とても興奮する。こんなところは、わたしには相応しくない。いるべきではない。みんなはわたしがこの職務に値しないことを見抜くのではないだろうか。プロダクション側には、わたしの他にロベルトがいるが、テレビ局側にはおおぜいの人がいる。番組のディレクター、副ディレクター、番組編成のディレクター代表、番組制作代表、系列のプロダクションの責任者、会議のテーブルの一番端にノートを持った女性がいる。誰だかわからない。その他の人の役職は知っているが名前までは今思い出せない。

暑いですね、というような話をしながら十分たった。天気の話にも加わらず興奮だけがわたしのそばを通り過ぎてゆく。こんな人たちの前で話をするなんてパニックを起こしてしまう。手に汗を握る。心をゆったり落ち着かせないといけない。でないと、自分が話す番になって、話すこともできない。番組制作代表が天気の話を中断し、「マルティネス効果」の話に入った。話は長くなったが、テーブルに付いている人々は皆じっと代表の話に聞き入った。番組を十分間にわたって説明したが、わたしには全然説明になっていないように思えた。しかし、それはきっとわたしが興奮していて話をよく理解しなかったためだと思う。そんなに責任のある地位の人がこんなに短い時間にそんなに客観的なことを論じるのは不可能なことである。

今言っている言葉のいくつかは、十年以上前この仕事についてからいろんな番組制作過程で判《はん》で押したようにわたしが聞いてきたものである。それらの言葉はテレビについて知っている、と自慢するような人なら誰でも、道で出会うような人に向かっていう言葉である。

一例を上げれば、一番ありふれているのは「シナリオの失敗ですね」もう一つひんぱんに使用されるのは、「スタジオはカメラによってとても良く引き立った」最後はどんなテレビの分析の中でも繰り返されるのが「番組にリズムがありませんね」である。もし誰かがこれらの言葉を会話の中にさしはさむことができれば、たちまちテレビ評論のエキスパートと見做されるのである。番組制作代表は話の中で、既にこの三つのフレーズをさしはさんで、この会合を締《し》め括《くく》ろうとしていた。誰も口をさしはさまなかった。話しが終わり、とてもほっとしたが、後になってみれば、一言も口をさしはさめなくなったくらい自分が苛々《いらいら》させられたことで腹が立った。番組制作代表はロベルトとわたしに向かい、〈いくつかの局面でより多くの改良を加えなければなりません〉、と他の話の内容と同じく曖昧模糊《あいまいもこ》な言葉で会議を締め括った。それを潮に、みんなはまた暑さの話に戻り、会議場を後にした。それぞれが自分の部署に戻り、ロベルトとわたしはプロダクションに戻る前に何か飲んで行こうということになった。

「会議って、いつもこんな調子なの?」

「番組が始まる前の会議って、こんなものさ」

「それで、その後は?」

「視聴者次第だね。視聴者の評判が良ければまた集まっていくつかの話題について話をする。例えば、番組にリズムがあるとかないとか、シナリオを改良しなくちゃ、とか。でも、それっきり何も起こらないよ」

「で、評判が悪ければ?」

「シナリオライターが二、三人辞めさせられ、その他協力者たちが変更させられる」

「もっと悪ければ?」

「そうだな。ボクは会議には出席しない。一週間後、番組終了する前に、ボクが辞めさせられる」

「会議ではわたしとても緊張したわ」

「でも、とても美人だったよ」

「えっ、何ですって?」

「超美人だったよ。そう、今もさ」

ロベルトは真正面からわたしの目を見た。わたしはその視線に耐えられなかった。自分の顔が赤らんでいくのを気付かれないように、急いでコカコーラを手探りで探した。

「クララ、キミにキスしたくて死にそう」

聞き間違いに違いなかった。わたしのことを夢中にさせたこの人、たった今わたしにキスしたいと言ったのだ。言っただけではない。バーのカウンターでわたしの腰を掴み、彼の死にそうな欲望を果たしたのだ。わたしにキスし、わたしはキスされるままになった、優しく、ゆっくりと。とても驚いてしまい、キスを楽しんでる暇もなかった。わたしたちが唇を離した時、彼は自分の家に行こうと提案した。彼は、もうずっと前からそれを望んでいた、とわたしに言った。わたしは返事ができなかった。何と言ってよいのか、どうしたらよいのかわからなかった。彼の誘いにわたしはどぎまぎした。あれこれ想像するだけで心萎《な》えて、欲望がなくなっているのが腹立たしかった。しかし、わたしが望んだ通りにはいかなかった。今正午、会議から出たばかりだった。ことは自分の思い通りに運ばない。

「ちょっとね」

「お望みかと思って」

「好きよ。でも……」

「妊娠しているから？」

その言葉を口にするのを聞いたとたん、この午前中ずっと忘れていた自分の妊娠のことをふと思い出した。本当のことというと、わたしはすごく調子が良いのだ。妊娠四か月を過ぎているのに、吐き気もない。とにかく、妊娠は言い訳としては都合がよかった。

「そうなの。わたし、あまり調子よくないのよ」

ロベルトは自分の誘いをわたしが断ったものと理解した。そして、わたしに、今日は仕事しない方がいい、家に帰って休むのが一番いいよ、と勧めた。と言う次第で、コーヒー店に近いタクシー待合所にそれぞれのタクシーを拾いに歩いて行った。わたしはそれも気が進まなかった。乗り場まで五十メートルと離れていない。わたしは自分がいやいやながら動いていることが気に入らなかった。他のことをしたいのに、自分の家に逃げ込んで身を隠したくはなかった。

「ロベルト！」

「なんだい？」

「いいえ、何でもない」

「何も怖がることないよ、言ってみてくれよ」

「わたしがあんたと寝ないのは、妊娠しているからでも、具合がよくないからでもないの」

「あ、そうじゃなくて？」

「わたしがあんたと寝ないのは、その気にならないからよ」

マリアはわたしたちがまだ幼かった時寝ていた部屋にわたしと向かい合って座っている。また夢をみている。わたしたちはお互いじっと見つめ合った。愛撫《あいぶ》し合った。わたしたちは体を付け合った。音楽が高く鳴り、わくわくする。すべてが映画のスローモーションのように進行する。和やかさに満ちている。お互い言葉を交わさない。もし言葉を発すれば、とたんに、すべてが終わり、いつものように、わたしは独り怯《おび》えてこの部屋に取り残されてしまう。自分からこの瞬間を壊すようなことはすまい。自分の夢に入り、夢を変えたい。音楽はいよいよ高く鳴り響き、わたしは益々幸せになっていく。姉から体を、少し離し、踊り始める。姉はその間、わたしを見ている。あの小さな子供部屋は夢の中では、広々とした舞台《ステージ》となり、わたしは踊りをマリアに捧げた。音楽は高く鳴り続けていた。弦楽器、吹奏楽器、打楽器が一糸乱れぬ音響を合奏し、わたしは踊り続けた。あのすばらしい音楽がまるで自分の体から出てくるように。わたし自身が音楽であり、姉は、わたしから姉への捧げもの——言葉の代わりに、好きよ、と言う最良の方法——踊り、を見ていた。でも、音楽は、いつかは終わる。踊りは止めねばならない。踊りの場所も元通り小さくなり、わたしは一人ぼっちになる。それとも、違うようになるか。わたしは自分の意志で物事を変えることができる。そうしよう。夢の中身も。わたしが一段とゆっくり動くにつれて、音楽は消え始める。部屋は元の大きさに戻り、マリアはまたわたしの正面にいた。マリアが話し始める。いつかのようにお互いを遮らない。

「ありがとう、クララ」

「会いたかった、マリア」

「どんなにあんたのこと愛していたかお話しする時間がなかったわ」

「もうどこへも行かないで！」

「私のこと忘れないでいてくれれば、いつも私そばにいるわ」

「あんたのこと忘れる時は、わたしはこの世にいないわ」

「クララ、ぜったい踊りをやめないでね」

「それ、約束するわ」

マリアはわたしにキスし、一瞬わたしを愛撫《あいぶ》し、わたしは静かに目を覚ました。恐怖も、不安もなかった。

音楽のボリュームをいっぱいに上げて、どこまでも続く直線道路を運転している。わたしは緊張している。ウンベルト・トッツィーのCDをかけているが、わたしが声を張り上げて歌うので、CDの歌手の声はスピーカーから聞こえない。こんなところを見た人なら誰でも、キミ上機嫌だね、というに違いない。声高に「明日への道」〔Yo caminaré（スペイン語題）、lo caminero（イタリア語題）〕を歌う。大声で歌う好きな歌のリストの上位にランクしている。こんな歌は高速道路を走る時にかけるものだ。市内でかけると、信号のところで、へんな人、とみんなが見るからだ。ドゥオ・ディナミコの「Resistiré」〔「耐え抜くぞ」〕、ミゲル・ボセーの「Te amaré」〔「きっとあなたを愛する」〕、カミロ・セストの「Ya no puedo más」〔「もうだめだ」〕なども運転中のわたしを変身させてしまう歌である。

今午前十時だけど、通りには、人影がない。この町は今週お祭りなので、みんな昨夜は徹夜で騒いだに違いない。人々が外に出てくるのはこれからなのであろう。義父の家の門のところで、マテオとパブロがトカゲを追い回していたが、わたしを見ると駆け寄ってきてわたしはキスされる。力余って地面に倒れそうになる。一人を抱きしめると、二人は口々に話した。ねえねえ、昨日道路で子牛を走らせたんだよ〔牛追い祭り〕。ね、聞いて。昨日、パパとゴーカート乗りに行ったんだよ。

「あら、今日はあなた、とてもきれいよ」と義母がドアのところで言う。

「こんにちは。エリサ様」

子供たちは家の中までわたしにまとわりついて入ってきた。義父はそこで自在柄の赤い電気スタンドを修理していた。

「やあ、きみか。おあがり。元気かい」

「こんにちは、ルイス・マリアノ様」

「私、コロッケ作ったわ」義母が言う「たくさん作ったのよ。持って行ってもらおうと思って」

「ありがとう……でも……」

「ご覧になって、ルイス・マリアノ。今日のクララ、とっても美しいと思わない?」

「今日だけじゃないね。クララはいつも美しいよ」

「ルイスマどこにいるの?」とわたしが尋ねる。

「眠っているよ」義父は、少し力が抜けたように言う「ルイス・マリアーノオォォ!」と続けて大声でルイスマを呼ぶ。

「セガレのやつ」

四十歳のセガレがぼさぼさ髪のパンツ姿で、廊下から現れる。

「やあ、クララ、元気かい」と言うのに時間がかかった。言葉と言葉の合間に欠伸《あくび》が入るからである。マテオとパブロはまたトカゲを追っかけに外に行った。可哀そうなトカゲ。義父は電気スタンドの修理を続けている。義母は大きい坊やのために朝食を作ってやろうとキッチンに入った。「ママ、揚げパン作ってよ」

　わたしは午前中ずっと昼食まで、子供たちといっしょに市役所の広場の近くにあるブランコのところに行っていた。マテオとはよく気が合う。親子でこの前少し言い合いをしたが、先週、ずっとわたしに会いたがっていたことが見え見えだったので、嬉しくなってしまう。食事時間になり家に帰る前に、三人はベンチに腰かけた。またドキドキする。

「あんたたち、ちっちゃい弟欲しくない?」

「欲しいよ!」パブロが素早く反応する。

「弟ができるの?」とマテオが驚く。

「多分ね」

「もうお腹の中にいるの?」

「話していいってママが言うまで、誰にも話さないってママに約束しなくちゃいけないよ。わかった?　これ、あんたたちとママの秘密よ」

　マテオとパブロは約束すると言った。二人は喜んでいた。二人ともこのニュースをとても自然に受け入れている。マテオは友だちのマリオにも新しく弟ができると聞いていたので、これでマリオに負けずに済む、と安心した。パブロは、ママのお腹から赤ちゃんが出てくることに夢中になっている。〈もし、途中で赤ちゃんが苦しんだら、ボクたち引っ張ってやろうか、ママ?〉二人とも、お父さんは誰だろうか、ということは何も訊かない。二人には関心事ではないのか、それともそれはルイスマではないかと推察しているのか。わたしは訊《き》いてみようとは思わない。

エリサはしつこくうるさいが、ほんといって彼女の作るコロッケは天下一品だ。テーブルの上に黄色と水色の縞模様ができていて薄暗い。熱気が入らぬように、ブラインドは殆ど下までさげてあるからだ。ハエが二、三匹コロッケからオムレツへ、オムレツからサラダへと飛び交っている。みんなは、ハエに対してはなす術《すべ》がなく、ハエはしようがないか、と諦《あきら》めている。義父はポケットから小型ナイフを取り出して、リンゴの皮をむいている。子供たちはまだナシを食べ終わってはいない。義母はパンくずを拾い集め、ルイスマはもう食事は終えたもの、と独り決めし、〈ママ、コーヒーにしてくれない〉。

「あんたが自分でいれたら!」とわが元夫を叱《しか》る。

「あなたは心配しないでいいわ、私のことだったら、どうぞお構いなく」と義母が先回りして言う。

「子供たちの前で教育上いけないことだと思うわ」再び、元夫を叱る。

「教育上だって? ボクはコーヒーを一杯お願いしただけなのに」

「それに、ママー、とアクセントは後ろのマにおくべきよ。前のマにおいてマーマとは言わないわ」

「知ったかぶり!」

「ママはお腹に赤ちゃんがいるんだよ」とパブロが口を挟《はさ》む。

リンゴの皮をむいていた義父が視線をあげる。エリサはパンくずを拾う手を止める。ルイスマはふくろうのように目を大きく開け、子供たちはそれぞれナシの切れ端を口の中に突っ込む。この静寂を誰かが何かを言って破らねばならなかった。何かを言わねばならないのは明らかにわたしであった。みんなは立像のようにじっとわたしを見ていた。

「そうよ」わたしはずばり言った。

わたしの話の続きを待っている間に、ハエが素早い動きであちこち飛び回った。みんなはわたしが今言ったことが良い知らせなのか悪い知らせなのか知ろうと待ちかまえた。ルイスマが決心したように話に入る。

「父親はだれだね？」

「子供たちはちょっと表で遊んでらっしゃい」

「ママ、外は暑いよ」と二人は反対する。

「おい、トカゲ捕《と》りに行こう」義父が子供たちをつれて外に出る。

「おれか？」

「いや、ミゲルよ」

「ミゲルって、どこのどいつだ？」

「わたしのボーイフレンドよ。あんたに話したことあるわ」

義母は泣きながらキッチンへ駆け込む。ルイスマは二人だけになった時、軽蔑《けいべつ》の眼でわたしを見た。

「お前、それ言いにわざわざここにきたのか？」

「わたし、子供たちに会いにきたわ」

「お前、家の中めちゃめちゃに壊しにきたな」

「ルイスマ、そんな風《ふう》にならないで」

「おれはなりたい風になる」

「遅かれ早かれ知ることになるわ」

「そんなこと電話ででも話してくれたっていいじゃないか。わざわざ出張ってきておれの休暇を台無しにすることないじゃないか」

「あんたはいつも休暇よ。なんの不満があるのかわからないわ?」

「クララ、お前には負けたよ」とルイスマが言った。今にも泣き出しそうになっているのがわかった。

「もう、あんたたち止《や》めなさい。子供たちが聞いてるわよ」義母がキッチンから出てきながら言った。

　わたしはマテオとパブロをつれて午後お祭りに行って過ごした。その二時間というもの、二人のおねだりをムゲに断る勇気はなかった。二人は遊園地のあらゆるアトラクションの乗り物に乗り、アイスクリームを食べ、ワタアメを食べ、色付きのポップコーンを食べた。内心罪の意識を抱える母親は子供にとっては、モウケモノであった。

　夜の十時、マドリードに帰ってきた時はまだ空は明るかった〔夏時間と高緯度(=青森と同じ)のため、日暮れは遅い〕。ルイスマは部屋に籠《こも》ったきり見送りに出てこなかった。義父母は無表情で見送ってくれた。子供たちには午後たっぷり鼻薬を利《き》かせてあったので、〈ママ、行かないで〉と言ってくれた。車の中でわたしは泣き出した。音楽のボリュームをいっぱいにあげ、どこまでも続く直線道路を走った。わたしは泣きながら歌った。悲しいのか嬉しいのかほんとうに分からなくなった。分かるのは今わたしが一人でいること、この道はいばらの道である、ということだけだった。

母は新しく宿った孫のことを、わたしをそっちのけで喜んでいる。ただ誰が父親かわからないことが母には何とも赦《ゆる》せない。少なくとも、口ではそう言う。世の母親たちは母親然とした態度を取り、そのような不品行を罰する。わたしの子供が二人の父を持ち、結果的に、誰も父親でなくなってしまう、と考える度に心の中で道義的に自らを懲らしめている母性がある。母は今起こっていることが気に入らないと面と向かっては言わない。その点では救われる。母は、不承知を、仕草やダメとかイヤとかの単音節の言葉や視線でわたしに示す。これにはほとほと参ってしまう。わたしはダメとかイヤとか言われるよりガミガミと声を荒げて叱られる方がよっぽどよい。

「ママ、わたし、マーケッティングの勉強しようと思ってんだけど」

「ねぇ、お前。人それぞれ、自分ができることをすればいいのよ」

母はわたしの上に強大な権力を振るっているとしばしば考えざるをえない。その権力はとても大きいので守ってくれる時は何事も起こらないが、攻撃を受ける時は屈服するより他に道はない。

ある日、母の家を訪ねた時、偶然玄関で時計屋のホセといっしょのところに出食わした。ドアの所で母はホセを紹介した。ホセは三人でいっしょにコーヒー飲みに行こう、と提案した。そういえば、これと似たことを、マイテと父についても思い出した。しかし、ホセの場合は、見苦しい言動をしはしないかと気を遣うことはなかった。

「あんた、お母さん似だね」

「さあ、母が何と言うかしらね」

「お母さんですよ、そう言っておられるのは」

母はホセとわたしの会話に立ち入らなかった。もっぱら聞き役を務め、自分の恋人にわたし一人で応対させた。

「あら、そうかしら。それはちょっと信じられない」

「だって似ているのは当たり前じゃないかね。名前も同じだし」〔娘が母親と同じ名前をつけるのはスペインではごくふつう〕

ホセはわたしをうろたえさせた。彼は母にお世辞たらたら、母にメロメロであることをいつまでも語り続けた。ホセはわたしの目を見詰めながらそのことを話し、わたしの方が彼の真剣な視線を避けねばならなかった。ホセはとてもハンサムである。自分でもそれは心得ていて、母もそう思っている。母は彼の美男子ぶりをわたしが理解していることを楽しみながらわたしを見ているのだ。母の恋人にすっかり打ち解けてしまった頃合《ころあ》いを見て、母は話に加わってきた。ホセは椅子の背にもたれていた。

「子供たちはどうしてるの」

「ええ、田舎でとても楽しく過ごしているわ」

「いつ帰ってくるの？　とても会いたいわ」

「月末よ。わたしはね、毎週末、行くことにしてるわ」

「ルイスマは元気なの?」

「相変わらずよ」

「あんたの赤ちゃんのことどう思っているの」

「それ、お話しするわ」

「なんでしたら、私お先に失礼しましょうか」ホセは美男子だけでなく、よく気を遣ってくれる
「私たちももう行きますから」母が促した。母も今日ではなく、日を改めて話を聞きたいのだ。

三人はコーヒー店を出て母の家の方へと歩いて行った。

「ホセ、あがらない?」

「ええ、いいですね」

「ね、お前。じゃ、明日ね」

「お会いできてよかった」

母に首ったけのとてもハンサムな男性を伴って母は自分の家にあがっていった。わたしは独り寝のわが家へと帰っていった。ああ、女というものは、どんなに年を取っても、独りで寝なさいと言われると、心の準備はできていないのだ。母は時計屋の主人と幸せなのだ。それは嬉しいことだ。

その後のことは想像を逞《たくま》しくしない方がいい。顔を赤らめた。

意を決して父に電話を入れ、父とマイテにコーヒーをご馳走したい、と言った。当たり前だわ。父の赤毛の愛人と初めて会った日のわたしの振舞いのことを謝《あやま》っておかねばならないと思ったのだ。わたしはこのお茶会を大げさな催しに仕立てあげようとは思っていないし、誰もそんなに期待をして欲しくはない。父には前以てそう伝えておいた。コーヒーを飲むだけであり、二人に敬意を表しておきたかったのであり、これを機に何かが始まるわけでもないのだ。

マイテはお茶会に来る前に相当時間をかけて念入りにお化粧してきたことがうかがえた。父を伴って到着すると、二人は並んでわたしの目の前に座った。二人は、わたしのおなかが目立ってきたね、という。あなた、とってもきれいよ。妊娠すると女の人って、きれいになるのね。わたしに何かして欲しいことあるか、と訊いた。マイテは気を遣ってくれる。でも、おやっと思うほどわたしのことをよく知っている。わたしの家の抵当のことや、ルイスマの会社の失敗の数々、わたしがディレクターに昇格したこと、バーゲンセール用のパンティーの撮影をしたことまで知っている。太りやすい体質のこと、踊りが上手なこと、姉に対していつも引け目を感じていることまで知っていた。父がみんなしゃべってしまったのだろうから、わたしに関する情報をこんなにたくさんこの奥さんが持っていたとしても当たり前だが、わたしとしては面白くなかった。マイテは家族の一員になったように話す。それがなんとも不愉快だ。だが、そこまではまだよい。もっと腹立たしかったのは、わたしに努めて好意を示そうとしていることだ。

「で、名前はなんとつけるの?」

「わからないわ」

「あなた、とってもきれいよ」

「ありがとう」

「以前の妊娠の時は辛かったんでしょう?」

「ええ」

「お父様に話して頂いたわ」

「父はたくさんあなたにしゃべったみたい」

「そうね」

「それじゃ、お父さんはわたしのことこの方にあまりしゃべって欲しくないわ」

「あ、また始まったのかね」父が割って入った。

「わたしのこと、こんなになんでも知ってるこのオバサン、誰だかわからないわ」

「マイテにそんな言い方はないよ」

「心配しないで、フェルミン」マイテが宥《なだ》める。「クララが少しくらい怒るのはもっともなことよ」

「わたし、怒ってはいないわ。お父さんがわたしのこと怒らせてるのよ」

「それはガマンできないな」父が腹を立てる。

「クララ、私あなたに言うことおわかりですか?」マイテが優しく訊く。

「何でしょうか」

「あんた、生意気よ」

「何ですって!」

「ナ・マ・イ・キよ」

「マイテったら」父が驚く。

「わたしをそんなに辱めるあなたは、何さまのお積りなの？」わたしの目をじっと見詰めてわたしに訊いた。

「わたしはあなたのことべつに……」わたしは態勢を立て直そうとしたが、うまくいかなかった。

「いいですか、おじょうさま。私はあなたの想像している以上にあなたのお父様を愛しています。私はお父様がこれ以上複雑な立場に立たされないようにひたすら願っています」

「はい、でも……」

「未だ話は終わっていません！」声の調子をあげてわたしを遮《さえぎ》った。「あなたの振舞いで傷ついているのは、あなたのお父様の方です。私ではありません」

「父は父です。父とは話し合って解決します」

「あなたのお父様は私といっしょにお住まいです。あなたは私の息子のお姉さまです。私がお願いするのは敬意です。あなたは今まで二回も私に対する敬意を欠きました。三回目があってはなりません」

「マルティネス効果」の視聴率が悪くなってきた。放映二週間になるが、浮上しない。当初の期待を裏切っている。他の系列との競争は厳しい。この時間帯ゴシップものや、事件ものが目白押しで、われわれの番組は選択の埒外《らちがい》におかれている。実をいうと仕事の環境もあまりよくない。早々とシナリオライター二人が外され、系列の放送局の方も、何人かの協力者を替えて新たなキャストで取り組むよう要求してきた。ロベルトは、次は自分が飛ばされる番だとびくびくしている。当のわたしは、番組が継続すればよいのか、中止された方がよいのか、よくわからない。それが、夏の間取らなかった休暇を今取る最も正直な言い訳ではないだろうか。番組が順調に推移しなければ、テレビで働くのはそんなに心地よいものではない。

エステルは「マルティネス効果」のシナリオライターのコーディネーターに違いないが、自分の本の執筆のこととハイメのことで、頭がいっぱいで本業には身が入っていない。ロベルトは「ちびっこタレント」の成功で得意満面になっていたが、今や新番組の失敗は避けられず、意気消沈している。わたしは、ディレクターを引き受けた身であり、やることが多いのでどっちに転んでも同じだ。物事には僥倖《ぎょうこう》というものはない。番組を制作しているスタッフをざっと見渡してみても、

「視聴率があがることは奇跡だと思わなければならない」。仕事以外のことはいざ知らず、プロの仕事には正直・誠実さが求められる。ロベルトはわたしとのことを誰にも口外してもらっては困る。特に友達のミゲルには絶対しゃべってはいけない、とロベルトに言っておいた。コーヒー店でマイテと父と口ゲンカになった後、プロダクションに着いた時は泣きべそをかいていた。ドアの所でロベルトに出会った。彼はあるシナリオライターに首切りを告げに行ったばかりで、浮かぬ顔をしていた。

「調子はどう？」

「最低だわ。あなたの方は？」

「ひどいよ」

「じゃ、行きましょうか」

「どこに？」

「どこだっていいじゃない」

「わかったよ」

わたしたちは都心に、彼はワインを、わたしはコーラを飲みに行った。実は、わたしもリオハ〔ブドー酒の産地名。同様にブドー酒の名称〕を小グラスで二杯飲んだ。このくらいの量のアルコールではおなかの赤ちゃんに悪いことはない。もし将来悪いことになったら、それはアリバイとして役立つだろう。わたしは、結婚していた時、妊娠中はルイスマとはほとんどおこなっていなかった。欲望がなかったわけではない。妊娠中はホルモンが活発に活動するので、性衝動は覚えていたが、彼が赤ん坊のためによくないよ、というので、納得して諦めていた。実際言って、ほとんどすべて彼の言いなりになって付いていった。

ロベルトは、人を言いなりにさせるタイプであり、こちらが主導権をとることはできない。彼はなんでも自分で上手に行動してしまうタイプだ。彼とキスするとそれがわかる。自分でない他の人格に見せたいと努めない方がよい。ロベルトは麻薬の売人とか、夜の女たちが住んでいる下町の狭い路地のアパートに住んでいる。エレベーターもない古いビルで、階段は木製、時の経過で擦り減り、壊れかけている。三階はペンションになっていて、四階には、老女が住んでいるが、いつも階段の踊り場にいる。たぶん、部屋の中より、踊り場で過ごす時間の方が多いのではないだろうか。

「オーラ《やあ》、ロベルトちゃん」

「オーラ、テレさま」

「あら、まあ、新顔おつれなのかい?」

「あんた、ずいぶんおひまのようだね?」

気を悪くされるどころか、テレなんとかさまの話しぶりに、少しリラックスすることができた。もう一階上、ビルの最上階にロベルトは住んでいる。上に着くとわたしの呼吸は激しく強くなった。これは階段を息せき切って上ってきたためだと思うけど、有り様《あ　よう》は神経が昂《たか》ぶり、言葉を発することさえできなかったからだ。

ロベルトは重いドアを開け、先に入り電気を点《つ》けてわたしを招じ入れた。中に入るとわたしはたちまちうっとりとなった。鉄の柱が数本立っているだけの広々とした明るい部屋だった。高い天井、所々に煉瓦が埋め込んである壁、聖処女様と天使の絵が数点、ポルノに近いエロティックな白黒写真がある一角があり、そこにベッドがおいてある。家の一方の端に大きいTVモニターがあり、TVモニターはその周りを複数のスピーカーで囲まれている。ノートパソコン二台、用途がよくわからない電子機器もある。幻想的な絵、他では見られないような彫刻、良いデザインの家具、そのそばには古美術品の数々。キッチンはまるで展示場のよう。とても、そこで調理が行われている様子はない。トイレにだけは唯一壁がある。五メートル巾の書棚がある。古書がいっぱい詰まっている。その乱雑さが一種独特な調和の空間を形成していた。その家はそれからの二時間を過ごすための世界一すばらしい場所となった。わたしは赤いソファに座った。彼は音楽をかけようとしていた。

「ジャズは好きかい」

「ええ、大好き……とてもよ」

「エラ・フィッツジェラルドそれとも、ベッシー・スミス?」

「もちろんよ」

「うん、でもどっちをかけようか」

「今あんたが言った方よ」

どのスピーカーからともなくすばらしい声が聞こえてきた。ロベルトはバルコニーの鎧戸《よろいど》を降ろし、部屋を薄暗くした後、テーブルにあった二本のローソクに火を灯《とも》した。わたしは、この演出に加えて、かなりせり出してきたお腹の状況に少し気おくれを覚えながら、彼が早くわたしに飛びついてきてくれないかと、ソファから彼を見ていた。ロベルトはわたしの目の前に立ちはだかり、靴を脱いだ。Tシャツを脱ぎ、ジーンズのズボンだけになり、ボタンを外した。胸をはだけ、裸足《はだし》になり、わたしが座っていたクッションを掴むと、それをわたしの両脚と床の間に置き、優しく押して、わたしの上半身をソファの背にもたれさせ、下半身を椅子の淵へ乗せ両脚を開かせ、思っていた通りその真ん中に跪《ひざまず》いた。わたしは自分の頭を背もたれに預けた。わたしはロベルトに靴を脱がされるにまかせた。ブラウスのボタンを一つずつ外されるにまかせた。あれーっと思う間もなくパンタロンをするすると脱がされるにまかせた。時に人は幸運に恵まれることがある。今朝、つい最近付け始めた妊産婦用の大きなパンツではなく、偶然にも、この場にぴたり相応しい緑のビキニショーツをわたしに掴ませてくれたのであった。それに、大きくなった胸につけていた黒のブラジャーが映えてわたしの胸をいちだんと美しいものにしてくれていた。ロベルトはホックを外してシャツといっしょにそれを取り去った。わたしがすべてを脱がされた時、まさに、わたしは昂《たか》ぶりで身動きできなくなっていた。ロベルトはそれに気付き、わたしにリラックスして、と言った。彼は、わたしを求めて愛撫した。彼の眼差しは愛する者を見る眼差しであることがわかった。わたしに自信が戻り、初めてのように高ぶっていった。ソファの上に立ちあがりたい誘惑に駆られたが、ロベルトはわたしを押さえて座らせ、わたしの前に跪《ひざまず》いている彼が、わたしの両胸から下の方に口を滑らせていく様子を、顔を上げて見ていてご覧、と言った。ゆっくりと、優しく、確かなタッチで。下にさがりながらも、視線はわたしの視線を逸《そ》らさなかった。彼の唇と舌がわたしの両腿の中心部に入ってきた時、わたしの昂ぶりは頂点に達した。その瞬間からことが終わるまでは、生涯最高のとしか形容のできないセックスであった。思い出す限り、彼はとても上手でこの点議論の余地はない。しかし、この最高のセックスはひとりロベルトによってのみもたらされたものとは思わない。今までの生涯で聞いたことのないようなジャズ歌手も手助けしてくれたかもしれない。それに下町にあるすばらしい彼の家も。でも、セックスをこんなに楽しめた最大の要因はわたしにある。何にもましてわたしに要因がある。

子供たちは新学期が始まろうとしていた。そして今やテレビ番組は終了させられそうになっていた。わたしは三十六歳になろうとしていた。これらがみんなもうすぐいっぺんに起こるだろう。たぶん一番早いのは「マルティィネス効果」の中止だろう。段々と悪くなり、それが益々顕著になってきた。ユーモア仕立てのニュース番組ということだが内容は全然わからない。段々魅力がなくなって行く。魅力はエステルの脚本だけだが、彼女の才能はめちゃめちゃに掻きまわされ、番組に生かされていない。その中で一番良いのは女性司会者。貧弱な内容の番組の中で可哀そうに、一生懸命頑張っている。わたしは（上部が）番組中止を決定してくれないかと期待している。そうしてくれれば、その分、といってもせいぜい一週間だけだが、マテオとパブロといっしょに寝てやれるのだが、ああ、ぜひそうしてあげたい。

ルイスマはわたしが妊娠していることを知ってから、怒っている。それは理解できる。

自分が誕生を喜べない、自分が父親でない弟をマテオやパブロに持たせたくないのだ。彼はわたしに罪悪感を感じさせようとしている。彼の意図は、半分成功している。なぜなら、彼は何も言わないのに、わたしは独りで罪悪感を感じているのだから。たぶん真実だが、あなたが父親よ、とウソを言って自分の罪悪感から逃れたいと思うこともしばしばある。また時には、彼と復縁して、人生をやり直す、というのが一番良い選択肢だ、と思うこともある。もし、これが数年前に起こっていたら、そうしていたかもしれない。しかし悪いことに、年を重ねると人を欺《あざむ》けなくなる。それがことを複雑化させているのだ。

ルイスマがわたしを責めていることの一つは、わたしがルイスマ以外の男によって妊娠していることを母親が思い出しては嫌がっていることだ。彼女は毎日を泣いて過ごしているらしい。涙もろい姑のエリサなら、ありうることだ。ルイスマは善人だから、人に危害を加える能力はない。危害は限られている。しかし、わたしを苛々させる能力はすごく顕著であり続ける。

「あんたのご両親はマンションの抵当のことで、ボクたちを援助してくれるが、ボクは考えたのだけど……」

「口をさし挟んでごめん。だけど、わたしの両親はわたしたちを援助するのではないわ。間違わないで。〝わたしを〟よ」

「ん、そりゃそうだ……。昔一時期あれこれ考えていたある商売を始めようと思っている」

「あんた、正気なの？　頭、大丈夫？」

「いや、失敗の気遣いはない……。おい、どこに行くんだ？　話をしようとしてるじゃないか！　おしまいまで聞いてくれよ」

事実かどうかはわからないが、最近まで、わたしの私生活は周囲のみんなにそんなに気付かれていない、というのがわたしの印象である。それが正しいかどうかわからないが、近ごろ、周囲のみんなはわたしの私生活を気にし過ぎではないかと思う。ロベルトとの情事がみんなに知られないように、というわたしの願いはかなえられなかった。わたしは、ロベルトとのことをエステルにだけ話したが、ロベルトはそれをカルメンにだけ話したらしい。ロベルトは過去の女たちとはすべてうまくいっていることを自慢しているが、この自慢はわたしが当の過去の女になった時の言い訳の布石なのかどうかわからない。こうして周囲のみんなに知れわたる結果となった。だから、ドキュメンタリーをやっているミゲルも、自分の元カノと友人のロベルトがよい関係を持っていることも知るようになった。その責任もわたしにあることを感じさせる。コーヒー店で、妊娠していることをミゲルに告げた日以来、彼とは会っていない。その代り、一日に何回もミゲルのことを考えてしまう。わからないことだけど、彼が父親であることが確かめられても、それはそれで少しも悪いことではない。どうしても彼のことを考えてしまう。彼がわたしに電話をかけてくれ、それで、いっしょにお茶なり食事なりできれば嬉しいのだが、そうしてくれないのも、それはそれで尊重しよう。それが時間の問題であればよいと思う。

ロベルトはわたしを笑わせる。ロベルトはとても頭が良い。自信を持っている。元気溌剌《はつらつ》としている。いつも、彼はわたしと絶対いっしょになれない恋人だと思っているので、ロベルトといっしょにいることは楽しい。わたしはキケを思い出す。二年B組のあの幼い恋人——女生徒たちみんながいつもそばにいて欲しいと思っている男の子だったが、彼はわたしを選んだ。ルイスマにとって、わたしはいつも少しだけ母親、ミゲルは、彼をわたし好みに変えてみたいと思わせるが、ロベルトに対しては、わたしは何も構えることはなかった。彼がつれて行きたいところにつれて行ってもらうだけだ。特にベッドではどんなに月並みのことでも、彼とならば、まったく新しいことのようにできる。

ソルニッツァーは夫と別れた。原因は、夫が他の女と会っていることが「ガグジヅ」だからという。夫の名前はエスタニスラオと言っていたと思うが、いや、違う、と何回か否定されたことがある。連休のある週には夫のところに行ったが、帰ってくると、巻き舌で〈マリㇼリード〉が浮気しているのは〈ガグジヅ〉だ、と言った。今度の浮気の相手は、住んでいるアパートの一階のスーパーで働いているレㇾㇾジの女らしい。同じくブルガリㇼア女性だが、ちゃんとした身分証明書も持っている。わが助手は落ち込んでいるのが、家にいてよくわかる。ソルニッツァーが機嫌のよい時は、子供たちは素直で聞き分けが良く、わたしは安心しておれる。彼女が元気でいれば、まわりもすべてが順調ということなのだろう。ソルニッツァーが仕合せでも唯一困るのは、間断なくおしゃべりすることであり、身辺に起こったことすべての秘話をしゃべり続ける。周りの人に関係があることもないことも。おかげで周りは調子が狂い、いつ止《や》めて、というべきかわからなくなってしまう。彼女の話し振りを見て子供たちが笑うのを見ているのは楽しい。自分が話すスペイン語のどこがおかしいのかわからないで彼女自身も笑ってしまうことがしょっちゅうある。

「クラーラㇻ、私の携帯、夢見ないわ」〔「鳴らないわ（ノースエナ）」と言うつもりが、似ている動詞の「ノースエニャ」と言ってしまう〕

この二、三日、ほとんどわたしに口を利《き》かない。笑われたので機嫌が悪いのである。わたしのすることに、ことごとくケチをつける。ソルニッツァーのクセだ。怒っていると、お手伝いさんとしての悪いもの、母親（代役として）の悪いものが表面に出る。つまり、よく掃除をしないし、周りの者に当たり散らす。わたしとしては、エスタニスラオが早く落ち着いて、レジの女の子に飽きて、ソルニッツァーが元通りになってくれることを希望するのみである。

ハイメがご機嫌伺いと言って電話してきた。嬉しくなってしまう。電話をもらったのはもちろん嬉しかったが、マイテとわたしの口争いのことに一言も触れなかったことは更に嬉しかった。マイテとの口争いのことは散々話されたと思う。きっと、自分の振舞いでわたしはずいぶん評判を落としてしまった、と思っていたが、反対だった。「母はあなたとごいっしょして、とてもよかった。嬉しかったわ」とのことだった。

ハイメとエステルはずっといっしょにいる。もう三か月になる。わが友エステルにとっては記録的なことだ。かつて二週間以上続いた恋人をわたしは知らない。エステルは以前に言ったことがある。その人とセックスしたいと思ってる限り、恋愛関係は続けなければならない。なぜかといえば、映画に行くには女友達が要《い》る。これに関して言えば、エステルはとても男性的だ。しかし、ハイメとは映画にも夕食にも公園の散歩にも、海岸に夕陽を見に行くにも手を繋いで行く。

来週の土曜日、わたしの誕生日に家でいっしょに食事しようとハイメに声をかけた。家族の祝い事にハイメがいっしょにいて欲しいのだ。母にとっては少し重荷であることは承知しているが、母には、彼をエステルの恋人として見るように、と言っておいた。誕生日パーティにはエステルも、両親、ルイスマ、子供たちも共に参加する。

これはマリアの出席しない初めての誕生会になる。部屋に籠ってマリアを思い出して泣きたい衝動に駆られるよりは、おおぜいの人にいてもらった方がよい。わたしの誕生日は十月五日、マリアは翌日の十月六日。生きていれば三十九歳になる。いつもいっしょに誕生日を祝い、願い事を念じながらいっしょに二つのローソクに息を吹きかけて同時に消す。でも、その時わたしは、いつも願い事が思い浮かばない。毎年こうして誕生日のローソクの前に立つ時とか何かの会で願い事を念じる段になり、ローソクを吹き消そうとすると、みんなに、さあ、早く、願い事を念じてと言われる。するとわたしは一瞬頭の中が真っ白になり、何も思いつかないのだ。ああ、そんな時のため、ふだんから願い事を考えておかなくてはならないと思う。たとえば、ノシーリャが嫌いになりますように、とか。その日みんなうまく事が運び、わたしが上機嫌で、ルイスマが夜子供たちといっしょに家にいてくれれば、お祝いの夜の仕上げはロベルトの家に行って過ごすことにしようか。

お腹の赤ちゃんは元気だよ。ゴンサロ先生は今日の午後わたしを超音波診断にかけてそう言ってくれた。段々妊娠の自覚を持つようになってきた。ブラジャーのサイズが二段階あがったからだけではない。この妊娠は未経験の、思ってもない出来事であった。今や出来事ではない。モニターの中で蠢《うごめ》いているのはわたしであってわたしではない。不格好ではあるが、両手、両足があり、胴体があり、頭がある。心臓が脈打っている。心臓の音が機器を通してボリュームいっぱいに聞こえる。超音波診断器のスピーカーを通じて赤ちゃんの心音を聞かされると、胎児の父親たちは決まって泣く。わたしは、父親たちが、自分はこの子に関わっているのだという驚きのためではないかと思う。

赤ちゃんの心臓は完璧に作動している。刻むべき時を正確に刻んでいる。赤ちゃんは元気いっぱいだ。

「調子がいいようだね、クララちゃん」ゴンサロ先生はいつもわたしのことをこのように呼ぶ。

「ええ、順調です。ゴンサロ先生」わたしもゴンサロさまをいつもそのように呼ぶ。

「お大事に。あまり、頑張らないようにな。クララちゃん」

「ゴンサロ先生、その事ですが、一つ質問したいと思ってたんです」

「どういうことかね」

「頑張る、ということで」

「言ってみてごらん、クララちゃん」

「最近、いい人ができまして……。ルイスマといっしょの時は、妊娠中はあまり頑張らなかったんですけど、新しい恋人とは、妊娠中は頑張っていいのか、どうしたらよいのか……お分かり頂けますでしょうか?」

「あんたさえよろしいのなら、それで全然問題はありませんよ、クララちゃん」

診察に少し時間がかかったので、プロダクションに着いたのは遅かった。土曜日のために、寄り道してケーキと牛股丸焼き《レドンド》〔redondo de ternera＝牛股外側肉を煮込み又はオーブンでローストしてある。パーティやクリスマス用レシピ。以後、レドンドと表示〕を作るための子牛の股肉を買って帰ろうと思った。これはわたしが自信をもって作れるお得意料理だ。またまた地下鉄の故障の後遺症で遅くなり、仕事場に着いたのは、五時近かった。みんなの顔を見て、遅れはさして問題にされている訳でもないことがわかった。ロベルト、エステル、脚本家二人、女編集員たちは自販機からコーヒーを注いで飲んでいた。いつ「マルティネス効果」を放映中止にする、と系列放送網から通知が入るのかと話し合っていた。視聴率は一向に改善せず、いつ上向きになるかという期待にも疲れていた。エステルは自分の小説を書き上げ、ある映画の脚本の仕事を始めようとしていた。この番組のために契約していたロベルトはプロダクションを辞めるだろう。わたしはディレクターを退く。この番組はわたしに何も利することはなかった。たぶん、弁護士シリーズを続けているカルメンの助手に復帰することになるだろう。次の月曜日から休暇を二週間取ろうと思っていたが、復帰は休暇のあとになると思う。現時点ではやることがないので、いったん帰宅し、ロベルトの家にいっしょに行き、あとはなりゆきに任せるとしよう。だって、ゴンサロ先生も言われたけど、わたしが満足していた方が、お腹の赤ちゃんにも良いに決まってるわ。

今朝真っ先にわたしにハッピーバースデイを歌ってくれたのは息子たちだった。とても嬉しかったけど、緊張解消とまではいかない。ソルニッツァーは掃除をしてくれるし、子供の面倒をみてくれているが、わたしは、レドンドとか、チーズやロースを切ったり、オリーブの実を用意したりで手が足りず、他のことは何もできない。あっ、そうだ、冷蔵庫にビールを入れ忘れてはいけない。よく冷えていないと父は機嫌が悪いのだ。

最初に到着したのは、エステルとハイメだった。手土産にワインとプチケーキを持参した。エステルはわたしのいるキッチンにずかずかと入ってくる。ハイメはすぐに子供たちと接触を試みる。子供たちはこの赤毛の人が叔父さんだとはまったく知らない。次に父が到着した。父もワインとプチケーキに決めてあった。わたしにキスし、目を見詰めながら誕生日おめでとうと言ったが、お互い見詰め合うと、やっぱり、二人ともマリアのことを考えていることがわかり、涙が込み上げてくるのを二人とも必死に堪《こら》えた。「お得意のレドンドはもう焼けたのかい。おなかペコペコだぞー」そう言ってから、ようやくエステルに気付き、挨拶し、ハイメと子供たちをつれて、そそくさとリビングへ行ってしまった。玄関でばったり出会った母とルイスマがドアのベルを鳴らした時は、テーブルはあらかたできあがっていた。

「まあ、聞いて。まったくの偶然よ」母が言う「ルイスマと私、全く同じもの持ってきたのよ。ワインとプチケーキ」

「ホント、偶然だわ。ママ」

「おめでとう。あんた、とっても美人よ」

この言葉を言い終わらぬうちに、母の目に涙が込み上げてきそうになるので、話を続けなければならなかった。子供たちに聞こえるように「子供たち、どこかしら」という。子供たちは走ってきて母に抱きついた。母は擽《くすぐ》ったそうに笑ったが、笑いはすぐに止まった。

「ママ、こちらはハイメ」

「よろしく、ハイメ」

「よろしく、奥さま」

「奥さまとは呼ばないで。そんなに年上ではないわ。わたしのことクララと呼んで」〔母と娘は同名だが、同名はごく普通〕

「承知しました。クララ」

「娘の作ったレドンド、もう食べたの？」

「いえ、まだその光栄に浴してないのです」

「じゃ、あなた、まだ家族の一員ではないわ」

「じゃ、家族に入れてもらえるのは、もうすぐですね。もう、ここまで匂いますからね」

「わが家族にようこそ！　心を込めて」

父とわたしは、その言葉にびっくり感動し、わたしは今にも泣き出しそうになった。泣き出さなかったのは、泣くべき場面ではなかったからだ。わたしは母にありがとう、と抱き締めたかった。そして〈ママは立派な奥さまだわ。ママがわたしのママでよかったわ〉と言いたかった。

レドンドはわたしとしては上々の出来だった。みんながお代わりを所望したので、自然にわかる。ルイスマまで、わたしのレドンドは世界に二つとない牛股丸焼《レドンド》きだ、と言ってくれた。彼は新しい仕事を考えており、わたしとは良い関係でいたいと思っているのだけど。わたしの妊娠は彼にはさほど大問題ではない。赤ちゃんの誕生は、どんな場合でも祝福されるべき、という時期にさしかかっていた。いずれにしても彼には優しくしてあげようと思った。この集まりで、赤ちゃんの父親はきっと彼であることを知らない唯一の人であることに気付いた時、わたしは内心落着けなかった。わたしはとても堪《た》えられないことだが、とりわけ、ルイスマが自分は父親ではない、と思い、お芝居さながら、今にもわたしに食ってかかりたい状態であることを思うと、一瞬わたしは悲しくてどうしようもなかった。

「フェルミン〔義父の名前〕、私が考えている新規の商売のことお話ししましたかね？」

「商売？」父が聞きとがめる。

「レドンド欲しい人まだいますか？」避けられない話題を、避けようと思い、わたしは二人の会話を遮る。

「自転車の店です。わたしは自転車店を立ち上げるつもりです」

「自転車だって？」父が怒って言う。

「失敗の気遣いはありえません。世間の風潮は変わり目にきております。自転車の流行が始まりますよ」

ルイスマは父が怒っていることに気付かずに答えた。

「自転車店の運転資金はどうやって賄《まかな》うんだね？」

「アパートの問題が片付けば融資を少し申し入れることができると思います。それに……」

「いいかい、クララ。お前の母さんと私は、お前には黙っていることにしよう、と決めてたんだが、今ここで話しておくべき良い機会らしい」

「今はダメよ、フェルミン」母がさえぎる。

父は、少しは話しておこうと決心している。ケーキのローソクを吹き消す時に呼ぶから、それまで部屋で遊んでいなさい、と子供たちに言う。子供たちはおとなしく聞き入れて、子供部屋に行ってしまう。エステルは賢明にも、黙ったままだが、ハイメは雰囲気を和らげようと努めて言う。

「で、ルイスマ、キミは自転車のことたくさん知ってるんだろう？」

「もちろんさ。一通りのことは知ってる」

子供たちが子供部屋に消えると、父は、執拗《しつよう》に、こんどはわたしに矛先を向ける。

「母さんと私は、家の権利の半分を頂くことを条件に、抵当に入っているこの家の十二万ユーロの債務弁済を引き受けたのだよ」

「それは、どういう意味でしょうか」ルイスマが尋ねる。

「キミが持っているこの家の半分の権利を私たちが頂く、ということだよ。半分は私たちのもの、もう半分はクララのもの、というわけだ。それとも、抵当はそのままにしておくかね?」

ルイスマは何と答えたらいいのかわからない。わたしもわからない。エステルとハイメはじっと沈黙を続ける。

「それじゃ、ボクは何もなくなるわけですね」静けさを埋めるように言う。

「そうだ。この家はキミのものではなくなる。なぜなら、私は孫たちを家なき子にさせたくないからね」

ルイスマは屈辱を受け止め、沈黙した。電話が鳴る。誰も知らんぷりをしている。たぶん誕生日のお祝いの電話だろう。誰だろう。

「ルイスマ、分かってくれなくては」母が割って入る「実際のところ、そのお金は私たちのものではなくて、マリアのものなのよ。よく考えて頂戴」

「そのお金で」父が続ける「キミが仕出かした問題を解決しようとしているんだ」と結論付けた。

「さあさあ、もう、そういうことでいいんじゃないの」と、わたし。

電話はまた鳴ったが、誰も受話器を取ろうとしない。やがて、鳴りやむ。ルイスマは椅子に座り直すと、この状況下どこに隠していたのか、と訝《いぶか》られるほどの威厳をもって、

「自転車はおしまい。おしまい。さあ、ローソク消しにしよう」唾を飲みながら言う。

「さ、ローソク、ローソク消しましょ」とわたし。

「一年のこの時期にしてはとても良いお天気ですね」ハイメが口を挟む。

「素晴らしいお天気！」母が言う。

「本当に上々のお天気ですね」エステルも言う。

「見事な天気！」更に父が言う。

「夏のようですね」ルイスマが結論付ける。

子供たちがサロンに戻ってきて、部屋は少し騒がしくなったが、この騒がしさこそが今は必要だったのだ。わたしは、例年の通りに、ケーキに二本のローソクを立てて現れる。一つは、わたしの、もう一つはマリアの誕生日のため。子供たちがわたしといっしょにローソク消しを手伝ってくれる。また電話が鳴る。パブロが走って行って受話器を取る。

「ママ、ママにだよ」

「誰からなの？」

「わからない。男の人だよ」

「もしもし」

「クララさんですか？」

「わたし、クララですが。どちらさまですか？」

「ぼく、ルイスです。カルロスの弟……マリアさんの義弟の……。思い出していただけましたか？」

「ええ、もちろんよ、ルイス。どうなさったの？」

「あなたを探すのに時間がかかりました。あなたの電話番号持ってなかったんで。でも、たぶん、このこと、ご存じのはずだと思いましたので」

「なんのことでしょう?」

「カルロスが自殺したんです」

兄が、住んでいたマンハッタンの五十番街のアパートで睡眠剤二瓶を飲んだとルイスは語った。もうこれ以上耐えることはできない。自死以外に自分が幸せになる道はない、というメモを残していたそうだ。カルロスの遺体が今スペインに帰ってくる途中。二、三日したら、埋葬です、とのことだった。

わたしは義兄が恋のために自殺するとは信じられなかった。事実カルロスが恋のためだけで自殺したのかどうかわからない。いや、そうかもしれない、と考えたい。狂気は色々な形がある。今回、恋のための死というのは多分見せかけで本当の死因は隠されているのではないだろうか。わたしがとても好きなお涙ちょうだい式の、映画によくあるような。カルロスの死はとても悲しい。睡眠剤を二瓶も飲む前の落ち込み様はとてつもなく大きかったに違いない。孤立無援はどんなに痛ましいものだったことだろう。慰めようもない苦悩だったに違いない。彼の苦悩を思うと恐怖さえ感じ、体が震えあがる。

受話器を置こうとして、点火してあったローソクを見ると、残り少なくなっていた。でも、まだ吹き消すことはできる。子供たちは、悲しい知らせをよそに、ハッピーバースデイを歌い始める。他のみんなも子供たちに唱和した。

今日こそ、わたしはローソクを吹き消す前のお願いをはっきり持っている。テーブルに集まったみんなの顔を見る。そして全身全霊でお願いをする。わたしが愛している人誰でもみんな、カルロスと同じ悩みを持ちませんように、と。

この二週間の休暇の間、思う存分子供たちといっしょに過ごすことができた。子供たちと離れていた時間は、もっぱら銀行と公証人の間を行き来した。両親はすべてをお膳立てしてくれた。そして十日で、家屋に設定されていた抵当権を解除し、所有権を書き換え、ルイスマの代わりに、両親とわたしで半々を持つことになった。他の選択肢はなかった。もし、わたしたちが問題を解決したいのであれば、両親のこの決定を尊重せねばならなかった。ルイスマはそれを受け入れた。そして怒ることもなかった。唯一わたしにお願いだと言われたのは、ルイスマの両親には話さないでくれ、ということと、子供たちと会えるように、引き続きこの家に出入りできるようにしてくれ、というものであった。それは、わたしとしても願ってもないこと、ぜひそうして欲しいと思ったことだった。彼が、大人として成熟して欲しいことを除けば、現状を変える理由はなかった。

この数日わたしは子供たちを学校に送り迎えした。ようやく、二人とも同じ学校に行き来するようになった。前の学期パブロはまだ幼稚園生だった〔新学期は九月開始〕。初めての週、パブロは緊張で疲れたようだが、今週は泣かずに堪えた。マテオはパブロを保護するような兄貴風を吹かせていた。わたしは、校門のところで、二人を降ろし、マテオはパブロの手を引いて教室までつれて行った後自分の教室に行った。二人の子供たちの背中が遠ざかるのを見るのは楽しかった。二人は中庭の角を曲がって消えた。わたしに見られているのを知らない二人を見ているのは楽しかった。この方が、二人をよく観察できる。放課後、校庭でいっしょに過ごしたこともあった。今日も、またやってきた。パブロは滑り台でずっと滑りっぱなし、マテオは草原で遊んでいる。

「ママ、見て見て。カタツムリだよ」

「まあ、触らないで。気持ち悪いじゃない」

パブロは見せびらかしたいと思い、滑り台を立ったまま滑り下りようとして一大事となった。見ていたどこかの女の人がいきなり叫んだ。

「あれーっ！　子供、子供が転んでどこか打ったわ」

「パブロ！　あんたったら」

パブロは額にコブができ玉子大に腫《は》れている。他に傷はなさそうだが、救急治療につれて行き、よく見てもらおうと思う。大急ぎで救急医に行こうとして、

「マテオ！　マテオはどこ？」

マテオは灌木の茂みで夢中になって、カタツムリを見ていた。四回目の叫び声でようやくわたしの声を聞いて、走ってパブロを病院につれて行こうとしている車に乗り込んできた。車の中に入ってきて弟のタンコブを見るとおどろいて笑った。タンコブは紫色に腫れあがっていた。

妊娠しているので、わたしはパブロのレントゲン撮影から、遠ざけられた。わたしはマテオといっしょに外で待機した。

「可哀そうだね、パブロ。あんなに大きいタンコブこさえて」

「あんたたちに口すっぱくして言ったわよね。滑り台は座ってすべりなさいって」

「ボクは立って滑ったことなんかないよ」

「こんど、滑り台立って滑るのを見たら、承知しないよ」

「ママ」

「なによ」

「カタツムリは、カタツムリなのを知ってるの？」

「ママはそんなことわからないわ。おかしな質問！」

　緑色の木靴をはいた看護士がパブロの手を引いて出てきた。もう片方の手にレントゲンの写真を持っている。私についてきてください。診察室に行きましょう、と言った。診察室には外科の専門医がいた。専門医が窓の光を背にレントゲン写真を見ている間、わたしはマリアのことやカルロスのことをあれこれ思い出していた。医者はパブロくんの傷は大したことではありません。コブは黒くなり、ご心配だと思いますが、それだけです。帰途、車の中で、パブロは眠りこけた。一方のマテオは考え深げに窓の外を見ていた。

「ボクは違うと思うよ、ママ」

「違うって、何が？」

「カタツムリはカタツムリだってことは知らない、と思うよ」

「なぜ？」

「だって、自分を見ることができないじゃない」

段々、太くなってきた。赤ちゃんが成長している部位のお腹だけでなく、妊娠七か月にしては危なっかしいくらいに全体的に丸くなってきた。この二、三週間ロベルトとわたしは、ずっと回数が少なくなっている。詳しくいうと、この十日間は、全然ない。欲望——もちろん、わたしのだけど——がなくなった訳ではない。妊娠によって、家庭の貞淑な奥様に相応《ふさわ》しくない激しい欲望を掻き立てられているのに。問題を抱えているのはロベルトの方である。

「今までこんなこと絶対なかった」

「心配しないでいいのよ。多分、それごく正常なことだと思うわ」

映画の中で聞いた台詞をちょっと真似て言ってみたけど、それがわたしの口から発せられると、まるで自分が経験豊富なセックス狂女のように響いた。

「妊娠が、その……」

「妊娠が、どうかしたの?」

「おなかの赤ちゃんに悪いんじゃないかと思うと、集中できない……」

「心配しないで。ゴンサロ様がわたしにおっしゃってたわ」

「ゴンサロ様って、誰？」

「誰だっていいじゃない。わたし、もう着るわ」

「クララ、キミとボクって一体なんだったんだろうね？」

「えっ、なんですって？」

「ボクは今、誰も拘束したくないんだ」

ロベルトはそんな俗な言葉でわたしとの関係を終わりにしようとしていた。わたしは着衣の途中だった。胸の少し下、段々と大きくなっていくお腹の半分まで、ジーパンのゴムバンドをたくし上げながら、できる限り毅然《きぜん》とした姿勢を保とうとした。とっさに、わたしは、当然の成り行きとして起きるだろうことを、はっきりと理解した。そして、〈これから先は、ずっとボクたち良いお友だち関係であり続けたい〉という彼の言葉に、心が傷んでいることを装《よそお》わねばならなかった。

出産の後、といってもずっと先の話だけど、ロベルトから、プロポーズという最高の贈り物ものを引き出すことは可能かもしれない。でも、彼にとっては義理の子二人と義母を抱えていては、寝室に余分のテレビを置けるようなカップルになることはとてもできまい。三人目の赤ん坊を生んだ後、このお腹が元通りに引っ込んでくれたら、愛のベッドに似つかわしい彼は、きっとまた元のようにベッドでごく自然にわたしを抱きしめてくれると思う。何年か前だったら、そんなことを考えるだけで、罪深さを感じたものだが、今はそんな考えを巡らすのが楽しくなっていた。同じ人間はいない。みんなそれぞれ違うものだ。だから、みんなが同じようなセックス関係を望むものではない。だけど、わたしたち、とりわけ女たちは、まちがいを犯す。ロベルトはわたしより七歳年下である。ヨーロッパ映画が好きで、わたしが知らない歌手が好きで。お飾りのキッチンがあるが、寝室だけの大きなワンルームマンションに住んでいる。絵画は壁に飾らず、床にうっちゃらかしなのだ。わたしには子供が二人おり、もうすぐ三人目が生まれる。〝プリティウーマン〟〔一九九〇年三月公開、アメリカのゲイリー・マーシャル監督作の映画。実業家と売春婦が出会い、次第に惹かれ合う姿を描いたアメリカ的シンデレラストーリーの主題歌〕を聞いては泣き、誰かがわたしの車に乗ってくるたびにリッキー・アストゥレー〔一九六六年生まれのイギリスポップス歌手〕のCDをそっと隠す〔「私は君をあきらめない」の口説き文句の歌詞は恥ずかしいくらい情熱的過ぎるので〕。もしわたしがちょっとだけ絵の額を床にほったらかしにしておこうものなら、それを見つけたソルニッツアーはごみばこに捨ててしまう。ロベルトとわたし、ベッドでいっしょになって笑いさざめき、楽しく愛し合ったけど、一体どうなるのかしら、わたしたち。

ドラマシリーズの仕事で唯一気に入らないのは自分が撮影にタッチさせてもらえないことだ。その他の番組ではそんなことはない。番組の中ではわたしは溌剌《はつらつ》としていられる。シリーズ物となると、仕事はデスクワークと電話番をやっていればいいというわけにはいかない。シリーズ物の良いところは、仕事はその前から動いているので、その動いているプロダクションの車にわたしがうまく乗りさえすればよい。いつも通り、カルメンの下での仕事は万事うまく行く。もちろん、カルメンはわたしの上司で、わたしは満足している。仕事の面からいえば、お産が済むまでは、ちょっと隠れていたいと思う。「マルティネス効果」でディレクターを務めたのは良い経験ではなかった。今わたしは、信頼している人を盾にその後ろで休んでいたい。

弁護士シリーズも、消防士、警察官、医者、新聞記者シリーズ同様、日常の当たり前の内容で楽しめた。主人公は、同じ職場の美男と美女。ケンカばかりしているが、外には表さないものの、心の中ではお互い尊敬し合い、惹かれ合っている。弁護士事務所で解決される訴訟事件は時に社会性があり、アクション性があり、悪人は徹底的に悪人であり、善人も徹底的に善人である。それを視聴者が明確に理解するために、テレビではすべてはっきりさせておかねばならない。夜の十時頃になって、あの人良い人だったのか、悪い人だったのか考え始めるようであってはならない。だから、ごく当たり前に、弁護士シリーズ物の〝弁護士〟は弁護士でなければならない。ここでのわたしの仕事は、各チームの撮影の順番を決めて、各チーム間の連絡調整をすることである。フィクションの場合、脚本の進行通りに撮影するわけではないので、少し複雑だ。だから、今朝、シーンナンバー第六章二五番を撮ったかと思うと明日は第四章一二番を撮る、ということもある。俳優たち、衣装、各チームの所在をコーディネートするのは容易ではないが、けっこう楽しい。ここに、わたしは少なくともクリスマスまでは気楽にやることにしたい。しかしその後は、たぶん休暇をとり、家の中を少しずつ片付けていって、お産に備えることにしよう。

時の進行につれて、婦人科医の診察の回数が増え、職場を離れる時間が増えていったが、幸いにも、わたしへの職場の雰囲気は良く、視聴者の〝弁護士〟に対する受けは良く、とりわけカルメンはわたしによくしてくれた。

「ロベルトとはどうなってるの？」

「振られたわ」

「あんたはそれでいいの？」

「ほんというと、せいせいしてる」

「それじゃ、あんたたち、ただのお友だちね？」

「そうよ」

「ロベルトとの関係はそれが一番なの」

「それ、どういう意味？」

「ベッドの外では、ロベルトはまだネンネなのよ」


カルメンのことますます好きになる。好き以上、いや尊敬してしまう。今までの生活はそれほど平坦でなかったはずなのに、いろんな仕事をいとも簡単にやってのける才能。なんと寛容で、立派な女性だろう。今までのわたしの生涯で、カルメンは重要人物ではない。友達のリストの中で飛び抜けた地位を占めるのはエステルだけである。そのエステルがわたしよりもカルメンの方と仲が良いと考えると、少し妬《や》けてくる。実際言って、カルメンと友達になるには、カルメンに、面と向かって友達になって。あなたのこと思ってる、と言わなくてはならないのだろうか。他でもない上司にそんなこと言ったらあらぬ意味に取られてしまう。人にその人の美点を告げるのは、そんなに難しいことではない。ただ勇気が要る。

写真スタジオから電話が入った。少し特殊な仕事だといわれた。スタジオにはこのところご無沙汰している。人に会ってもわたしの妊娠のことを、誰ひとり祝福しようとはしなかった。かなりお腹は出張っていたが、わたしの方から先に妊娠していることを告げると、みんなはようやくご懐妊おめでとう、と言ってくれた。

「てっきり、お太りになられたとばかり思いましたので」

その言葉を悪意に、それとも善意に解釈すべきか迷ったが、良い方に解釈しておこう。わたしが特殊だといって呼ばれた仕事はポルノ雑誌のための撮影だった。どうも、ペントハウスとかプレイボーイなどに出てくるただのヌード撮影ではないらしい。これらの雑誌は辣腕《らつわん》のプロの写真家を抱えている。わたしが撮影する羽目になったのは、撮影のためのライトの照射加減などは二の次の安予算の出版のためのポルノなのだ。モデルたちは、スタジオの部屋で出を待っていた。その手の写真撮影に好奇心はあったが、自分の考えを述べることにした。〈あまり、好きじゃないのです。この手の撮影って。よくわからないけど……〉

「千ユーロ！　仕事終わり次第お支払しますっ！」

「はっ、了解ですっ！」

ブロンドの娘が二人、巨大な黒人男とボディビルの赤毛の男が白いバスローブに身を包み、スタジオにいた。わたしは撮影のための照明をセットしていく。ポマードでこってりと髪を撫でつけ、櫛の線をくっきり付け、白い銀縁のメガネをかけた、背の低い男がわたしの後方で見張っている。わたしは落ち着けない。しかしカメラのプロとしての態度を装いたいと思う。エビなどの食べ物の写真を撮る時のような。準備は完了した。だから、わたしたちは始められる。背の低い男が俳優たちを呼ぶ。

「グスタヴとアドリアナ、始めよう。さあ、みんな、いくぞ」

アドリアナはブロンドの女たちの一人、グスタヴは赤毛の男だ。黒人ともう一人のブロンド女はバスローブにくるまりソファに座って出番を待っている。わたしの目の前では一糸まとわぬモデルたちが前戯モードの触れ合いを始める。メガネの人がわたしに言う、グスタヴの体勢が整うまで待つように、と。ブロンド娘が、あの手この手と男を手助けすると、やがて、男は写真撮影が可能の状態になった。メガネの人はわたしに、カメラ、オーケーですよ、と指示する。焦点を合わせようとした瞬間、ボリューム一杯にセットしてあった携帯の呼び出し音が鳴った。

「失礼。ちょっとだけ」わたしは謝り「どちら様で？」小声で言う。

「クララさんですか？」誰かよくわからないが叫んでいる。

「どなたですか？」更に小声でいう。

グスタヴがもどかしそうにわたしを見る。わたしは、事態が、ポーズを取るどころではなくなっていることを察知した。背の低い人は苛《いら》々《いら》している。

「お仕事中ですよ、あなた」

「クララ、聞こえないよ。えっ、キミか？」

「そうですよ」ようやく叫んだ。

グスタヴとブロンド娘は急に止まった。背の低い男は何語かわからないがなにか悪態をついている。黒人はもう一人のブロンドといっしょにソファに座り笑っている。

「クララ、ぼく、ミゲル」

「ミゲル！　驚いたわ」

「キミと話がしたくて……」

「じつは、今ちょっと手が離せないの。電話切らなくちゃならないのよ」

みんなにごめんなさい、と言って携帯のスイッチを切った。それから、二時間の間、四人のモデルが見せるありとあらゆる姿態を撮影した。最初は物珍しかった。いや、正直言って興奮した。とても興奮した。黒人のそれは、時に巨大だった。いや、並みはずれて巨大だった。わたしの想念からそのイメージ消し取るまでには、多くの時間を要するに違いない。

あの巨大さのイメージは、自分の場合によろしく利用したいと思う。

今回の妊娠は過去の二度の妊娠の時と状況が同じではない、セックスの欲求の点を除けば。過去の妊娠の時は、ルイスマは、可哀そうにわたしとわたしの逆巻くホルモンからどうやって逃れたらよいのか分からないでいた。今回、わたしには相方はいなかったが、ホルモンの方は逆巻いていた。だから唯一の選択肢は、想像セックスに委ねることであり、ひとりセックスに耽《ふけ》った。これはこれで、利点はあった。たとえば、このひと月部屋から一歩も動けなかったけど、あえて知り合いになりたいとは思わない弁護士シリーズのある男優と、ディスコのトイレ、飛行機の中、ビリアードの台の上で、何度でもオコナウことができた、想像でなら。

わたしはミゲルとのデートのためまた中心街の例の日本レストランにいそいそと出かける。わたしが見ているのは現実のものか、見たいと思っているものなのかわからないが、ミゲルはかっこよかった。髪はいつもより長く、顔は剃ってない。ジーンズをはいている。わたしがレストランに入って行くと、彼はもう座っていた。

「わーおっ、きれいだねっ、キミ!」

「よしてよ!」

「今日いいのかい?」お腹を指さしてわたしに言う。

「あなたの思いのままよ。幸運を頂けるかもよ」

ミゲルはわたしの目を見ながらお腹をさすってくれた。視線に耐えきれず、何か隠し事があるかのように視線を逸らす。ホントいえば、隠し事は少しあるけど。メニューは使わず、給仕長に言ってオマカセで料理を持ってきてもらった。料理は一皿ごとに段々おいしくなっていく。わたしたちは、わたしの妊娠についてたくさん話した。それからロベルトのことを話題にした。ミゲルは最近ロベルトとは会っていないとのこと。すんでのところで、わたしもよ、と言うところだったが、思い止まった。そのこと話したくなかったからだ。ドキュメンタリーのシリーズが終了間近だが、仕事は順調とのこと。もっとも、その後なにをするのか、よく分からないそうだ。わたしは、リーダーとして散々な経験をしたこと、弁護士シリーズのスタッフのみんなとは上手くいっていることを話した。ミゲルは話を続ける。

「最近はずっとキミのことを思っていたよ」

「で、どんなに」

「それが、はっきりしたことがわからないのさ」

「はっきりしたことがわかればうんざりされるわ、きっと」

「今、はっきりしているのは、キミとこうしていっしょにいることは楽しいということ」

「縒《よ》りをもどして欲しい、と言ってるの？」

「ボク、友だちでありたい、と言っている」

「その言葉にわたし、参ってしまいそうよ」

デザートにオレンジ色のアイスクリームが出てきた。とても美味しかった。ミゲルが電話してきた時、わたしが、何をしていたかを話すと、彼は笑いこけてしまった。次にそんな撮影会があったら、至急ボクに電話よこして、と言われた。わたしは喜んで彼といっしょにそばで彼を見ていたい、と思う。

「ボクが父親であればよいと思うよ」

「わたしと子供三人抱え込むのよ。病気にならない？」

「前の旦那様はどんなだい？」

「一生懸命堪えているわ」

「きっと、キミたちいっしょになると思うよ」
「いや、ならないと思う」
「もし、何か必要なことがあったら電話していいよ」
「必要なことがなくても、電話するわ」

ルイスマは電気技師の仕事を見つけた。やっとのこと。正確にいうと、見付けてきたのはルイスマではない。映画とテレビの撮影のための照明の仕事をしている会社にわたしが出向いて、見付けてきたのだ。彼は子供の養育費の支払いが一か月以上遅れていて、これ以上の遅れはダメよ、とわたしに言われて、やっと仕事する気になった。それに、わたしに経済的な援助をしないと、あんたは規則上、うちにきて子供と面会することに問題が生じるよ、と言ってオドした。もちろんそんなオドシは、頭から信じてはいないが、信じている振りをした。彼は、わたしの意志で子供たちに会わせないようにすることなど絶対ないと思っている。マテオとパブロはルイスマと会えなくなったら、悲嘆に暮れるに違いない。それに、わたしにとっては隔週の週末とか、週に何度かは午後、ふらっとやってきて子供たちといっしょに過ごしてくれることはとても良かった。赤ん坊が生まれたら、これも問題だ。三人の子供の面倒をみてくれるかどうかわからない。どうなることやら。

今のところ、ルイスマはわたしとは問題なく過ごしている。家がなくなったことにも、卑屈にならず、品格さえもって、堪《た》え、克服した。わたしの妊娠のことも、ごく自然体で話す。

わたしに恋人ができないように、と彼はいろんなことをたくさんする。口には出さないけれど、わたしが独身でいるのを喜んでいる。最近、優しい仕草を見せてくれる。慰めにはなる。ルイスマとわたしは似ても似つかないが、お互い相手と仲良くする必要を感じている。口に出さないけれど、わたしたちは素晴らしい〝元夫婦〟なのだ。


「エステル、あんたの小説よかったわ」

「気に入ってもらえると思っていた」

「題名、何てつけるの？」

「わからない。良い題名を思いつかないの」

「そのうち浮かんでくるわ」

「結末はどう思う？」

「とっても感動的よ。でも、わたしだったら、独りになって終わらない方がよかったんじゃないかしらと思うの」

「そうせざるをえなかったのよ」

「なぜ？」

「それは、心の中では、彼を愛してたのね」

「女の人って、いつも独りになりたくないのね」

「女の人はね、いつも誰かといっしょじゃなくともいいのよ」

「わたしはその女主人公と似ているところがあると思ったわ」

「わたしたち女は、彼女的なところを少しずつ持っているのよね」

「小説の主人公になれる女たちはたくさんいる、ということね」

「世界中の女、一人一人が小説だわ」

「わたしもそうなの？」

「あんたと彼女、似ているところがあるっていうこと？」

「彼女もわたしもちょっと太目だっていうこと？」

「いや、違う。女の人って、みんなたいがいそう思ってるの」

「じゃ、どういう点が似かよっている、というのよ？」

「彼女はすばらしい娼婦だってこと、それに気付いてないっていう点で」

「それは、ひどいわ。でも、わたしは自分のこと、そんな見方はしてないわ」

「彼女も自分がどんな女か、わかっていない。自分が何者か見ることできない点で思い煩《わずら》っているのよ」

「カタツムリと同じね」

「なんですって？」

「なんでもないの。息子のマテオが言っていた。カタツムリは自分を見ることができないので、自分がカタツムリだってことわからないんだって」

「私にとっては、カタツムリは、かわいいわ」

「ちょっと気持ち悪いけど、わたしには」

「カタツムリは家を背負って歩いている。いつも夜遅く帰ってくる。誰かさんといっしょに家の中に入ってこない。カタツムリって本当に最高よ」

「それじゃ、あんたの小説そんなタイトルでいけるわね」

「そんなってどんな?」

「カタツムリは(自分が)カタツムリであることを知らない」

「そんな題つけたら、出版社の人目回しちゃうわ」


赤ちゃんの誕生の準備はとても複雑だ。わたしを助けて、ベッドや赤ちゃん用具の調達に奔走してくれるはずの父親がいればいいが、その子に父親がいないと、いっそうめんどうだ。今まで納戸のようにして使っていた小さなスペースを赤ちゃん部屋として整備しようと思う。家を買った日、ルイスマはその部屋を自分の事務室にしたいと言った。

「あんた、電気技師なのに、どうして事務室が欲しいの?」

「何言っているんだ。おれの本しまっておくためだ」

「だって、あんた本読まないじゃない?」

「おれのもの置いておくためさ」

「どんなものを?」

「事務室が欲しいのだ、それだけだ！」

挙句のはて、ルイスマの夢が叶うようにと、机をおき、椅子をおき、収縮自在コード付き電気スタンドを置いたが、そこに一つ、また一つと、コザコザしたものが持ち込まれ、役立たずの物で小部屋はいっぱいになった。海水浴で使うエアマット、車輪が一つ欠けた乳母車、ルイスマが収集していたビールの空き缶の数々、空気の抜けたサッカーボール、一九九〇年代の初め頃出たもう使い物にならないコンピューター、マリアとわたしがまだ小さかった頃、両親が、二人にと、月賦で買ってくれた、もう役に立たない百科事典などがあった。先週、不用品を回収してくれるNGOボランティアを探し当てた。ある朝、コザコザしたものをNGOがみんな持って行ってくれて部屋はきれいさっぱりになった。次なる困難は、小部屋を赤ちゃんにとって、心地よい場所に模様替えすることであった。生まれて直ぐは、添い寝させる。三か月経って他の兄弟たちの部屋に移そうとしても、部屋は小さくて、入りきれない。そうだ最近また、壁紙が流行《はや》っていたわ。あるお店で、布のように見えるきれいな紙を見たことがある。これを貼ると色鮮やかな絨毯《じゅうたん》に映えてすばらしい部屋になると思う。赤ちゃんもきっと気に入って絨毯で遊んでくれるかもしれない。

今朝起きた時少し悲しかった。気分が良くない。妊娠しているので、当たり前に違いない。マリアがいなくなって一年になる。クリスマスはもうすぐだ。テレビには、ひっきりなしに有名人の演ずるコマーシャルが流れる。ルルデス先生との診察契約は一月六日まであるが、この前の診察の最中こんなことを話していた。

「で、あなたはどんな感想なの？」

「最低よ！」

「クララ、どうかなさったの？」

「もしかしたら、お産です」

「でも、それまだ一か月先でしょ」

「いえ、三週間先です」

「それはたいへん、私どうすればいいの？」

「ま、落ち着いてください」

「あなたって、悠長《ゆうちょう》ね」

「ルルデス、お産するのは、わたしですよ」

「あ、そうだったわ。深呼吸、深呼吸して！」

「いけない！　これ陣痛だわ。あ、どうしよう。痛い。あら、また、陣痛よ、これ」

「陣痛って、私に起こるはずないよね」

「先生に？」

「ごめんなさい。私、気が転倒しちゃって」

「先生、クルマありますか？」

「ええ」

「では、先生。わたしのこと病院につれてってくださいませんか」
「いいわ」
「あ、あ、あ、あ、あぁっ！　いたい、いたい、いたいっ、いたいっ！」
「クララ、堪《こら》えて！」

前の二度のお産のときは、十分時間があって、産着《うぶぎ》一式のカゴをちゃんと用意して、産院への道をルイスマといっしょに、渋滞になった時の迂回路《うかいろ》はああだ、こうだ、と話し合いながら、つれて行ってもらったものだ。今回は、ルルデスが自分の診療所から全速力で病院につれて行ってくれる車の中で、今にも出産しそうなのだ。痛い、とても痛い。怖い。お産は三度目だが、これぱっかりは熟達することはできない。

大きい個室にいれてもらった。とても大きく見える。外側にベランダがついていてベランダに出入りできるガラス張りのスライドドアが二ついていて、ほとんど壁の全面を占めている。ベッドからお空が見える。今朝は、お空に太陽が明るく輝き、外は寒いはずだけど、ここから見ると、うららかな小春日和だ。看護婦さんたちは、ゴンサロ先生の到着を待ちながら、二十分ごとに起こるわたしのお腹の拡張を確認している。ルルデスはわたしにつきっきりで、陣痛毎にあげるヒステリックなわたしの叫び声に動ずることなく耐えている。

母に知らせるようにルルデスにお願いし、さらに、母には、父に電話してもらえるように、更にルイスマには、子供たちといっしょにいてくれるように伝えて、と頼んだ。

「クララちゃん、具合はどうかね？」

「ゴンサロ先生にきていただいて、よかったわ」

「赤ん坊、なぜ、出たがらないのだろうね」

「先生、脊髄麻酔《せきずい》を打って頂けませんか、お願いします」

「落ち着きなさい、クララちゃん」わたしのネグリジェの下を見ながらいう。「まだはやい」

ゴンサロ先生は十分わたしに気を付けておくようにと看護婦たちに指示して、部屋から出て行った。先生は出産まで二時間かかると思っている。ゴンサロ先生の経験に疑問をさしはさむつもりはないが、この頻繁な差し込み様ではそんなに時間はかからないと思う。

わたしは気が立っていた。早くお産を済ませ、この痛みを終わりにしたい。でも、その瞬間のことを考えると、恐ろしい。母は携帯をオフにしていたので、ルルデスは要件をメッセージにして残した。ルルデスは、心配しないで。必要なだけあなたのそばについていてあげるわと言った。今日診察予約の入っている患者一人一人に、今日の診察中止の電話を入れていた。

この病院に着いてからずっとマリアのことを思い出している。ああ、マリアが今ここにいて、手を握ってくれて、わたしがするべきことをいちいち指示してくれたらなあ、と思うと遣《や》り切れない。マリアはこんなことはしてくれなかったけど。今マリアがいないと思うと、慰めようもなく、泣いてしまう。ルルデスはまた陣痛なのかと思って、

「そんなに痛いの？」

「あなたはこの痛みわからないわ」

助産婦がドアから入ってくる。外出着のままだ。看護婦がタオルと電気カミソリ器をもって後ろに従う。出産の準備だ。彼女らは、準看護婦と呼ばれている。助産婦はゴンサロ先生の所で働いているので知っている。マテオとパブロの出産の時も手伝ってくれたが、名前は思い出せない。

陣痛はその度に強くなり、頻繁になる。痛みはとてもひどく、何も考えられない。唯一救いは、痛みのためマリアのことも忘れておれることだ。ゴンサロ先生が部屋に入ってきて、わたしのネグリジェをまくり上げるとすぐそれが明らかになった。

「クララちゃん、さあ、分娩室《ぶんべんしつ》に行きましょう」

「先生、脊髄麻酔は？」

「その時間はないようです」

「そのことは先生、前以て申し上げましたわ」

母とは、まだ連絡がとれない。ルルデスが母の代わりに分娩室に付き添ってあげると申し出てくれたが、わたし宛の電話があるはずだから待合室で待っていて、と言って断ると、険しい顔をされた。

ストレッチャーに乗せられて、長い廊下を折れ曲がったり、エレベーターに乗ったりして、わたしたちは手術室に入った。わたしがお産台にのぼるのを助産婦が手伝ってくれた。

「パパさんはここに入らないのですか？」

「こん回、パパはいません」

「それはご愁傷様で……」

手術室は満員でこれ以上入れない。こんなにおおぜいの人たちがここで何をするのかわからない。わたしが、見分けがつくのは、ゴンサロ先生、助産婦さん、看護婦さん二人、麻酔医、小児科女医とその助手だ。痛くてがまんができない。叫び声をあげることしかできない。叫び声は悪口雑言へと変わっていた。お産の最中にあっては、行儀良くすることなんて、できるものではない。「ゴンサロのバカバカバカッ！　脊髄麻酔早くしてって何度も言ったじゃないかようっ！」助産婦はわたしの呼吸を整えるのを助け、話しながら痛さをまぎらせようとする。

「あら、あなたのお姉さまのお医者様もいらっしゃらないの？」

「姉は亡くなったよう」

「まあ、なんということ……！」

体の内側からわたしを突き破るこの痛みが一秒でも早く終わることだけを願う。これ以上痛みが続けば、痛みで死んでしまう。もう持たない。ゴンサロ先生は、いきんでみて、と、促す、もうすぐですよ、看護婦がわたしの汗を拭いてくれ、がんばって、あなたチャンピオンよ、といってわたしを励ます。助産婦さんがわたしのお腹の上に文字通り軽く乗る。ゴンサロ先生は、さあ、もうすぐそこです、という。わたしは今際《いまわ》の叫び声をあげて息張《いきば》った。

叫び声の始まりは痛さが、その終わりはすーっとした弛緩《しかん》が十分表れていた。やっと、生まれてきた。その体が、わたしをこすりながら、わたしの体から去って行くのを感じていた。ほんの数秒、しかし、永遠の歓喜の中。そして、わたしの泣き声と産声が重なった。

さっきと同じ看護婦が廊下とエレベーター伝いに、わたしを病室へつれて戻ってくれた。ドアの向こうにようやく到着した母の声を聞いた。

「あんた、大丈夫かい」

「だいぶ良くなったわ」

「赤ちゃん、どこ?」

「もうすぐここにくるわ」

ずっと部屋にいてくれたルルデスが、お産が無事すんだことを祝福してくれた。ドアの所でノックが聞こえた。

「入ってもよろしいですか?」

「まあ、エステル!」

「クララ、どんな具合?」

「ごらんの通りよ。お産たった今すませたばかりよ」

「で、かわい子ちゃんはどこ?」

「もうすぐ、ここにつれてくるわ」

またドアが開いた。

「私の女王様はどこかいな?」

「パパ、こっちよ！」

「母さんから電話もらってすぐ駆けつけたよ。マイテといっしょにトレドに行ってたのさ」

「マイテさん、どこ？」とわたし。

「階下《した》で待っているって」と父。

「じゃ、上がってくるように言って」とわたし。

「いいのかい、お前」

「人数が多過ぎないかしら？」ベッドの脚元から母が言う。

「大丈夫よ、ママ」

「ホセも階下にいるのよ」

「じゃ、ホセにもいっしょにどうぞって」

「あたりまえよ」ルルデスの口から、さも安堵《あんど》したように声が漏れる。

母と父はそれぞれの愛人に急いで携帯電話で上がってくるように、と告げた。幸いなことに、この病室は大きかった。病室のドアはもう一回開けられねばならなかった。ルイスマが彼の両親といっしょにきたのだ。

「子供たちは？」わたしは、いっしょに入るはずになっていた元夫に尋ねた。

「ソルニッツァーといっしょにいる。後で子供たちをつれてくると言っていた」

義父母は優しくわたしにキスして、お産のあとのご気分は？と尋ねる。

「両親にぜひともつれて行ってとせがまれて」と、ルイスマが弁解のようにいう。

「そんなことわたし気にしてないわ」

「ルイスマがご両親をここにつれて来る理由をあなたにいう必要があると思ってそう言ったのよ」

と義母のエリサが言う。

義父母が子供の祖父母としてではなく、わたしへのお見舞いにこられたことは尊敬に値すると思う。迷惑どころではない。純粋な愛の行動であり、皆が皆できることではないと思う。

ホセとマイテが同時に入ってきて、わたしの両親がそれぞれの相手を迎え入れる。お互い、礼儀正しく紹介し合う。各々が、各々の相手を伴ってわたしのベッドへとやってくる。

「今日は、また特別べっぴんさんで」ホセはわたしにキスして言う。

「おめでとう、クララ!」マイテがおずおずと言う。

「この前はどうもごめんなさい、マイテ」やや上ずり気味にわたしは言う。

「上げて頂いて、どうもありがとう」わたしよりもっと上ずった声で返事した。

「もちろん、あたりまえのことですとも」またルルデスの口から声がもれる。

「ハイメはどうしてますか?」わたしは母親のマイテに尋ねる。

「もうすぐ、ここにくるわ」エステルが先取りしていう。

「まあ、エステル。しばらくね」マイテが嫁にいう。

「みなさん、おおぜいで!」

「あんた、カルメンに電話したの?」わたしはエステルに訊く。

「ええ、彼女ももうすぐくるわ」

噂をすれば影、次にドアに顔を出したのは、カルメンだった。彼女も一人ではない。わたしのお産のことを知ると、ロベルトに電話して、このことを話すと、ロベルトはミゲルに知らせ、三人はいっしょの車でやってきた。部屋には、人の輪ができ始めた。知っている者同士は近況を語り合い、そうでない人たちはお互い自己紹介し合った。

「やあ、あなたは?」

「ボク、ミゲルです」

「やあ、おめでとう」

「いやぁ、おめでとう」

「えっ?」

「えぇっ?」

「ルイスマ、こっちへきて、早く!」ベッドからわたしは叫ぶ。

「どうしたの?」ルイスマがわたしに訊く。まだ、呑み込めないでいる。

「いや、なんでもないの。ちょっとこっちに来て欲しかっただけよ」

人の群がりの中をハイメが掻《か》き分けてわたしのところにやってきて、キスをしてくれた。その後、マイテとエステルのところに行った。半分ほどの人々は、空気の入れ替えをしようとオーヴァーコートを着て外のテラスへ出た。

「ママ、ママーッ」

マテオとパブロが走って部屋に入ってきた。ベッドの上にのぼってわたしにキスしてくれた。子供たちのうしろから、ソルニッツアーが入ってくる。

「わー、ヂガテヅみたいにゴんでるね」

「わかったかい？」

「クラーララ、こんなにダクさんの人がギテくれるのも、あたりまえなゴドだよネ」

「そう思うの？」

「ダクさんの人がオグザマのこと愛してグレデるのね」

もう他に来なくてはならない人は他にいない。ベッドに臥《ふ》せたまま思った。この部屋のドアがもう一度開いて、マリアが現れてくれれば、わたしの命の半分はくれてあげてもよいと。亡くなってから、約一年経っている。今までで、今日ほど姉が恋しいと思ったことはない。姉と共に、わたしの意志の弱さも一部なくなった。姉の愛し方もなくなった。姉がいなければあり得ないあの笑い方も死んでしまった。この心の傷がみんな癒《い》えてしまうには、時間が短か過ぎる。生命は、一分先のことはわからない。冷酷で、耐えがたい。でも、すばらしい。

「ごめんなさい！」ドアの所でゴンサロ先生が大声でいう。下に車輪のついた赤ちゃんカゴを押している。

いっせいにみんながその周りを取り囲んだ。ソルニッツアー、マテオ、パブロ、ハイメ、カルメン、ミゲル、ロベルト、マイテ、ホセ、ルイス・マリアーノ、エリサ、ルイスマ、ルルデス、父と母、みんなが赤ちゃんかごの中を覗《のぞ》き込んだ。そしてわたしは、ようやくわが娘を抱くことができた。

「わーっ、かわゆいっ！」ルイスマが驚きの声をあげる。

「今になって、ようやくそれがわかったのかい」何人かが応じた。

「名前なんにしよう？」

「あんたはなんていう名前にしたいの？」みんなは返事した。

やっとのこと、わたしは腕の中のわが娘《こ》にキスすることができた。目を開けてわたしを見ている。

わたしの目は涙でいっぱい。赤ん坊の耳に、せいいっぱいの愛をこめて言う。

「あなたはマリアよ、大好きよ！」

終わり

訳者あとがき

本書は二〇〇九年スペインのエスパサ（Espasa）社から初版が出版されたヌリア・ロカ・グラネル（Nuria Roca Granell）著「カタツムリはカタツムリであることを知らない」（原題：Los caracoles no saben que son caracoles）の第八版（二〇一一年）の全訳である。

著者ヌリア・ロカ・グラネルは一九七二年バレンシア生まれのスペイン人女性。バレンシア工科大学の建築技術科に学び、一九九三年建築技師の学位を取得したエンジニア。

卒業間際になると、学生たちは卒業旅行資金カンパのため、企業を訪問し寄付を募る。学生側は資金調達、企業側は格好のヘッドハンティングの機会。本書の著者ヌリア・ロカ・グラネルもそんな学生たちグループ五、六人の中の一人で、たまたまバレンシアテレビ会社（9チャンネル）を訪問した。ある番組の司会を即興的にどなたかしてみないか、という誘いに、仲間たちの推薦を受け名乗りを上げ、司会者役に挑戦し、そこに立ち会った会社のスタッフに認められ、即入社し、テレビ放送界入りが決まった。

翌一九九四年いきなり番組の司会を務めることになった。以来テレビ界で活躍し現在までに三十以上の番組の司会を務め、司会者、女優、キャスター、新聞記者として人気を博し、二〇〇八年にはその年の最も優れたTV司会者に贈られるベストプレゼンター賞を、「ファクター X」「キミは才能がある」「大クイズ」で授与されている。その他の年度にも金アンテナ賞（同じくベストTVプレゼンターに贈られる賞）等を受けている。二〇一一年は「人の群」「有名人たちの戦い」「歌っているのは誰？」などの司会を務めている。

これまで小説家としてのキャリアはすくないが、二〇〇七年からテレビタレント稼業のかたわら左記の小説を執筆し、いずれもエスパサ社から出版され、ベストセラーズ入りしている。

『セクスアルメンテ』（二〇〇七）（原題：Sexualmente）
『カタツムリはカタツムリであることを知らない』（二〇〇九）（原題は上記参照）
『亡姉アナのために』（二〇一一、フワン・デル・バルとの共著、原題：Para Ana）
『愛に不可欠のもの』（二〇一二、フワン・デル・バルとの共著、原題：Lo inevitable del amor）
『セクスアルメンテⅡ』（二〇一三、フワン・デル・バルとの共著、原題：Sexualmente-II）

スペインのアマゾン社に入っている読者評のうち、代表的なものを以下紹介させて頂くと。
（カッコ内はアマゾン社の投稿者識別名）
（1）読み易い。スピード感を以てスラスラと読める。（Maria paz）
（2）人物の特定、性格描写が的確。随所でわたしは笑わせ、怒らせ、泣かされた。（RO

AMAYA）

（3）コミックタッチの楽しい本。（Diana）

（4）易しい、飾らない、素晴らしい表現をされた作者ヌリア・ロカ・グラネル氏を祝福したい。（Julissa Ozoria）

（5）スペイン語学級の副読本に使用したが、この本のおかげで、スペイン語のボキャブラリーが増えた。（Carla white）

などがある。

また、スペインの書評担当のテレサ氏は、この小説を読もうと思ったら他の計画を立ててはならない、と言っている。「読み始めると、笑いこけ、泣きじゃくり、時には笑いこけながら泣いてしまうから、という理由だが、時には喉も詰まらせられる」という。

本書の主人公クララは三十五歳。離婚して、幼稚園年長組と小学校四年生になる二人の男の子を育てている。テレビのプロダクションの会社に勤め、生活向上のため日曜日には商用写真、結婚式写真の撮影などのアルバイトもしている。テレビの仕事、アルバイト、離婚した前夫、息子たち、セックスライフなど、問題を抱えながらも、経済的には、離婚した夫からの養育費の支払いは滞りがちでも先ずは人並みの、ごくふつうの生活を送っている。

クララはテレビのプロダクションの会社で雑用を含め、どんな仕事もやってのける猛烈社員。ちびっこタレントの発見コンクールの番組の仕事ぶりが語られる。クララの母親は幼い時から、クララをいつも姉のマリアと比べていた。マリアは背が高く細身、クララは少し太っていた。マリアは大学で医学を勉強し、クララはマーケティングの勉強をするが、テレビ関係の会社に就職すると、大学は中途でやめてしまい、母親はそれさえ知らない。マリアは堅実で優秀な医者カルロスと結婚し、夫婦共働きの仕事は順調で実入りもよい。

クララの元夫ルイスマは身に付けている電気技師の仕事に飽き足らず、会社経営の才能ゼロなのに一つの事業を始めては失敗し、別の仕事を始めてはまた失敗するということを繰り返す。事業のために元妻に内緒で家を抵当に、銀行から借り入れをする。失敗が続き、銀行から返済を迫られ大騒ぎになる。マリアは研究勉強第一主義で、子供はいない。しかし、マリアとクララの間には特別な姉妹愛があり、二人は姉妹以上に、仲間、友人、共犯者であり、すべてを語り合える間柄である。

この小説の登場人物は、スタイル、長所、欠点など活き活きと描かれ、いつでも誰でも市井で知り合えるような人々ばかりである。クララに辛く当たる母親は心の中ではクララを愛し、父には昔からの愛人マイテがいて、それが露見して妻から離婚されるが、娘たちとは常に連絡し合い、離婚された元の妻も愛している。主人公クララの元夫ルイスマは経済生活面では散々だが、息子たちのために一所懸命に尽くし、クララとの愛を回復したいと希望する。クララの精神衛生のコンサルタント、精神科医ルルデスはクララの色々な問題に取り込まれてしまう。仕事上の上司カルメンは上司というより、良き友人である。仕事仲間のエステルはクララにとり、どんな秘密も打ち明けられる聴罪師。クララを全面的に支持し、クララの涙を拭うハンカチの役目を負っている。クララが心から好きにはなれないが、いつでも寝ることのできるディレクターのミゲル。主人公の良き友ロベルトはクララにとり、心惹かれる魅力的な男性。二人の息子パブロとマテオはいつも主人公に問題を提起し困らせる。

突然出現する異母弟のハイメはカタルーニャ住まい。ブルガリア出身のお手伝いさんのソルニッツァーはクララのことはすべてお見通し。その他、母の篤実な恋人ホセ、好人物の義父母たち、という人物配置。あるきっかけで、全員が一堂に会し、新しい人物も加わって歌劇のフィナーレのような大団円となる。

エンターテインメント性が高く、お色気も楽しめるスペインの一般向け話題の小説。著者は日本の読者を特別に意識して書いたわけではないが、カラオケ、日本レストラン、電子ゲーム機など、日本の文物もちらほら見えて楽しく読めるのではないだろうか。

訳出にあたり、早稲田大学のアルフレド・ロペス・パサリン・B授にコロキュアルなスペイン語の言い回しについて教示頂いた。彩流社の竹内淳夫会長には本書の編集を含め総括的に一方ならぬお世話になった。身内だが、姪の喜多木ノ実氏には難しいテーマを、なるほど、と頷かせる装画に仕上げてもらった。以上の諸氏に心からの感謝を捧げたい。

訳者　識

◆著訳者紹介

ヌリア・ロカ・グラネル（Nuria Roca Granell）

1972年スペイン、バレンシア県モンカーダ生まれ。

1992年よりテレビ界で仕事をし、数多くの番組の制作を手掛けている。30以上の番組の司会をつとめ、2008年TVプレゼンター賞を受賞している。

小説家としては、2007年『セクスアルメンテ（sexualmente）』（プラネタ社）を出版し、成功を収める。

本書の他にフワン・デル・バルとの共著で『アナのために』がある。

喜多延鷹（きた　のぶたか）
1932年、長崎市生まれ。
1956年、東京外国語大学イスパニア学科卒業。商社勤務35年。定年後首都圏の大学でスペイン語の講師を勤めるかたわら、スペインの小説を翻訳。
翻訳作品にミゲル・デリーベスの『無垢なる聖人』（2023年）、『そよ吹く南風にまどろむ』（2020年）、『ネズミ』（2009年）、『エル・カミーノ（道）』（2000年）、『灰地に赤の夫人像』（1995年）（いずれも彩流社刊）。ほかに『好色六十路の恋文』（西和書林1989年）、フワン・ラモン・サラゴサ著『殺人協奏曲』（新潮社1984）、『煙草・カリフォルニアウイルス』（文芸社2016）がある

クララ　カタツムリはカタツムリであることを知《し》らない

2024年4月25日　初版第1刷発行　　　定価は、カバーに表示してあります。

著　者　ヌリア・ロカ・グラネル
訳　者　喜　多　延　鷹
発行者　河　野　和　憲

発行所　株式会社　彩　流　社
〒101-0051　東京都千代田区神田神保町3-10　大行ビル6階
TEL 03-3234-5931 FAX 03-3234-5932
ウェブサイト　http://www.sairyusha.co.jp
E-mail　sairyusha@sairyusha.co.jp

印刷・製本　㈱丸井工文社
装幀　渡　辺　将　史

ISBN 978-4-7791-2961-2 C0098